싱그리드

시야 로맨스 판타지 장편소설
ROMANCE FANTASY

fi
ret

시그리드 3

초판 1쇄 발행 2016년 12월 14일
초판 3쇄 발행 2018년 9월 21일

지은이 시야
발행인 오영배
기획 박성인
책임편집 편집부
표지 · 본문 디자인 공간42
제작 조하늬

펴낸곳 (주)삼양출판사 · 피오렛
주소 서울시 강북구 도봉로 173
대표 전화 02-980-2112 **팩스** / 02-983-0660
편집부 전화 02-980-2116 **팩스** / 02-983-8201
블로그 blog.naver.com/dan_gul
출판등록 1999년 3월 11일 제9-00046호

ISBN 979-11-283-9012-8 (04810) / 979-11-283-9009-8 (세트)

fioret 은 (주)삼양출판사의 로맨스 판타지 문학 브랜드입니다.

3

싱그리드

시야 로맨스 판타지 장편소설
ROMANCE FANTASY

fio
ret

시그리드

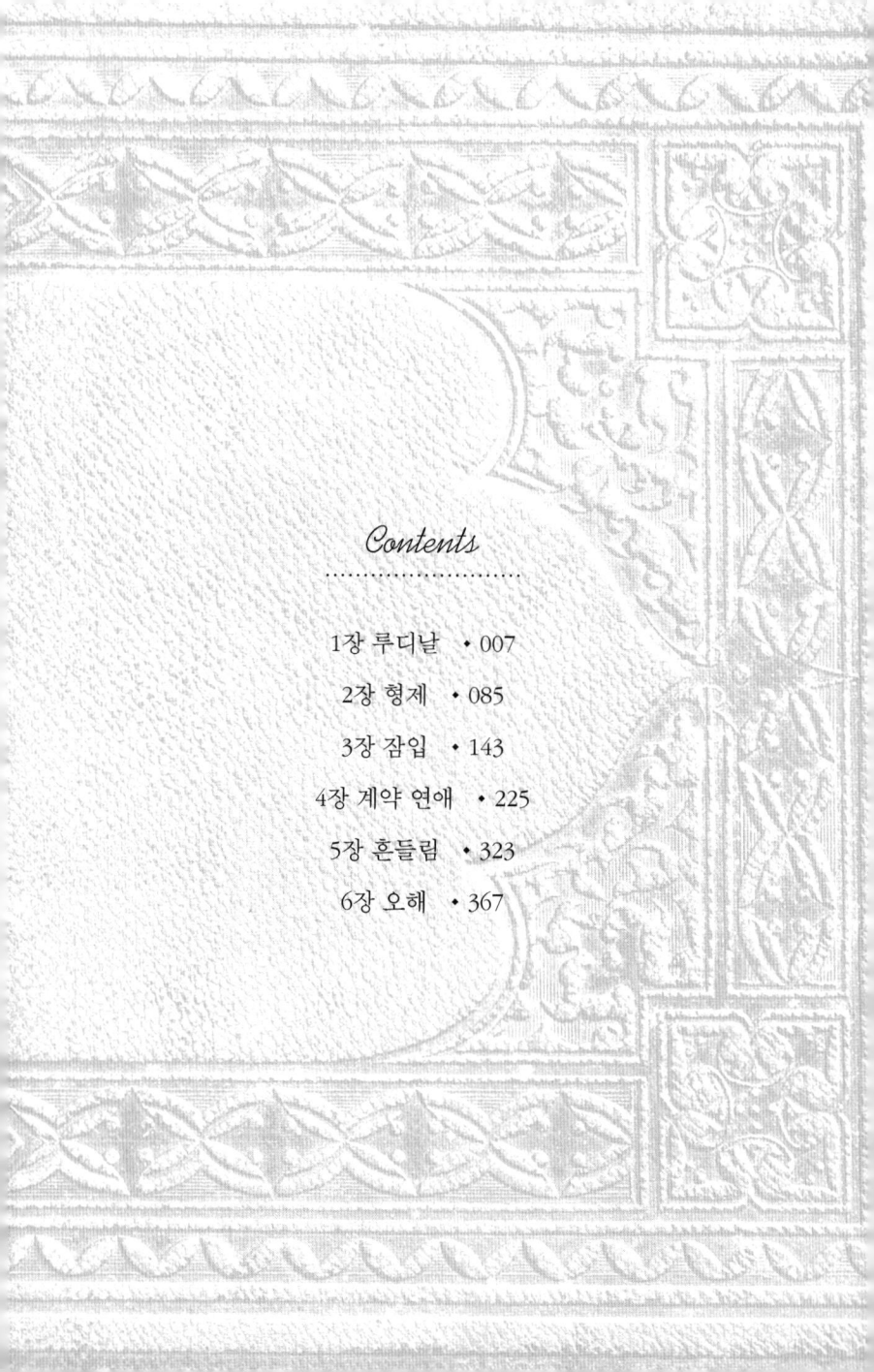

Contents

·······················

1 장
루디날

모리스는 눈을 깜박이며 되물었다.

"서부 독감?"

"대체 그게 뭐냐고 묻지 마, 나도 모르겠으니까."

마리쉐즈가 말하며 손을 저었다. 모리스의 시선이 자연스럽게 로웬그린에게 향했고 그녀 역시 어깨를 으쓱했다.

"심한 거야?"

알케르토의 물음에 마리쉐즈가 눈을 찡그리며 말했다.

"글쎄. 오러 사용자 둘이나 앓아누웠으니, 꽤 독한 게 아닐까? 시그리드는 아예 수도 밖으로 요양을 갔다고 하더라."

"어디로?"

모리스의 물음에 마리쉐즈가 한숨을 내쉬며 말했다.

"그게 하인에게 말도 안 하고."

"뭐랄까, 그런 점이 시리답다고 할까?"

로웬그린 역시 고개를 저으며 말했다. 모리스가 묘한 얼굴을 하는 걸 보고 "아하" 하며 마리쉐즈가 놀랐다.

"시리가 나에게까지 말 안 할 리가 없는데? 하는 얼굴을 하고 있는데? 모리스 데포레스트."

"그런 거 아냐."

라고 말했지만, 정곡을 찔려 모리스의 귀 끝이 살짝 달아올랐다. 알케르토가 슬그머니 그런 모리스의 얼굴을 살피다가 헛기침을 하며 말했다.

"그래서 요즘 서부를 들렀다 하는 사람들에겐 파티 초대장이 안 가는 거구만."

"응. 루나틸 경은 아예 축객령을 내걸었다는걸. 루나틸 공작이 문병을 갔지만, 안까지는 못 들어갔다고 해."

로웬그린의 말에 알케르토는 혀를 내둘렀다.

"그거 큰일이네. 시리는 대체 어디로 간 거야? 걔 요양하러 갈 만한 곳도 없지 않아? 병을 옮기면 안 된다고 어디 숲 속 같은 데에 처박혀 있는 거 아냐?"

보통이라면 여기서 '하하하, 그건 말도 안 되지.' 하는 웃음이 나와야 하지만 그런 웃음이 나오지 않았다.

시그리드라면 그럴 수도 있다.

모여 있는 넷은 동시에 그렇게 생각했다. 갑자기 안절부절못한 기분이 되어 마리쉐즈가 말했다.

"우리가 찾아봐야 하는 거 아냐?"

"어떻게?"

"사람을 푼다든가……."

"아무리 그래도 그건 힘들지……. 시그리드라면 동굴에서 노숙도 할 것 같거든."

"아— 서부에서 이야기를 들어 보니 그럴 만도 해."

마리쉐즈는 로웬그린의 말에 고개를 저었다. 자신은 절대, 절대, 절대 노숙은 불가능하다. 반드시 여관에 들러야 했고, 따뜻한 물이 대령되어야 했다.

시그리드의 말을 들으면 역시 마리쉐즈에게 서부는 미개한 곳이었다. 알케르토가 중얼거렸다.

"주변이라도 뒤져 볼까?"

"어디 갔는 줄 알고."

로웬그린이 고개를 저었다. 그녀가 이어 말했다.

"아무리 시그리드라고 해도 그렇게까지 어리석지는 않아. 분명히 알아서 잘하고 있을 거야."

"그렇겠지……?"

마리쉐즈가 머뭇거리며 말했고 로웬그린이 깊게 고개를 끄덕였다.

"그보다 둘 다 내일 시험 걱정이나 하라고."

로웬그린의 일침에 알케르토는 이크 하고 어깨를 움츠렸다. 마리쉐즈가 입을 비죽였다.

"제1황실 기사단이라니, 다 가 버리는구나."

"언제까지나 남아 있을 수는 없잖아? 너도 오든가."

알케르토가 놀리듯 하는 말에 마리쉐즈는 눈을 샐쭉하게 떴다. 로웬그린이 웃으며 말했다.

"두 사람 다 붙을 거야."

"한 사람만 붙으면?"

마리쉐즈의 말에 알케르토가 눈을 찡그리며 말했다.

"그런 말은 하지도 마."

안 그래도 모리스에 비해서 쫄리는 알케르토였던지라 마리쉐즈의 말에 뜨끔했다. 모리스가 웃으며 말했다.

"우리 둘 다 열심히 했으니까. 만약 안 된다면 다음 기회를 노려야지."

마리쉐즈가 쭉 다리를 뻗으며 씩 웃었다.

"떨어지면 나 같은 미녀랑 좀 더 있게 되는 거니까, 행운이라고 생각하라고."

"그거라도 위안으로 삼아야지."

알케르토의 말은 칭찬인지 아닌지 알 수 없었지만, 마리쉐즈는 칭찬으로 받아들이며 생긋 웃었다.

그 후 몇몇 간단한 이야기를 나누고 시그리드의 집에 위문품을 보내자 하며 넣을 물건 종류를 정한 뒤 모임이 끝났다. 다들 일어나는데 모리스가 슬쩍 로웬그린에게 눈짓을 했다.

로웬그린의 집에서 열린 모임이라서 마리쉐즈와 알케르토를 배웅한 뒤 모리스가 미적거리며 뒤에 남았다. 먼저 둘을 보내고 남은 모리스에게 로웬그린이 물었다.

"무슨 일이야?"

"짐작 가는 곳 있어?"

밑도 끝도 없는 말이었지만 로웬그린은 멈칫했다. 그러나 곧 그녀는 의미심장한 미소를 머금으며 말했다.

"무슨 짐작?"

"로웬그린 알세키드나."

모리스가 엄격한 어조로 그녀의 이름을 불렀지만, 로웬그린은 눈썹 하나 까닥하지 않았다. 모리스는 얼른 기조를 바꿨다.

"부탁이야."

그가 낮게 말하자 로웬그린은 한숨을 내쉬며 말했다.

"나도 잘은 모르지만, 서부 독감이라는 것도 이상하잖아? 동시에 오러 사용자 둘이 걸렸다는 것도 그렇고. 반대로 생각하면 ― 그 두 사람은 이미 서부에서 한 번 호흡을 맞춰 본 사람들이지. 그러니까―"

"두 사람이 같이 뭔가를 하고 있다?"

"그렇게 볼 수도 있겠지. 둘 다 얼굴도 안 보이는 게 너무 수상하고 말야. 게다가 루디날 황자가 실종되었다는 소문을 들었어."

"이 황자님이?"

놀란 모리스가 되묻자 로웬그린이 입가에 집게손가락을 가져다 대며 고개를 끄덕였다.

"확실한 건 아니지만."

"……그래."

"또 그런 얼굴 하네."

"무슨?"

"시그리드가 왜 나에게는 말을 하지 않았을까? 안 할 리가 없는데, 하는 얼굴."

"아니거든."

모리스가 한숨과 함께 부인했다.

"하여간 말해 줘서 고마워."

"별말씀을. 하지만 어디에 가서 말은 하지 마."

"알아."

이 황자의 실종도 실종이지만, 시그리드가 베라무드와 함께 루디날 황자를 구하러 갔다는 이야기가 퍼지는 것도 곤란했다.

'시그가 정쟁에 휘말려 들지 않기를 바라지만, 그러기에는 너무 실력자지.'

모리스는 다시 올라오는 한숨을 삼켰다.

'왜 나에게 의논하지 않은 거야?'

그런 불만이 희미하게 솟아올랐다.

어쩌면 로웬그린의 말이 맞을지도 모른다. 시그리드가 자신에게는 뭐든 이야기해 줄 거라는 그런 생각이 있었던 게 사실일지도 모른다.

"그럼 다음에 보자."

로웬그린의 명백한 축객령이 담긴 인사에 "아, 미안." 하고 모리스는 인사 후 그녀의 집을 나왔다.

'별일 없어야 하는데.'

그는 그런 걱정을 하며 베라무드를 떠올렸다. 썩 질이 좋아 보이지 않는 사람이었는데, 시그리드는 괜찮은 걸까?

제1근위대 대장이니 검 솜씨야 훌륭하지만—

그의 여성 편력에 대한 소문이라면 무궁무진하다. 시그리드가 베라무드를 따라서 서부로 내려간다고 했을 때 반대했던 이유 중 하나도 그것이었다.

물론 시그리드는 무사히 잘 다녀왔지만, 그때는 그래도 공적인 업무였고 지금은 다르다. 그는 한 손으로 가볍게 얼굴을 문질렀다.

'괜찮을 거야. 난 내일 시험에 집중하자.'

어떻게 할 수도 없는 시그리드의 일을 걱정하다가 내일 시험을 망치는 건 본말전도다. 모리스는 길게 숨을 내쉬고 고개를 들었다.

황실 제1기사단에 제대로 합격해서……. 제대로 자리를 잡아서…….

장례식 내내 본가에서의 연락은 없었다. 이렇게 절연하는 건가 싶어 서글퍼지다가도 차라리 잘되었다는 생각도 들었다.

'힘내자. 모리스 데포레스트.'

모리스는 스스로를 격려했다.

그런 친구들의 걱정과 달리 시그리드는 조금쯤 여행을 즐기고 있는 자신을 발견했다. 예전에는 여행이란 걸 해 보지 않았으니까, 이렇게 이동하는 것도 나름 흥미로웠다.

자신보다 훨씬 여행에 익숙해 보이는 베라무드를 보면 신기하기도 하고 말이다.

더 이상 승합 마차가 가지 않는 길이라 베라무드는 썰매를 빌렸다. 위에 포장을 씌웠으니 포장 썰매라고 해야 할까?

북쪽으로 올라가면 갈수록 온도는 뚝뚝 떨어져서 물통 안에 물이 얼음이 되었다.

"베라무드."

시그리드가 그의 옆에 앉으며 말했다.

"교대해."

"괜찮아."

"안 괜찮아, 아침부터 계속 썰매를 몰고 있잖아? 내가 할 테니까 들어가서 한숨 자."

시그리드가 그를 몸으로 밀어내며 억지로 고삐를 빼앗아 쥐었다. 고삐를 빼앗기기는 했지만, 베라무드는 뒤로 이동할 생각이 없어 보였다.

"들어가라니까?"

"아냐, 여기 앉아 있을래."

베라무드의 말에 시그리드는 그를 보았다가 다시 앞으로 시선을 돌렸다. 그녀가 물었다.

"여행 자주 해?"

"아니. 내가 여행할 시간이 어딨어?"

그 말에 시그리드는 놀라 다시 그를 보았다가 앞으로 시선을 돌리며 물었다.

"그럼 어떻게 이렇게 익숙한 거야?"

"공부했지."

"공부?"

"그래, 그런데 노새는 너무 느려. 이거 한 달로 안 되는 거 아니냐?"

베라무드의 투덜거림에 시그리드는 경쾌하게 썰매를 끌고 있는 노새 두 마리를 보았다. 두 마리 다 추위 때문에 털옷 비슷한 알록달록한 것을 걸치고 있었다.

"어쩔 수 없잖아. 말을 키우는 농가는 드무니까……."

시그리드의 말에 베라무드는 '그건 그렇지만.' 하고 말꼬리를 흐렸다.

"하긴."

느닷없는 시그리드의 한 마디에 베라무드가 그녀를 바라보았다.

"뭐가?"

"불도 못 피우는 베라무드가 여행을 할 리가 없지."

"피울 수 있어."

베라무드가 억울하다는 듯 말해 시그리드는 눈을 가늘게 떴고 그는 덧붙였다.

"지금은."

시그리드는 가볍게 웃었다.

"시그리드는? 여행 같은 거 안 했어?"

"조금은. 예전에 서커스단에 있었거든."

"서커스??"

자신도 모르게 목소리가 뒤집어지듯 올라갔다. 시그리드는 고개를 끄덕였다.

"어, 그럼 부모님이……?"

"아니, 난 고아였어. 고아원에서 서커스단으로 팔려 간 거야."

베라무드는 입을 살짝 벌렸다.

서커스라고?

"그럼 어떻게 지금은……."

"내 검 스승을 거기서 만났거든. 서커스단에서 검무를 추는 게 스승님의 재주였어. 그 사람이 나에게 검을 가르쳤고."

베라무드에게는 이야기를 안 했었구나, 하고 시그리드는 고개를 끄덕였다. 그녀가 그 뒷이야기를 가볍게 설명하는데 '어린 애를 좋아하는'이라는 구절이 나오자 그는 으르렁거렸다.

"그 새끼 누구야?"

시그리드는 한 번도 그의 이런 어조를 들어 본 적이 없어 놀라 베라무드를 돌아보았다.

'아니, 이번 생에 들어 본 적 없는 거지.'

돌아오기 전에, 저번 생에서 자신을 죽이기 위해 전력으로 달려들면서 '뒈져.'라고 했을 때도 이런 목소리였다.

평소의 그라고는 절대로 상상할 수 없는 낮고 무거운 목소리.

너무 오랜만이라서 그녀는 당혹스러웠다.

"이미 죽었어. 그리고 심각하게 날 건드린 것도 아니었고."

저도 모르게 시그리드는 변명했다. 베라무드는 말없이 한쪽 눈으로 그녀를 바라보았고 시그리드가 고개를 저었다.

"나 말고도 다른 표적이 있었어서……. 그야 날 만지기는 했지만, 그게—"

"됐어."

베라무드가 시그리드의 말을 가로막았다. 시그리드는 힐끗 그를 보았다. 침묵이 흘렀다.

"시그리드."

"응?"

"너 예뻐."

"어?"

느닷없는 칭찬에 허를 찔려 시그리드는 눈을 동그랗게 떴다. 베라무드가 평소처럼 웃으며 말했다.

"예뻐, 예쁘다고."

"그게 뭐야."

시그리드는 어처구니가 없었지만, 기분 나쁘지는 않았다.

썰매는 부드럽게 눈밭을 달렸다. 노새에게 달린 장식 방울이 짤랑이며 경쾌한 소리를 냈다. 베라무드가 말했다.

"좀 더 속력을 올리자."

"응."

시그리드는 고개를 끄덕이고 '이럇!' 하며 목소리를 높였다. 노새들은 귀를 쫑긋하더니 빠르게 달리기 시작했다. 속력이 붙자 바람 역시 더욱 강해졌다. 갑자기 뭔가가 시야에 쑥 들어와 시그리드는 놀랐다. 베라무드가 자신의 망토를 시그리드에게 담요처럼 덮어 준 것이었다. 그녀가 말했다.

"난 괜찮아. 춥잖아."

"그렇게 안 추워."

"그럴 리가."

"진짜로. 그보다 네가 나보다 더 작으니까, 체온 안 뺏기게 조심해."

"면적이 큰 네가 더 조심해야 하는 거 아냐?"

"상관 명령입니다."

그 말에 시그리드는 눈썹을 슥 추켜올렸다가 대꾸 없이 앞으로 시선을 돌렸다. 베라무드의 망토는 무얼로 만든 건지, 얇아 보였는데 금방 몸이 따뜻해졌다.

'비싼 거겠다.'

시그리드는 눈을 가늘게 뜨고 섬유를 바라보았다. 마리쉐즈에게 들었던 지식들이 머릿속을 슥슥 지나갔다.

'약간 금색도 돌고……. 얇고 가볍고 따뜻하고……. 북부의 희귀 동물인 라시마 섬유……. 이 정도 빛깔이면 최고급……. 가격은…….'

촤르륵 머릿속에서 금화가 떨어지는 소리가 들렸다. 시그리드는 자신을 덮고 있는 이 얇은 망토가 자신의 연봉—근위대—반년 치에 해당하거나 더 비쌀 거라는 것에 지금 쓰고 있는 모자를 걸 수 있었다. 북부의 겨울에 모자는 생명줄이나 마찬가지다.

시그리드는 한 손으로 망토를 꼭 붙잡았다. 절대로 바람에 날려서 떨어트리면 안 된다는 생각이 그녀의 머릿속을 지배했다.

"그냥 손까지 덮어—"

베라무드가 손을 뻗어 망토를 재정비했다. 시그리드가 망토를 꽉 잡으며 말했다.

"안 됩니다."

갑자기 존대로 돌아온 말에 베라무드는 의아해졌다. 시그리드가 단호하게 말했다.

"전 이걸 배상할 만한 능력이 못 됩니다."

"……내가 덮어 준 거니까 어떻게 돼도 시리에게 배상하라고 안 하거든……?"

미심쩍은 얼굴로 시그리드가 그를 보자 베라무드가 말했다.

"전에 은단추 네 개도 지불해 줬잖아."

"……그랬죠."

"그러니까 걱정 마. 그리고 날아갈 것 같으면 내가 탁 잡을게."

탁, 탁. 하고 베라무드는 몇 번 허공에서 망토를 낚아채는 시늉을 해 보였다. 시그리드는 피식 웃으며 슬그머니 손을 망토 속으로 넣었다. 순식간에 손끝까지 훈기가 돌았다.

'이거 나도 하나 살까……?'

그러면 허리띠를 졸라매고 살아야겠지만, 그럴 만한 가치가 있어 보이는 망토였다.

추위를 무릅쓰고 썰매를 달린 보람이 있게 둘은 해가 지기 전에 마을에 도착했다. 여인숙도 없는 작은 마을이었다. 촌장이 미안해하면서 마구간을 내어 주었고 두 사람은 노새 두 마리와 염소가 있는 좁은 마구간으로 들어섰다. 축사 안은 냄새가 났지만,

동물들의 체온 덕분에 그렇게 춥지는 않았다.

사료는 다행히 싣고 왔기 때문에 노새에게 먹을 걸 주고, 잠자리 값으로 염소를 먹인 다음, 건초 다발을 적당히 모아 위에 망토를 깔고 두 사람은 나란히 누웠다. 떨어져 있을 만한 공간도 없었다.

어깨와 팔이, 손등이 살짝 닿아 베라무드는 움찔 몸을 떨었다. 시그리드가 그에게로 돌아누우며 말했다.

"그러고 보니 괜찮으신 겁니까?"

자신도 모르게 허리를 뒤로 빼며 베라무드가 물었다.

"뭐가? 아니, 그보다 말은 또 왜 높여?"

"아—"

시그리드는 피식 웃고 말했다.

"괜찮지 않습니까? 어차피 듣는 사람도 이제 없는데요."

따뜻하다고는 해도 말할 때마다 입김이 조금씩 흘러나왔다. 축사 지붕 틈 사이로 달빛이 들어와 바닥에 비뚤비뚤 가느다란 줄무늬를 남기고 있었다. 베라무드가 슬쩍 노새들을 눈짓하며 말했다.

"쟤네들이 있잖아."

그 말에 시그리드가 씩 웃었다.

"그런가."

"그래. 그래서? 뭐가 괜찮아?"

"아니, 전에 서부에 갔을 때, 옷 입고는 답답해서 못 잔다고 했었잖아? 요즘 며칠째 계속 입고 자는데, 컨디션은 괜찮은 건가?"

"아— 그 정도는 아냐. 괜찮아."

"그래?"

푸르륵 하고 가볍게 노새들이 입김을 내뿜는 소리가 들리는 것만 빼면 사방은 고요했다. 숨 쉬는 소리가 들렸지만 그게 들린다는 건 사위가 조용하다는 걸 더 강조할 뿐이었다.

두 사람 모두 저도 모르게 목소리가 낮아졌다.

"여기가 마지막 마을이야."

베라무드의 말에 시그리드는 눈을 동그랗게 떴다.

"그럼 이제 계속 노숙?"

"그렇지. 썰매랑 노새는 여기 두고 갈 거야."

"괜찮겠어?"

"응. 눈신 신을 줄 알지?"

"응."

"그럼 됐어. 어차피 이 뒤로는 길도 없어서……."

시그리드가 부스럭거리며 상체를 반쯤 일으켜 세웠다. 그녀가 그를 내려다보며 물었다.

"정확한 위치는 아는 거야? 아니면 수색?"

"이제부터는 수색이야. 그동안 눈이 더 오지 않은 게 다행이지. 봄이라서 조심해야 해. 겉보기에는 눈이 쌓여 있는 얼음이라고 해도 푹 꺼지는 곳이 있다니까."

"그렇구나……."

시그리드는 가볍게 숨을 내쉬었다. 그런 그녀의 얼굴을 올려다보며 베라무드는 묘한 감상에 빠졌다. 같이 잠자리를 하지 않으면 절대로 있을 수 없는 구도다.

"따라오지 않는 편이 좋았겠지?"

그가 불쑥 물었다. 시그리드가 그를 내려다보며 속삭였다.

"아닙니다. 혼자서 수색할 넓이를 생각하면 더 골치 아픈걸요. 둘이 하면 더 빠르겠죠."

베라무드는 가볍게 숨을 들이마시고 사과했다.

"미안. 따라와 줬는데 쓸데없는 소리 해서."

그러자 불쑥 시그리드가 얼굴을 들이밀었다. 놀란 베라무드는 눈을 휘둥그레 뜨며 경직됐다. 시그리드가 이상하다는 듯 말했다.

"그러네요. 답지 않은 말씀을 하시는데, 어디 안 좋으신 거 아닌가요? 역시 잠을 못 주무신 거 아닙니까? 열이 나시나요?"

그녀가 스스럼없이 그의 이마에 자신의 이마를 가져다 댔다. 베라무드는 움찔했다.

"이상하네요, 열이 나는 것 같지는 않은데요."

말할 때에 시그리드의 입김이 그의 입술을 간지럽혔다. 베라무드가 손을 뻗어 그녀의 양어깨를 잡고 확 밀어내며 반대로 그녀의 위에 올라탔다. 얼결에 아래에 위치하게 된 시그리드가 눈을 깜박였다.

"베라무드?"

"너 말야, 조금쯤은—"

'경계심을 가지는 게 어때?'라고 하려다 그는 말을 삼켰다.

'여기서 왜 경계해야 하죠? 같은 말이 나오면 나도 좀 타격이

클 거야.'

하지만 이건 좀 불공평하다는 생각이 들어 베라무드는 몸에서 힘을 뺐다. 졸지에 그에게 깔린 시그리드는 당황해 버둥거렸다.

"잠깐, 베라무드? 무겁습니다."

잠시의 심술 후 그는 몸을 굴려 그녀의 몸 위에서 내려왔다. 시그리드가 발끈해 상체를 벌떡 세우며 말했다.

"무슨 짓입니까?"

"장난……?"

"남은 걱정하고 있는데 장난을 치셨단 말이죠."

그녀가 눈을 가늘게 떴다. 베라무드는 아차 싶어서 이어 몸을 일으켜 세웠다.

"아니, 저기, 그게 멀쩡하다는 걸 알려 주려고."

시그리드가 코웃음을 치더니 몸을 휙 굴려 베라무드의 위에 올라탔다. 베라무드는 숨을 삼켰고 시그리드는 의기양양한 얼굴로 그를 내려다보며 말했다.

"저도 멀쩡합니다."

"어, 아니, 그게—"

베라무드는 그녀의 무게를 느끼면서 손가락 하나 꼼짝할 수 없었다. 시그리드가 눈을 가늘게 뜨고 상체를 숙여 그를 바라보았다.

"이제 이런 장난은 치지 않으시겠죠?"

"안 쳐."

절대, 절대, 절대.

이런 식으로 반박당하다가는 수명이 줄어들거나 비양심적인 인간이 될 것이다. 시그리드가 승리자의 미소를 지으며 충고하듯 말했다.

"그냥 말로 하셔도 됩니다."

"응, 그렇지. 미안."

그러니까 너도 제발 내려와서 말로 해 줘.

고개 숙여 사과하는 그를 보고 시그리드는 긴 숨을 내쉬고 빙글 내려와서 털썩 누웠다.

"얼른 자요. 내일부터는 두 발로 수색이니까요."

마치 그녀가 리더 같은 느낌이었으나 베라무드는 별말 없이 고분고분 옆에 누웠다.

'춥다.'

시그리드는 슬그머니 베라무드에게로 몸을 밀착했다.

"잘 자."

시그리드가 작게 중얼거리자 베라무드가 "너도." 하고 작게 웅얼거리듯 말했고 그녀는 곧 잠에 빠져들었다.

베라무드는 지붕 틈새로 달이 지고 해가 뜨는 것을 보았다.

'못 잤다…….'

한곳에서 자게 되니, 시그리드가 온기를 찾아 자꾸 자신의 품 안으로 밀고 들어오는 통에 베라무드는 한잠도 자지 못했다. 그는 그의 가슴에 푹 얼굴을 박고 쌔근쌔근 자고 있는 시그리드를 내려다보았다.

'아, 정말.'

왜 이렇게 귀여운 거야?

화도 못 내게 말이다. 그는 끙 하는 신음을 내며 멍하니 밝아진 축사를 보았다. 해가 뜨고 얼마 되지 않아 시그리드는 자동으로 스르륵 눈을 떴다.

멍한 눈으로 상황을 파악한 그녀가 "아." 하고 꿈지럭거리며 그의 품에서 벗어나며 말했다.

"죄송합니다."

"아니, 괜찮아."

베라무드가 허탈한 목소리로 중얼거리듯 말했다. 자리에서 일어난 시그리드가 쭈욱 스트레칭을 하며 말했다.

"정말로 괜찮은 거야?"

"어……."

멍하니 천장을 보며 말하는 베라무드를 미심쩍은 눈으로 한 번 보고 시그리드는 굳은 몸을 풀었다. 썰매에서 작은 화로를 꺼내 눈을 녹여 대충 씻고, 건량을 나눠 먹은 후에 둘은 촌장에게 은화를 주고 노새의 썰매를 맡겼다.

각각 짐을 지고 아침나절 부지런히 걸어서 작은 언덕 꼭대기로 올라갔다. 베라무드가 아래를 가리키며 말했다.

"저기 저 길 보여?"

"네, 지금까지의 고생이 무색한 잘 닦인 큰길이군요."

시그리드는 어처구니가 없어 저도 모르게 짜증을 담아 내뱉듯 말했다. 베라무드가 픽 웃고 말했다.

"저 길로 오면 너무 돌아. 우리가 온 길이 최단 거리고. 하지만 루디날 황자 일행은 수가 많으니까 돌더라도 큰길로 올 수밖에 없지."

"그렇군요."

시그리드는 그제야 납득하고 고개를 끄덕였다. 베라무드가 고개를 들어 앞쪽을 보았다.

"저쪽에서 산사태가 나고 나서 연락 두절이야."

"산사태가 나도 원래 저렇게 깔끔한가요?"

"당연히 아니지. 아까 촌장에게 물어보니까 산사태도 없었다고 하더라고. 정보원에 따르면 이쯤에서 황자 일행 연락이 두절된 건 확실해."

"그럼 저기가 수색의 시작점이겠군요."

"그래."

베라무드가 고개를 끄덕이고는 가파른 경사를 미끄러지듯 내려가기 시작했다. 시그리드 역시 그 뒤를 따랐다.

큰길로 내려와 딱딱한 돌길에 발이 닿자 그제야 안심이 되는 기분이었다. 눈신을 벗어 가방에 걸고 둘은 빠른 걸음으로 걸었다.

"그럼 이 근처를 다 수색해 봐야 한다는 거네."

시그리드는 새하얀 눈으로 덮인 산과 계곡을 바라보며 중얼거렸다. 베라무드가 고개를 끄덕였다. 그가 눈을 가늘게 뜨고 하늘을 보며 말했다.

"다행히도 운이 좋은 것 같지만."

시그리드도 그를 따라 시선을 돌렸다.

"아."

까마귀 떼다.

이 겨울에 먹이를 얻기는 확실히 힘들겠지. 설원에 먹잇감이 있다면 그건 십중팔구 시체일 테고. 물론 그 시체가 자신들이 찾는 시체가 아닐 수도 있지만, 확인은 필요했다.

"가자."

시그리드는 고개를 끄덕이고 그 뒤를 따랐다. 길을 벗어나 시그리드가 다시 눈신을 신으려고 했으나 베라무드가 고개를 저었다.

"여기는 얼음이나 마찬가지야."

디뎌 보니 단단하기는 했지만, 그래도 봄이라고 살짝 질척거렸다.

"미끄러지는 걸 조심해야겠네."

시그리드는 한숨을 내쉬었다.

둘은 까마귀의 위치를 확인하며 한참을 걸었다.

"쯧."

베라무드가 혀를 차며 손가락으로 바닥을 가리켰다. 시그리드는 곧 말발굽 자국을 보았다. 얼음처럼 단단한 곳이라서 말편자 자국이 남아 있었다.

"이건 바퀴 자국일까?"

시그리드의 물음에 베라무드가 고개를 끄덕였다.

"그런 것 같은데. 눈이 안 와서 다행히 흔적이 뚜렷하군."

"하지만 여기는 길도 아니잖아? 이런 곳으로 마차를 몰았다가는 분명히 전복—"

당할 거라고 말이 끝나기도 전에 시야 끝에 넘어진 마차가 눈에 들어왔다.

"제길."

욕을 입에 담고 베라무드는 달렸다. 시그리드는 주변을 살피며 그의 뒤를 쫓았다. 베라무드는 넘어진 채로 부서진 마차를 살폈다. 문짝이 없었고, 안에는 시종인 것이 분명한 사람의 시체가 부자연스러운 각도로 굳어 있었다. 겨울이라 썩지는 않은 모양이었다.

베라무드는 이를 갈며 몸을 일으켰다.

"황자님은?"

"아니, 없어. 더 가자. 말 사체는 없으니까."

"응."

시그리드는 마차 굴레에 연결된 고삐가 날카로운 칼로 잘린 걸 확인했다. 누군가가 말과 마차를 분리했다는 이야기다.

얼마 걷지 않아서, 두 사람은 말의 사체 역시 찾을 수가 있었다. 시그리드가 그걸 바라보며 말했다.

"오러 사용자?"

"어쩌면……."

베라무드가 낮게 말했다. 말은 굵은 목이 통째로 베어져 있었다. 저렇게 굵은 것을 일도양단할 수 있는 실력자는 많지 않다.

절단면도 매끄러우니 보통 솜씨는 아니었다.

"적어도 일반적인 암살자는 아닌가 본데."

베라무드가 숨을 내쉬었다. 시그리드가 말했다.

"계속 추적해 보지. 죽은 말은 한 마리고. 저건 이두 마차였고."

"그래."

둘은 계속해서 흔적을 더듬어 가며 점점 더 계곡 쪽으로 내려가기 시작했다. 몇몇 곳은 길이 좁고 지나치게 가팔라서 굴러떨어지기 딱 좋은 모양새였다. 시그리드가 신음을 흘렸다.

"왜 자꾸 아래로……?"

"경사니까. 사람은 길을 잃은 채로 뭔가에 쫓기면 무의식적으로 아래로 달리거든."

둘은 몇 번이나 중간에 흔적을 놓쳤다. 워낙 오래전에 지나갔던 흔적이라서 추적하기가 힘들었다. 결국, 둘은 숲에서 밤을 맞이하게 되었다.

베라무드는 나뭇가지 아래 눈 동굴을 찾았다. 눈이 나무 밑동을 지나 가지까지 쌓여 있었는데, 그 가지 덕분에 아래쪽은 눈이 쌓이지 않아 좁지만 피난처가 될 만한 공간이 생겨나 있었다. 이미 꽝꽝 얼어 단단해진 터라 눈이 무너질 일도 없다. 시그리드가 그 밑으로 들어가 자리를 잡으며 말했다.

"신기하네. 난 이 아래도 눈이 쌓이는 줄 알았어."

"나도 그런 줄 알았어."

베라무드의 대답에 시그리드가 의아해졌다.

"그럼 어떻게 안 거야?"

"말했잖아, 공부했다고."

그가 안으로 들어와 바싹 붙어 앉으며 말했다.

"정말로 공부했다고?"

놀란 시그리드가 묻자 베라무드가 고개를 끄덕였다.

두 사람은 잘 얼지 않도록 진하게 탄 달콤한 생강차를 마시고, 눈을 좀 먹고 나서, 건량을 함께 삼켰다.

시그리드가 중얼거렸다.

"서바이벌 같네."

"그러네."

밤이 오자 완전한 어둠이 굴에 찾아왔다. 머리 위 나뭇가지에서 희미하게 솔 향이 아래로 흘러 고였다. 시그리드는 숨을 깊게 들이마시고 말했다.

"황자님이 무사하실까요?"

"나도 모르겠어. 사실 이 시간에도 추적해야 하는 거 아닌가 싶은데…….”

"적당한 휴식은 중요합니다."

"그건 그렇지만. 어쩌면 지금 이 시각에 루디날 황자님의 생사가 결정되고 있을지도 모르고…….”

"반대로 지금 쉬지 않다가 피로감으로 판단을 잘못해서, 황자님의 생사가 결정되고 있을 때 갈 수 있었을 것을 못 갈지도 모르지요."

베라무드는 그런가 하고 머리를 뒤로 기댔다. 망토 아래로 눈

벽의 차가운 한기가 희미하게 느껴졌다.

"루디날 황자님에 대해서 뭐 아는 거 있어?"

베라무드의 질문에 시그리드는 잠시 생각에 잠겼다. 자신이 이 황자와 짜고 황태자를 죽였다는 누명을 썼을 때, 그 고발장에서 보았던 이 황자는 창백한 얼굴을 하고 있었다.

"아뇨."

시그리드는 고개를 저었다. 깜깜한 어둠 속에서 서로의 존재를 알 수 있는 건 작은 숨소리, 닿아 있는 어깨의 온기, 그리고 목소리뿐이었다.

"세리오스와 루디날이 나이 차이가 많이 나는 건?"

"아, 그건 압니다."

로웬그린에게서 들었다. 의기양양한 목소리로 시그리드가 대답해서 베라무드는 저도 모르게 웃었다. 분명히 얼마 전에 알았을 게 틀림없으렷다.

"그럼 폐하와 전 황후마마에 대해서는?"

"……모릅니다."

시그리드는 대답하고 무릎을 웅크려 잡으며 턱을 괴었다.

'그러고 보니 난 폐하에 대해서도 전혀 모르는구나.'

정말로 가까이 있었다고, 곁에 있었다고 생각했는데…….

막상 지나고 나서, 이제 와 보니 자신은 폐하에 대해 아는 것이 아무것도 없었다.

'어리석었어. 바보 같았어. 시그리드 앙케르트나.'

"어떤 사이셨습니까?"

시그리드가 작게 물어 와서 베라무드는 잠시 침묵하다가 대답했다.

"폐하의 아버님은 귀족들을 향해서 꽤 강경책을 쓰셨어. 하지만 그걸 다 이루기도 전에, 폐하가 열 살 되던 해에 돌아가셨지. 당시 폐하가 어렸기 때문에 폐하의 어머님, 그러니까 태후마마가 폐하를 대신해 섭정을 했고⋯⋯."

베라무드가 가볍게 웃었다.

"태후께는 정부가 있었지. 그리고 어린 폐하를 우습게 보는 귀족들도 있었고. 그런 상황에서 그분이 성장을 하셨어. 자신을 어떻게든 조종하려고 하는 어머니의 정부와 귀족 사이에서."

시그리드는 숨을 삼켰다.

"그런⋯⋯. 하지만 지금의 폐하는―"

"맞아. 전무후무한 권력을 휘두르고 계시지. 내가 폐하를 무섭게 보는 점이 그건데― 그분이 열여섯이 되셨을 때 황후마마와 결혼하셨고, 그 성정도 좀 누그러지나 싶었지. 세리오스에게는 원래 나이 차이가 꽤 나는 형이 있었거든. 아주 유능한, 제국의 황태자로 손색없는 사람이."

"있었다면⋯⋯?"

"유능한 황태자가 위협이 된다고 느끼셨던 폐하께서 아들을 죽이셨지."

"⋯⋯네?"

어둠 속에서 자신의 목소리가 휙 뒤집어져 올라가 시그리드는 반문하고도 놀랐다. 하지만 그래도 묻지 않을 수 없었다.

"아니, 황태자를 말입니까?"

"어, 물론 '너 유능하니까 죽어라.'라고는 하지 않았어. 그 당시 서부 쪽에서 소요가 일어났었거든. 그걸 진정시키러 가라고 한 다음에, 일 처리를 트집 잡아서, 책임지게 한 거지. 황후마마는 그 일로 기절하시고 몸이 상하셨고……. 루디날 황자님을 낳고 얼마 되지 않아서 돌아가셨어. 하혈하셨는데, 어의가 오지 않았거든."

베라무드의 말투에 빈정거림이 가득해서 시그리드도 뉘앙스를 잡아낼 수 있었다.

"폐하께서 어의를 보내지 않으셨군요."

"그런 거지."

어둠 속에 침묵이 찾아왔다. 시그리드는 자신이 했던 임무를 전부 돌이켜 보았다.

죽이고, 빼앗고, 협박하고, 불태우고─

한 사람도 빠짐없이 기억하고 있었다.

'그러고 보니 서부 귀족들이 꽤 되는걸.'

처음에는 서부, 그다음은 북부, 그러고 나서 동부와 남부.

'이제 와 생각하니 숙청이었군.'

대귀족이라거나 구심점이 될 만한 귀족들은 사정없이 처단했다. 하지만 구심점이 되거나 대귀족이라는 것은 그만큼 유능하다는 뜻이고, 유능한 사람이 없으면 나라는 기울어지기 마련이다. 심지어 자신과 함께 죽은 황자가 둘.

'아웬이 황태자가 된다고 하면…….'

시그리드는 한숨을 길게 내쉬었다.

'자신 이후의 제국이 어떻게 되든 상관이 없다는 건가?'

그건 좀 슬픈 일이다.

시그리드는 눈을 감았다.

도대체 난 무엇을 위해서 그 사람에게 충성한 것일까?

황족에게 충성을 하고 인정을 받길 원했던 이유는 뭐였을까.

그리고 시그리드는 놀라운 사실을 깨달아 눈을 떴다.

'이제 황가의 인정은…… 그렇게 필요 없는 것 같아…….'

그렇게 위대하게 보였던 가문을 가까이서 보며 내린 결론은 그들도 딱히 다르지 않다는 것이었다.

ㅡ추가 기울어졌다.

시그리드는 주먹을 꽉 쥐었다. 황제 폐하의 인정보다 아르카나의 인정이 더 좋았다. 황태자 전하가 내린 검보다 베라무드가 준 검이 더 좋다. 황태자비마마와 함께한 티타임보다 로웬그린과 마리쉐즈와 떠드는 게 더 좋았다. 신분 높은 근위대원 동료들보다도 알케르토와 모리스와 함께 있는 게 더 즐거웠다.

'물론 난 기사고, 훌륭한 기사가 되기 위한 노력을 멈추지는 않을 거야.'

그리고 그 훌륭한 기사가 무엇인지, 옳은 일이 무엇인지에 대한 기준은 자신이 세울 것이다.

심장이 두근거려 시그리드는 가슴께를 꽉 움켜쥐었다.

나를 통치하는 건 나 자신이다.

크게 숨을 들이마시고 시그리드는 머릿속을 돌렸다. 감격은 감격이고 이성은 이성이다. 그녀가 물었다.

"그럼 왜 지금 폐하께서는 루디날 황자를 처리하시려는 거죠?"

"루디날 황자가 시찰을 갔다는 건 알고 있지?"

"네. 격려 차원에서, 라는 말은 들었습니다."

"거기서 세리오스에 대한 의견이나 실질 업무적인 내용들을 모았나 보더라고."

"그 내용은 폐하께도 공유되지 않나요?"

설마 황자 혼자서 그 내용을 기록할 리는 없고, 황제가 기록관도 여럿 딸려 보냈을 테니까.

"그렇기는 한데, 그렇다고 해도 말야. 음― 세리오스의 최측근이 루디날인 거잖아?"

"당신이 아니고 말인가요?"

시그리드의 말에 베라무드는 웃음을 터트리며 말했다.

"아니지, 그래도 난 남이고. 루디날은 형제잖아?"

"그럴까요?"

시그리드는 갸웃했다. 모리스를 보았을 때 형제가 남보다 못한 경우도 많은 것 같은데. 하긴 이 둘은 안 그럴 수도 있겠지. 알케르토도 보면 형제들과 사이가 썩 나쁜 것 같지도 않았고. 심지어 피가 반만 섞인 형제들인데도 책임지려고 아등바등하고 있으니까.

"하여간 그런데, 루디날이 죽는다고 생각해 봐. 누가 세리오스의 편에 서려고 하겠어?"

가장 가까운 최측근—형제를 지킬 수도 없는 사람의 편이 될 사람은 없다.

"그런 생각도 있을 수 있겠군요."

시그리드는 고개를 끄덕였다. 하지만 어딘가 한구석이 찜찜했다. 뭔가, 뭔가가 생각날 것도 같은데 알 수가 없었다.

한참 끙끙거리다가 시그리드는 문득 떠오른 생각에 물었다.

"그러고 보니 베라무드에게도 형이 있었지요."

"어. 유능한 형님이 계시지."

그의 대답에 시그리드가 갸웃하고 물었다.

"형님을 좋아하지 않으십니까?"

베라무드와 닿은 어깨가 흠칫하는 게 느껴져서 시그리드는 어둠 속에서 그를 향해 고개를 돌리며—보이지는 않지만— 말했다.

"제가 실례되는 이야기를 한 건가요?"

"아냐. 정곡을 찔려서. 아니, 싫어하는 건 아닌데—"

"아닌데……?"

베라무드가 한숨을 내쉬고 말했다.

"형이 너무 유능하다 보니 상대적으로 나는 너무 프리해졌다고 해야 할까. 사실 놀기 좋아하니까 기쁜 일이지만 말야."

히죽 웃으며 덧붙이자 시그리드가 그에게로 몸무게를 실 듯이 기대었다.

"시리?"

"전 베라무드가 노력하고 있는 걸 잘 압니다."

갑자기 귓가에 속삭이듯 이야기해서 그는 숨을 삼켰다.

"노는 것으로 보이지만, 사실은 '열심히'라는 걸 알고 있습니다. 그리고 전 잘 모르지만, 형님도 알고 계시지 않을까요?"

"어째서 그렇게 생각해?"

"베라무드가 싫어하지 않으면 좋은 분이실 거고, 그러면 분명히 알고 계실 거라고 생각합니다."

그 말에 베라무드는 웃었다가 손을 뻗어 그녀의 얼굴을 더듬었다.

"역시 너 너무 가까워."

"그런가요?"

"그래."

그 말에 시그리드는 얌전히 원래의 위치로 돌아갔다. 베라무드는 그녀의 말에 대해서 어떤 코멘트도 달지 않았다. 그러지는 않았지만 그는 형에 대해서 다시 생각해 보았다.

한참 후에 베라무드가 말했다.

"알아, 나도. 형은 좋은 사람이야. 내가 오러 사용자가 되었을 때도 엄청 기뻐해 줘서 놀랄 정도였으니까."

"그랬군요."

"사실 형이랑 매일 비교당해서 말이지. 비교하면서도 절대로 형보다는 유능하면 안 된다고 귀에 못이 박히게 들어서……. 하지만 검은 예외였어. 예외여서 좋았지. 오러 사용자가 되고, 내

자리를 만들었을 때도 기뻤어."

그래도 루나틸 공작가의 둘째가 한량이라는 소문은 사라지지 않았고, 사실 자신이 그 소문을 즐기지 않았다고 하면 거짓말일 것이다.

"저도, 제 검 실력을 인정받은 건 기뻤습니다. 여러 가지 문제들도 검을 붙잡으면 그냥 사라져 버리죠. 그것들이 단순한 잡음에 지나지 않았던 것처럼요."

시그리드가 고개를 끄덕이며 동감했다. 베라무드가 웃음기 섞인 목소리로 말했다.

"말했잖아, 우리 둘이 비슷하다고."

"그렇게 말하면 그럴지도 모르겠습니다만―."

시그리드는 중얼거렸다. 베라무드가 한숨을 내쉬고 말했다.

"물론 공작가의 철없는 둘째의 투정과 시리의 어려움을 비교할 생각은 없지만 말야."

"저도 딱히 불행의 크기를 비교할 생각은 없습니다."

그녀는 잘라 말하고 덧붙였다.

"그나저나 좋군요."

"뭐가?"

"이렇게 이야기하는 것 말입니다."

진짜 친한 친구가 되어 가는 것 같아서 엄청 설렜다.

서로에 대해서 속속들이 아는 친구!

베라무드와 둘이 있는 시간이 많아서인지 이야기도 많아지고…….

'가장 먼저 절친이 된 것도 당연한 일이야.'

같이 보내는 시간이 많다 보니, 공유하는 것도 많아지는 것이 당연했다.

"나도 좋아."

베라무드의 말에 시그리드는 싱긋 웃었다.

'친구와 마음이 통하는 것도 좋구나.'

아르카나와도 가깝지만, 아르카나는 항상 집에서 보다 보니 가족 같은 느낌이었다. 시그리드는 새삼스런 생각에 고개를 갸웃했다. 친구라고 해도 다 같은 친구는 아닌가 보다.

가족 같은 친구, 귀여운 친구, 의지가 되는 친구 등등.

친구라고 해도 다 미세하게 다르구나, 하고 그녀는 고개를 끄덕였다. 항상 새로운 것을 깨닫는 것도 즐겁다.

아우우우우우—

멀리서 늑대의 울부짖는 소리가 들려와 시그리드와 베라무드는 반사적으로 동시에 검 손잡이를 잡았다. 덜컥하는 소리가 틈을 두고 들려 둘은 침묵했다가 웃음을 터트렸다. 베라무드가 말했다.

"자자. 내일 일찍 또 수색 나갈 거니까."

"네. 주무세요."

"잘 자."

공간의 협소함 때문에 앉아 있는 자세였지만, 어느 자세든, 어떤 장소든 잠을 잘 수 있는 것이 시그리드의 미덕이었다. 한참 자던 그녀는 무게감에 눈을 슬쩍 떴다.

'아.'

베라무드가 자신에게 푹 기대어 자고 있었다.

'피곤했구나.'

자신도 물론 피곤했지만, 루디날을 걱정하면서 사방에 신경을 곤두세우던 그의 정신적 피로가 더 심했으리라. 시그리드는 끙끙거리며 그를 잘 받쳐 올리고 그 자세로 다시 눈을 감았다.

* * *

추적 이틀째.

흔적이 선명해질수록 베라무드의 말도, 웃음도 줄어들었다.

명백하게 저항하다가 베인 시체들의 수가 슬슬 두 자리 수를 넘기고 있었다. 근위대원의 시체를 확인했을 때 시그리드는 그가 욕이라도 내뱉지 않을까 했지만, 오히려 그는 무감각한 표정으로 시체를 살폈을 뿐이었다.

"봐."

베라무드가 시체의 손에 들린 검을 보여 주었다. 반 토막 난 검은 부러진 게 아니라 매끄러운 단면을 가지고 있었다. 시그리드는 눈을 가늘게 떴다.

"검까지 함께 베인 거군요. 오러 사용자네요."

"오러 사용자지."

베라무드가 자리에서 일어나며 무겁게 말했다. 시그리드는 잠시 생각에 잠겼다.

"할 만한 사람이 누가 있을까요?"

"일단 근위대원들은 다 제외해."

"어째서 말입니까?"

"근위대에 있는 오러 사용자라면 내가 위치는 다 파악하고 있으니까. 전부 수도에 머물러 있었어."

"그리고 서부도 제외해야겠고요."

"그래."

그러면 인원수는 매우 줄어든다. 줄어들지만, 그 안에서 이런 암살자 같은 짓을 할 만한 오러 사용자를 찾으라면 없었다.

'예전의 나라면 모를까.'

시그리드는 그렇게 생각하며 고개를 들어 설원을 바라보았다. 베라무드가 자리에서 일어나며 말했다.

"서두르지."

"네."

명령조의 말에 반사적으로 존대가 흘러나왔다. 베라무드가 긴장을 풀듯 웃으며 그녀의 뺨을 꾹 찔렀다.

"이제는 좀 반말에 익숙해져 봐."

"아, 응."

시그리드는 고개를 끄덕이고 이제 선명한 편자 자국을 따라서 걷기 시작했다. 햇살에 평원이 반사되어 눈이 부셨다. 시그리드는 베라무드에게 빌린 고글을 착용하며 물었다.

"베라무드는 괜찮아?"

"뭐가?"

"눈."

"괜찮아. 눈 좋으니까."

"눈이 좋으면 더 문제가 되는 게 아닌가."

"진짜로 괜찮다니까."

시그리드는 한숨을 내쉬며 말했다.

"설마 눈밭이 이렇게 눈부실 거라고는……."

어쩐지 서부의 기사들이 다들 고글을 가지고 있더라니. 시그리드는 하나 얻어 올 걸 하고 후회했다.

고글 역시 가격이 저렴한 물건은 아니어서 시그리드는 조심스럽게 고글을 다뤘다. 베라무드가 앞장서서 걷기 시작하다가 멈춰 섰다.

"편자 자국 봐 봐."

그가 발자국을 가리키며 말하자 시그리드가 허리를 숙여서 자국을 보며 말했다.

"깊이가 얕아졌어."

"위에 탄 사람이 내렸다는 말이겠지."

"그러면 말과 같은 방향으로는 가지 않았을 테니까……."

시그리드는 눈 표면에 바싹 붙어 주변을 살펴보았다.

"이쪽. 달려간 뒷굽 자국이 남아 있어."

"일부러 남긴 것 같지는 않은데."

베라무드의 말에 시그리드는 꼼꼼히 흔적을 살피고 고개를 끄덕였다. 베라무드가 중얼거렸다.

"추적을 피하기 위해서 말을 버린 거라면, 어째서 걸음 흔적은 따로 남기지 않은 거지?"

"거기까지 생각할 시간이 없었던 게 아닐까? 계속 쫓기면 피로감이 상당할 테니까."

"그럴 수도. 게다가 더 찜찜한 점은—"

그가 말을 끝내기 전에 시그리드가 받아쳤다.

"추격자의 흔적은 전혀 알 수가 없다는 거지."

"바로 그거야."

도망가는 사람의 흔적만 남아 있을 뿐, 자신과 마찬가지로 한 발 앞서 그들을 쫓고 있을 추격자의 흔적은 어디서도 보이지 않았다.

"일단 가 보는 수밖에."

시그리드의 말에 베라무드가 고개를 끄덕였다. 둘은 발자국을 따라 부지런히 걸음을 옮겼다. 30분쯤 걸어갔을 때 시그리드는 신음을 흘렸다.

자신이 있는 곳은 언덕 위쪽이고, 그동안은 계속 꼭대기로 걸어오느라 몰랐는데, 꼭대기에 서서 내려다보니 절벽이 있었다. 단애 사이로 줄다리가 놓여 있기는 했지만, 너무 불안정해 보였다. 하지만 발자국은 그곳을 향해 계속 뻗어 있었고 둘은 언덕 아래로 내려가 다리 앞에 도착했다.

"건너셨군."

"건넜네."

둘은 불안한 눈으로 줄다리를 살폈다. 얼음이 군데군데 끼어 있는 데다가 난간이라고 할 수 있는 줄은 한 줄뿐이라서 미끄러진다면, 붙잡을 것도 없이 바로 절벽으로 떨어질 것이었다.

"너무 무책임한 다리 아닌가?"

시그리드가 중얼거리자 베라무드가 말했다.

"난 여기 이 다리가 있다는 것도 신기한데. 보통 사람들이 다니는 길도 아니잖아? 보통은 큰길로 다니니까. 게다가 오래된 다리 같지도 않아."

그가 다리 밧줄을 당겨 보며 말했다. 시그리드가 크게 숨을 들이마시며 말했다.

"그럼 다행이라고 생각하면서 건너야겠네."

"그렇지."

둘은 50여 미터쯤 되어 보이는 반대편을 바라보다가 조심스럽게 다리에 발을 올렸다. 밧줄을 붙잡고 시그리드는 빠른 속도로 걸었다. 겨울바람에 다리가 흔들리기도 했지만, 확실히 만들어진 지 얼마 안 된 다리라서 튼튼하게 버텼다.

무사히 다리를 건너고 나서 둘은 안도의 한숨을 내쉬었다. 베라무드가 밧줄을 살피고 말했다.

"역시, 끊으려고 시도한 흔적이 없어."

"그건 이상한데."

추적자가 오는데 이런 다리를 건넜다면, 자신은 분명히 다리를 끊었을 것이다. 베라무드가 중얼거렸다.

"그렇다면 가능성은……."

다리를 끊을 여유도 없을 만큼 추적자가 가까이 왔거나—

"으아아악!"

멀리서 비명이 들려 베라무드와 시그리드는 서로 휙 얼굴을 마주 보았다가 미친 듯이 달리기 시작했다.

"루디날!"

베라무드가 고함을 질렀다. 그러자 다시 어딘가에서 소리가 들려왔다.

"베라무드?! 베라무드! 여기야!"

베라무드와 시그리드는 소리가 난 방향으로 최대한 빠르게 달렸다. 곧 사람의 모습이 눈에 들어왔다.

루디날과—

"기사?"

시그리드가 중얼거렸다. 새까만 풀 플레이트 갑옷으로 전신을 감싼 기사가 루디날을 향해 공격을 하고 있었다. 그녀는 보기만 해도 추워지는 것 같았다.

'이 날씨에, 이런 곳에서, 풀 플레이트라고?'

분명히 시그리드와 베라무드의 기척을 느꼈을 텐데도 기사는 뒤도 돌아보지 않고, 루디날을 공격하는 데에만 집중하고 있었다.

시그리드보다 먼저, 베라무드가 도착해 검을 뽑아 들었다. 쇠가 잘리는 소리도 나지 않게 베라무드는 상대의 갑옷을 베었다.

"어?"

베라무드는 베고 나서 이상한 소리를 냈다.

베었다, 베었는데, 손의 감촉이 마치 갑옷만 벤 것 같은…….

"그거 인간이 아냐!"

루디날의 외침에 베라무드는 갑옷을 걷어찼다.

텅—!

속이 빈 듯한 소리. 이어 도착한 시그리그가 투구를 가로로 베어 냈다. 가벼운 소리와 함께 투구 위쪽이 바닥에 떨어졌고, 투구 안에는 아무것도 없었다.

"마수……?"

미심쩍은 목소리로 시그리드가 중얼거렸다. 둘의 공격에도 갑옷 기사는 아무런 문제없이 움직임을 계속했다.

"이런 마수는 들어 본 적이 없는데."

베라무드가 중얼거리며 루디날을 부축해 일으켜 세웠다. 그 사이 갑옷 기사는 시그리드와 공방을 주고받고 있었는데, 한눈에도 그녀 쪽이 훨씬 우세해 보였다. 시그리드가 갑옷 기사의 칼을 든 손을 베어 내자 덜커덕 소리를 내면서 팔이 바닥에 떨어졌다. 이어 그녀가 몸뚱이를 베고 걷어찼다. 몸을 지탱하고 있던 시그리드의 한쪽 발이 눈 속으로 깊이 푹 들어갔다. 눈 위에서 한발로도 흔들림 없는 모습에 베라무드는 저도 모르게 감탄했다.

탕, 탕—!

상체 갑옷은 요란한 소리와 함께 바닥을 데굴데굴 굴렀고 하체는 서 있는 채로 움직임이 멈췄다.

물론 속은 텅 비어 있었다.

루디날은 새하얗게 질린 얼굴로 그 광경을 바라보았다. 그의 전신이 끊임없이 떨리고 있었다. 베라무드가 물었다.

"괜찮습니까? 부상당하신 곳은?"

루디날은 고개를 세차게 저었다. 이가 다닥다닥 부딪치는 와중에도 루디날은 얘기하려 애썼다.

"나, 나, 난 괜찮아. 하지만―"

다른 사람들은 괜찮지 않다는 것이겠지. 베라무드는 어두운 얼굴로 고개를 끄덕였다. 시그리드가 검을 도로 검집에 집어넣으며 말했다.

"이동하는 게 좋겠습니다. 저 마수 같은 것도 가지고 가야 할까요?"

"뭐하러?"

베라무드가 퉁명하게 말하자 시그리드가 어깨를 으쓱하며 말했다.

"증거 같은 걸로 말입니다."

그 말에 베라무드는 침묵하다가 고개를 끄덕였다. 시그리드가 짐에서 밧줄을 꺼내어 갑옷 쪽으로 다가갔다.

새까만 갑옷을 무얼로 만든 건지는 모르겠지만, 철은 확실히 아니다. 베라다 강철도 이런 새까만 색은 아니니까.

'오러 사용자가 한 명이라도 있었다면……'

그랬다면 이렇게 전원 전멸이라는 심각한 피해가 일어나지 않았을 것이다.

시그리드는 숨을 내쉬었다. 이런 갑옷을 통째로 베어 내는 건 오러 사용자가 아니면 무리다. 자신이 오러로 베는 데에도 상당한 저항감이 느껴졌으니까.

"이건 무얼로 만든 걸까요?"

시그리드가 묻자 베라무드가 루디날과 이야기를 하다가 고개를 돌렸다.

"글쎄, 일단 철은 아닌데. 시리!"

베라무드의 외침에 그녀는 반사적으로 앞을 보았다.

아래에서 위로 솟구치는 새까만 칼날.

그녀는 반사적으로 팔에 오러를 돌리며 앞을 막았다. 동시에 시그리드는 갑자기 확 누군가에게 끌어 안겼다. 겨울바람에 차가워진 얼굴 위로 뜨겁게 느껴지는 액체가 튀었다.

'어……?'

눈을 깜박이자 눈앞에 기사의 잘린 팔만 떠 있는 것이 보였다. 그 팔이 들고 있는 검에서 피가 흐르고 있었다. 아래에서 위로 올려쳐진 검이 다시 위에서 아래로 떨어지는 걸 보고 시그리드는 뒤에서 누가 자신을 안았던 상관하지 않고 뒤로 넘어지듯 굴러서 검을 피했다.

"아야야……."

"베라무드!"

시그리드가 자신에게 깔린 사람을 확인하고 비명처럼 그의 이름을 불렀다.

"아, 베, 아— 눈, 웃—"

시그리드는 말을 잇지 못했다. 그의 왼쪽 얼굴에 길게 검상이 주욱 나 있었다. 반으로 잘린 안대가 툭 하고 떨어졌다. 베인 눈꺼풀 아래서 피가 주륵주륵 흐르고 있었다. 베라무드가 쓰게 웃으며 말했다.

"몸으로 막지 말라고 내가 말했지? 봐, 안 통하잖아."

그가 왼팔을 들어 올렸다. 시그리드의 얼굴이 더더욱 창백해졌다.

"베라무드 팔이……."

"완전히 잘리지 않았지만, 뼈에 닿았어. 이건 잘라야겠군."

그런 심한 부상을 당했다고는 믿기지 않는 어투로 말했다. 보통이라면 그런 상처를 입은 순간 비명을 지르며 몸부림치고 있어야 할 것이다.

캉—!!

베라무드가 시그리드를 밀어내며 검으로 기사의 공격을 막아 냈다. 오러를 두른 검과 부딪친 것인데도, 상대의 검은 멀쩡했다. 오히려 푸른색의, 전혀 다른 불꽃이 튀었다. 시그리드가 자리에서 벌떡 일어났다.

"너—!"

그녀의 검에 불타오르는 듯 오러가 덧씌워졌다. 그녀는 사정 없이 상대를 공격했다. 조각조각, 수십 조각을 냈지만, 그것도 잠시 다시 스르륵 하는 소리와 함께 갑옷이 하나로 돌아왔다.

"무슨……."

이런 마수는 듣도 보도 못했다. 베라무드가 자신의 왼팔 위쪽을 묶어 지혈하고 시그리드를 불렀다.

"시그리드 앙케르트나."

시그리드가 뒤를 돌아보자 베라무드가 자리에서 일어나며 말했다.

"황자님과 함께 가."

"하지만—!"

"명령이다. 네가 지켜야 할 건 누구지? 제1근위대 근위대원 앙케르트나 경?"

시그리드의 입술이 떨렸다. 그녀의 목구멍 안쪽에서, 기계적인 대답이 흘러나왔다.

"황자님이십니다."

"좋아."

베라무드는 고개를 끄덕였다.

"가."

하지만, 하지만, 하지만—

당신을 여기에 두고 가라고?

시그리드는 멍하니 그를 바라보았다. 베라무드가 귀찮다는 듯이 가라고 손짓하며 기사를 향해 돌아섰다. 그 뒷모습을 한참 보다가 시그리드는 루디날에게 다가갔다.

"걸으실 수 있으십니까, 황자님?"

"어, 하지만—"

"가시죠."

시그리드는 그의 팔을 잡아당겼다. 루디날은 베라무드와 시그리드를 번갈아 보다가 그녀를 따라 걸음을 옮겼다. 베라무드는 뒤돌아보지 않아도, 둘의 기척이 멀어지는 걸 느낄 수 있었다.

그는 검을 잡은 손에 힘을 주며 한숨을 내쉬었다.

'좋아.'

이렇게 죽을 줄은 몰랐는데.

베라무드는 그렇게 생각하며 히죽 웃었다. 베라무드는 천천히 자세를 잡는 상대를 바라보았다.

"불사 레벨인지, 초재생인지는 모르겠지만 말야……."

뭐, 좋아하는 여자를 지키고 죽는 거라면, 생각했던 죽음 중에서는 그래도 괜찮은 편일지도 모른다.

"아니, 마수인지 아닌지도 모르겠지만."

미지의 적은 항상 성가시다. 기사가 천천히 검을 들어 올렸다. 베라무드의, 하나 남은 푸른 눈이 빛났다.

"내 뒤로는 한 발자국도 못 가."

캉ㅡ!

둘이 검을 맞부딪치자 어마어마한 소리가 넓은 평원에 울려 퍼졌다. 푸른색 불똥이 튀어 올랐다.

손끝이 저릿저릿하다.

베라무드는 혀를 찼다. 보통의 검도, 보통의 갑옷도 아니다. 상대의 검에 검붉은 색 오러가 스물스물 올라오기 시작했다.

베라무드는 숨을 깊게 들이마셨다.

"나중에 시리를 놀래 주려고 했는데 말이지."

그의 검날을 오러가 나선형으로 회오리치듯이 감기 시작했다. 기사가 검을 크게 휘둘렀다. 그걸 잽싸게 피한 베라무드가 팔을 비틀어 회전시키며 검을 기사의 몸뚱이에 박아 넣었다. 갑옷에 동그란 구멍이 생겼다. 그의 비틀린 팔이 본래대로 돌아오며—반대로 회전하며 순간 검은 오러가 부풀어 올라 텅 빈 갑옷의 공동을 채우고, 다음 순간—

폭발했다.

요란한 폭발음과 함께 베라무드 역시 가까이서 받은 그 힘에 튕겨져 나왔다. 갑옷은 산산조각이 나서 사방으로 비산했다.

넘어지자마자 낙법으로 구른 베라무드는 자리에서 벌떡 일어났다. 산산조각 난 갑옷은 이제 손바닥 크기보다 더 큰 크기를 찾아볼 수 없었다. 베라무드는 자신의 허벅지에 박힌, 갑옷 조각을 빼내며 신음을 내뱉었다.

'다음에 쓸 때는 오러로 몸을 보호한 다음에 써야지.'

생각하고 나서 그는 픽 웃었다.

'그러고 보니 다음이 없나?'

절뚝이며 조각 사이로 걸어간 그는 아직 멀쩡한 갑옷 기사의 검을 발로 밟은 후, 오러를 전부 자신의 검에 몰아넣어서 내리쳤다.

끼에에엑—!

마치 비명 같은 소리와 함께 검이 반으로 부서지며 연기가 피어올랐다. 동시에 베라무드의 검 역시 조각났다. 베라무드는 숨을 헐떡이며 부서진 검을 보았다가 바닥에 내던지고 자리에 주저앉았다.

'허벅지 출혈도 상당한데……'

제대로 걷지도 못하겠군. 이제 눈앞이 어지러웠다. 과다 출혈로 인한 죽음이 이런 건가 싶을 때 시그리드의 목소리가 들려왔다.

"베라무드! 베라무드!"

"이런, 죽기 전에 들리는 환청이 내 이름을 부르는 시리의 목소리라니—"

베라무드는 한숨을 내쉬었다.

"모처럼이니까 좀 더 다정하게……. 어라?"

목소리가 점점 뚜렷하고 선명해진다. 설마 하고 돌아보자 시그리드가 달려오는 게 보였다.

와락—!

시그리드가 그를 끌어안았다. 베라무드는 얼떨떨해 있다가 날카롭게 말했다.

"지금 뭐하는 거야?"

"데리러 돌아온 겁니다?"

"내 명령은?"

"루디날 황자님이 명령하신 거니까, 그쪽이 더 높은 명령권자지요."

시그리드의 말에 베라무드는 "루디날이?" 하면서 하나만 남은 눈을 깜박였고 시그리드는 고개를 끄덕였다.

"또 상처가."

시그리드는 울 듯한 얼굴을 했다. 하지만 울지는 않는다.

"괜찮아."

베라무드가 말했다. 이 상황에서 이 정도 상처가 더해진 거야 아무것도 아니었다. 베라무드가 자신의 왼팔을 보고 말했다.

"시그리드."

"네."

"이거 잘라 버려."

벨트를 풀던 시그리드의 동작이 딱 멈췄다. 베라무드가 말했다.

"이대로는 괴사하니까, 깔끔하게 자르는 편이 더 나을걸."

게다가 잘라 준다면 당연히 오러 사용자인 시그리드를 고를 것이었다. 최선의 선택이다.

"거절합니다. 나을지도 모르니까요."

"이런 상처는 못 고치지."

베라무드의 태연한 말에 시그리드가 고개를 휙 들어 그를 보았다. 그녀의 주홍색 눈이 일그러져 있었다. 그래도 눈물은 흐르지 않았다.

"안 자를 겁니다. 두 번째 상처 때문에 쇼크사하게 하고 싶지는 않아요."

시그리드의 낮은 목소리에 베라무드는 입을 다물었다. 어차피 마을을 지나기 전에 죽을 가능성이 높은데, 그녀에게 자신의 팔을 자르게 하는 건 너무 심한 짓이겠지.

'심한 짓인가?'

아드레날린의 분비가 끝나자 이제 고통에 몸이 떨려 왔다. 시그리드가 손을 뻗어 그의 얼굴에 올렸다. 그녀의 오러가 따뜻하게 번지자 통증이 아주 살짝 줄어들었다. 베라무드는 그녀에게 떠는 걸 보여 주고 싶지 않아 이를 악물었다.

이어 시그리드는 마저 자신의 벨트를 풀어서 베라무드의 허벅지 위쪽을 지혈대 삼아 조였다.

그러면서 힐끔힐끔 산산조각 난 갑옷을 돌아보았지만, 다시 움직일 기미는 보이지 않았다. 이어 그의 팔과 허벅지에도 시그리드가 오러를 불어넣었지만 최소한의 양이었다. 이제부터 그녀는 그를 업고 이동해야 하는 것이다. 거기에도 오러가 필요했다. 시그리드가 등을 내밀었다.

"업히십시오."

"하지만—"

"베라무드."

항의는 용서치 않겠다는 어조에 베라무드는 팔을 뻗어 그녀의 등에 업혔다. 시그리드가 자리에서 일어나자 베라무드가 그녀의 귓가에 중얼거렸다.

"나 다리가 끌릴 것 같아."

"안 끌립니다."

그렇게 말하고 그녀는 빠르게 걷기 시작했다. 너무 심한 상처라, 분명히 얼마 버티지 못할 게 뻔했다. 그러니까 최대한 빨리 마을에 도착해야 했다.

그녀는 어째서 베라무드가 멀쩡하게 자신과 대화를 할 수 있는지 이해할 수가 없었다.

아까 지났던 다리 앞에서 루디날이 자신들을 기다리고 있었다. 루디날은 시그리드가 베라무드를 업고 오는 것을 보고 중얼거렸다.

"역시 살아 있을 줄 알았어."

"선견지명이 있으시군요."

베라무드의 말에 루디날이 떨리는 웃음을 지으며 말했다.

"베라무드니까……. 형님이 나보다 널 더 믿으시잖아. 자, 얼른 건너자."

루디날의 말에 마음이 급한 시그리드는 빠르게 다리를 건너기 시작했다. 루디날이 뒤를 쫓아오며 말했다.

"미안해."

"아닙니다."

시그리드는 대답했다. 루디날이 말했다.

"난, 나는— 다 그렇게 될 줄은 몰랐어."

"뭐가 말입니까?"

"다 그렇게 죽을 거라고는……."

그 말에 시그리드는 뭔가 이상함을 느꼈다.

'그러고 보니…….'

분명히 루디날은 그 기사가 죽지 않는다는 걸 알고 있었을 거다. 부서져도 다시 움직인다는 걸 알았을 텐데, 아무 말도 하지 않았다. 시그리드는 베라무드를 업은 팔에 힘을 주었다. 그녀는 달리듯 다리를 건너기 시작했다. 힐끗 뒤를 돌아보고 그녀는 이를 악물었다.

언제 돌아갔는지 루디날은 다리를 건너지 않고 있었다. 대신 그는 검으로 다리를 지탱하는 밧줄을 내리쳤다. 시그리드는 마지막 다리의 힘을 모아서 반대편으로 뛰었다.

'조금, 조금만 더—'

그녀가 한쪽 팔을 뻗어서 반대쪽 절벽을 향해 뻗었다. 하지만 손은 닿지 않았다. 허공에서 잠깐의 멈춤, 그리고 추락이 시작되었다.

순식간에 절벽이 멀어져 갔다. 시그리드의 시야에 자신을 내려다보고 있는 루디날의 모습이 들어왔다.

'잊고 있었어.'

시그리드는 그의 얼굴이 두려움에 가득 차 있는 걸 보았다. 어째서인지, 그 얼굴이 뚜렷하게 보였다.

'당신도 버림패였다는걸.'

이 황자는 자살했었지.

뒤늦게 깨달은 시그리드는 눈을 질끈 감았다. 그때 시그리드는 자신을 감싸는 팔을 느꼈다. 베라무드가 숨을 헐떡이며 그녀의 귓가에 말했다.

"오러를 전부 몸에 둘러."

시시각각 땅과 가까워지는 게 시그리드의 시야에 들어왔다. 이대로 떨어진다면, 자신을 감싼 베라무드가 먼저 떨어지고—

"—!"

시그리드는 발버둥 쳤다.

"시리, 제발."

그가 다시 속삭였다. 귓가를 때리는 맹렬한 바람 소리에 귀가 멀 것 같은데, 속삭이는 목소리 따위 들릴 리가 없는데, 어째서 이렇게 선명하게 들리는 걸까.

그녀는 베라무드를 꽉 끌어안았다. 전체적으로 오러를 두르려고 애쓰며 그녀는 눈을 감았다.

덜컹—!

순간, 바람이 멈췄다.

"시리?"

지금 들릴 리 없는 목소리에 시그리드는 눈을 떴다. 바로 아래 땅이 보였고, 그 땅에 서서 놀란 얼굴을 하고 있는 사람은…….

"아, 아르……."

시그리드는 목소리가 나오지 않았다. 아르카나는 조심스럽게 베라무드와 시그리드를 땅에 내려놓았다. 땅에 닿자마자 시그리드는 베라무드를 뿌리치고 일어나 아르카나의 품으로 뛰어들었다.

베라무드는 쓰게 웃으며 몸에서 힘을 뺐다.

"아, 아르, 아르카나—"

"시리? 괜찮아? 왜—"

시그리드가 번쩍 고개를 들고 아르카나의 팔을 잡아당겼다. 그녀가 그를 베라무드의 앞으로 끌고 가 베라무드를 가리키며 말했다.

"고쳐 줘."

'고칠 수 있어?'도 아니고 '고쳐 줘.'다.

너라면 할 수 있잖아? 하는 눈빛에 아르카나는 웃었다.

"물론이죠, 내 기사님."

아르카나가 베라무드의 옆에 한쪽 무릎을 꿇고 앉아서 눈을 찡그렸다. 이렇게 심한 부상은 본 적이 없었다. 베라무드가 중얼 거렸다.

"정원사는 아닌가 보네."

"정원사 겸업입니다."

아르카나는 기절하지도 발버둥치지도 않는 베라무드의 정신 력에 혀를 내두르고 상처 위로 손을 뻗었다. 그의 손에서 금색 빛이 흘러나왔다. 잠시 후 베라무드는 멀쩡해진 자신의 왼팔을 쥐었다 펴며 상체를 일으켜 세웠다.

'세상에……'

그가 멍하니 팔을 보는데 그의 허벅지까지 치료한 아르카나 가 자리에서 일어났다.

"자, 다 고쳤습니다."

"고친 거야?"

"응."

베라무드가 싱긋 웃으며 시그리드에게 팔을 들어 보였다.

"멀쩡해졌, 네―"

말을 끝내기도 전에 시그리드가 그를 끌어안았다.

"읏―"

억눌린 소리가 나와 베라무드가 "시리?" 하고 작게 그녀를 부 르자 시그리드는 울음을 터트렸다.

"어헝, 베라, 무, 으흑, 죽는 줄, 죽, 죽는 줄 알았어― 어허허 헝, 흑, 으흑, 흑―"

시그리드는 큰 소리로 울며 그를 꽉 끌어안았다.

"파, 팔도, 눈도— 어흑, 나, 나 때문— 으흐흐흑—"

"괜찮아, 다 나았어. 응? 시리, 시리."

베라무드가 그녀의 등을 토닥였다. 시그리드의 눈에서 눈물이 뚝뚝 떨어졌다. 지금까지 그걸 어떻게 참았나 싶을 정도였다.

"괜찮아."

몇 번이나 베라무드가 말하며 웃었다. 시그리드는 고개를 저으며 그의 품으로 계속 파고들었다.

정말로 죽는 줄 알았다.

정말로, 정말로 베라무드가 사라지는 줄 알았다.

"시그리드, 눈 얼어붙겠다. 그만 울어. 응?"

달래면서도 베라무드는 목소리에서 만족감을 숨길 수가 없었다.

"하, 지만……."

시그리드는 훌쩍이며 그의 어깨에 얼굴을 묻고 손으로 그의 왼 얼굴을 조심스럽게 더듬었다. 피가 묻어 나오기는 했지만, 상처는 없었다. 베라무드는 그녀가 실컷 상처를 확인하게 놔뒀다. 한참 후에 간신히 진정한 시그리드가 고개를 들었다.

"이제 좀 괜찮아?"

그의 물음에 시그리드는 고개를 끄덕였다. 그녀가 손등으로 눈물 젖은 얼굴을 문질렀다. 너무 어려 보이는 그 얼굴에 베라무드는 희미하게 웃었다. 그때 아르카나가 손을 뻗었다. 시그리드는 순순히 그 손을 잡고 자리에서 일어나 아르카나에게 다시 푹 안겼다.

"고마워, 고마워, 아르카나. 내 마법사님."

"별말씀을."

아르카나가 손으로 그녀의 얼굴의 눈물기를 마저 닦아 주고 말했다.

"그래서, 대체 어떻게 된 거야?"

그가 고개를 들어 위를 보았다. 까마득하게 절벽 꼭대기가 보였다. 베라무드가 자리에서 털고 일어나 자신의 팔과 다리를 가볍게 움직여 보고 아르카나에게 말했다.

"고맙네."

"제가 아니라 시리에게 감사하시면 됩니다. 전 그녀의 마법사니까요."

싱긋 웃으며 하는 말에 베라무드는 눈을 가늘게 떴다가 시그리드에게 말했다.

"고마워, 시리."

시그리드는 아르카나의 품에서 고개를 휙휙 저었다. 시그리드가 떨리는 숨을 토해 내고 아르카나의 품에서 빠져나왔다.

"아르카나는 어떻게 여기에 온 거야?"

"집에 갔더니, 네가 서부 독감 때문에 요양을 갔다고 하잖아."

아르카나가 눈을 찌푸렸다.

"그래서 어디로 갔냐고 하니까 모른다고 하지, 간 지 이 주나 됐는데 연락은 하나도 없다고 하지. 걱정돼서 날아왔지."

텔레포트— 시그리드 앙케르트나의 곁으로.

시그리드가 어디 있는 줄 모르는 이상 꽤나 위험한 이동이었지만, 이동하지 않았다면 박살 난 시그리드를 만났을 것이다.

"그래서, 대체 어떻게 된 거야?"

다시 한 번 아르카나가 물었다. 베라무드와 시그리드는 서로 얼굴을 마주 보았다.

"어디서부터 설명을 해야 할지 모르겠는데."

베라무드의 말에 아르카나가 단호하게 말했다.

"처음부터 시작하죠."

*　　*　　*

일행은 원래 자리로 돌아왔다. 갑옷이 부서진 조각이 여기저기 널려 있었고 아르카나는 그중에서도 부러진 검을 집어 들었다.

"이거 보여?"

그가 검 손잡이 가운데에 박혀 있는 돌을 가리켰다.

"장식용 돌, 은 아닌가 보군."

베라무드의 말에 아르카나는 고개를 끄덕였다. 그가 검날에 새겨진 글자를 보며 딱딱한 표정을 지었다.

"조종하는 사람이 있었을 거야."

"근처에?"

베라무드가 눈을 가늘게 떠서 아르카나는 고개를 저었다.

"아니, 아마 수정 구슬 같은 거로 들여다보고 있었겠지."

"그 말은 마법사의 짓이란 말인가?"

"그럴 가능성이 커."

"그 보석 같은 건?"

"적출된 오러 코어."

시그리드는 흠칫하며 가슴 위에 손을 얹었다. 베라무드는 가볍게 주먹을 쥐었다가 폈다.

"제국의 오러 사용자는 아니겠지?"

시그리드의 말에 베라무드가 말했다.

"오러 사용자가 실종되면, 소문은 금방 퍼질 거다."

아르카나가 더러운 것을 버리듯 검 손잡이를 휙 던지며 고개를 끄덕였다.

"그 소문이 언제 퍼지나 지켜보죠. 그리고 루디날은 어떻게 할 건가요?"

시그리드를 죽이려고 한 사람에게 존칭 따위 붙일 필요가 없었다. 베라무드의 표정이 어두워졌다. 시그리드가 말했다.

"폐하께서 사주하신 걸 거야."

아르카나가 그녀를 바라보았다. 시그리드는 한숨을 내쉬고 베라무드와 아르카나를 보았다. 그녀는 아르카나에게 말했다.

"여기 있는 둘에게는 전부 이야기하고 싶은데."

아르카나는 그녀가 무슨 말을 하는지 깨달았다. 베라무드는 둘 사이를 바라보며 물었다.

"뭔데? 나는 모르는 이야기?"

"일단 장소를 옮겨서 이야기하자. 어디로 갈까?"

아르카나의 말에 시그리드는 베라무드를 보았고, 베라무드는 이마를 가볍게 감싸듯 눌렀다가 말했다.

"시그리드, 내 집으로 가도 될까? 거기는 다들 입이 무거우니까."

시그리드는 고개를 끄덕였다. 아르카나가 베라무드에게 집의 위치를 물었고, 곧 셋은 베라무드의 방으로 떨어졌다. 아르카나가 길게 숨을 내쉬었다.

텔레포트는 가장 마력을 많이 소모하는 마법 중 하나였다. 특히 이런 좌표 없는 장거리 텔레포트는 더욱더.

"괜찮은가?"

베라무드의 물음에 아르카나는 고개를 끄덕였다. 하지만 그의 안색이 창백해서 시그리드는 얼른 그에게 의자를 권했다.

"그럼 난 잠깐."

베라무드가 조용히 기척을 죽이고 방 밖으로 나갔다. 그가 밖으로 나가자 시그리드가 얼른 아르카나를 향해 돌아서며 말했다.

"마법사 서임은 받은 거야? 이제 진짜 마법사인 거야?"

"맞기도 하고, 아니기도 하고."

아르카나의 애매한 말에 시그리드가 눈을 찡그렸다.

"그게 무슨 말이야?"

"시리."

"응?"

"내가 정식으로 서임을 못 받으면, 마법사가 아니야?"

그의 말에 시그리드가 눈을 깜박이더니 고개를 저었다.

"아니, 아르카나는 언제나, 항상, 내 마법사야."

"그럼, 그걸로 충분해."

"무슨 일 있었어?"

시그리드의 물음에 아르카나는 한숨을 길게 내쉬었다. 그가 입을 열려는데 문이 달칵 하고 열렸다. 베라무드가 말했다.

"목욕물 준비시켰어. 씻을 사람?"

시그리드가 번쩍 손을 들어서 두 남자는 웃었다.

시그리드는 저도 모르게 고개를 끄덕했다가 화들짝 정신을 차렸다. 찰싹찰싹 몇 번 물세수를 하고 그녀는 고개를 들어 천장을 보았다.

'졸리다.'

뜨거운 물에 몸을 담그니 피곤이 밀려들었다. 솔직히 말해서 이야기고 뭐고, 당장 푹신한 침대로 뛰어들고 싶다는 생각만 들었다.

'안 되지, 안 돼.'

마지막으로 뺨을 가볍게 두들기고 시그리드는 욕탕에서 일어났다. 더 오래 있다가는 잠들어 빠져 죽을지도 모른다. 뽀송뽀송한 수건으로 물기를 닦으니 이보다 더 기분이 좋을 수는 없었다. 베라무드가 준비해 준 옷을 입고 시그리드는 길게 하품을 했다.

긴 머리카락은 이럴 때 불편했다. 루나틸 공작가에서는 시녀들이 달라붙어서 머리를 말려 줬지만, 베라무드의 저택에는 그렇게 많은 하인이 있는 게 아닌 듯했다.

터번처럼 수건으로 머리를 둘둘 감고 그녀는 욕실에서 나왔다.

"다 씻었어?"

방에서 기다리고 있던 아르카나가 싱긋 웃으며 말했다.

"응⋯⋯."

대답하며 그녀는 고개를 끄덕였다. 양 뺨이 발그레해진 데다가 눈에 졸음이 가득해서 아르카나는 그녀의 자리를 난로 앞으로 밀어주었다.

"앉아."

"고마워."

"춥지?"

"응, 그래도 여기는 진짜 따뜻하다. 북부에 있다가 중앙에 오니까 진짜 봄인 거 실감 나."

시그리드가 말하고 힐끗 아르카나를 본 다음 웃었다.

"어떻게 그렇게 타이밍을 딱 맞췄어?"

"마법사니까?"

"과연."

"아니, 농담이었으니까 납득하지는 말고. 운이 좋았지."

"응, 운이 좋았지. 하지만 운도 실력인걸."

시그리드가 고개를 끄덕였다. 아르카나가 몇 초만 늦었다면, 자신과 베라무드는 납작해져 있었을 것이다.

별로 달갑지 않은 상상이었다.

시그리드는 졸음을 물리치기 위해 고개를 흔들고 아르카나에게 물었다.

"마법사 서임, 어떻게 된 거야?"

"미뤄졌어."

"미뤄져?"

놀라 시그리드가 휙 상체를 세웠다. 졸음이 싹 달아났다. 그녀가 으르렁거렸다.

"어째서? 왜? 지들이 뭔데?"

당장이라도 얼음탑으로 뛰쳐 들어가서 원로원의 멱살을 잡고 흔들 기세라 아르카나는 웃었다.

"아냐, 나도 어느 정도는 합의한 거고……."

아르카나의 말에 시그리드가 조심스럽게 그의 얼굴을 살폈다. 그렇게 열심히 노력했는데, 정식 마법사가 되지 못해도 괜찮은 걸까?

"괜찮은 거야?"

그녀의 조심스러운 물음에 아르카나가 고개를 끄덕이고 말했다.

"네가 날 마법사라고 해 주면, 그걸로 충분해."

"아르카나는 마법사야. 내 목숨도 구해 준, 엄청 훌륭한."

그 말에 그가 미소 지었다.

"그거면 됐어."

그래도, 그렇게 열심히 했는데. 다른 사람들에게도 인정받으면 좋을걸.

시그리드는 그렇게 생각하며 아쉬운 한숨을 삼켰다.

"대체 뭐가 문제인데?"

시그리드의 물음에 아르카나가 숨을 내쉬고 말했다.

"마법사들은 외부에 간섭이 금지야. 알고 있어?"

"아니."

전혀 모르는데? 하는 당당한 그녀의 얼굴에 아르카나는 '그렇군.' 하고 설명을 했다.

"마법사는 드물잖아?"

"그렇지."

"그 이유는 마법사들끼리 모여서 '우리는 외부 세계에 간섭하지 맙시다.' 하고 약속했기 때문이야."

"어째서?"

"첫 번째 마법사라고 불리는 사람이 그렇게 정했거든. 제자들을 들일 때에도, 네 힘을 외부에는 드러내지 마라. 이렇게 말야. 그러다 보니 마법사 사회는 폐쇄적이고 협소해."

"그렇군……."

시그리드는 고개를 갸웃했다. 이해가 잘은 안 되지만, 전승이라는 것은 그런 것일지도 모른다. 아르카나가 이어 말했다.

"그리고 그렇게 외부로 나가지 말아야 하는 이유는 덧붙여지고 덧붙여졌어. 너무 큰 힘이라 높은 사람들이 힘을 악용할지도 모른다, 거나. 전쟁에서 사람을 죽이는 데에 우리의 힘을 쓰게 될지도 모른다, 같은."

"확실히 그건 그럴지도."

아르카나가 사람을 죽이는 건 상상이 되지 않는다. 하지만 예전의 그는 그렇게도 힘을 썼었지. 궁중 마법사라는 직위는 결코 평화스러운 직위만은 아닌 것이다.

"근데 말야, 힘은 가지게 해 주고서, 밖에서 쓰지 말라고 하면 듣겠어? 보통."

"안 듣지."

짤막하게 대답하며 베라무드가 방으로 걸어 들어왔다. 그가 수건으로 머리를 털며 물었다.

"내가 들으면 안 되는 이야기?"

"아뇨, 그런 건 아닙니다."

아르카나가 다리를 쭉 뻗으며 말했다. 결코, 일어나거나 예의를 차릴 마음이 없어 보였지만 베라무드는 상관하지 않았다. 그가 난롯가로 다가가 피식 웃으며 시그리드에게 말했다.

"미안, 내 옷뿐이어서."

"아뇨, 죄송합니다. 옷 빌려서요."

"아니, 난 괜찮아. 하녀들이 빨아 준다고 했으니까, 내일은 네 옷 입을 수 있을 거야."

"네."

시그리드는 고개를 끄덕였다. 베라무드가 난롯가에 기대서서 아르카나를 향해 물었다.

"그래서?"

아르카나가 어깨를 으쓱하고 이어 말했다.

"마법사 힘의 근원이 뭔지 알아?"

시그리드가 고개를 저었다.

"기사들에게 오러 코어가 있는 것처럼, 우리에게도 서클이 있어."

"서클?"

"서클 오브 하트(circle of heart). 심장을 중심으로 고리가 생겨. 물론 육안으로 보이는 것도 아니고, 오러 코어처럼 만져지는 것도 아니야. 이미지라고 해야 할까? 하여간, 우리는 그걸 줄여서 서클이라고 불러."

"마법사식 오러 코어라고 생각해도 되는 건가?"

베라무드의 물음에 아르카나가 고개를 끄덕였다.

"그럼 그걸 기본 지식으로 깔고, 이야기를 계속하자면 결국 마법사들의 몇몇은 세상으로 나가서 명성을 떨치기를 원했어."

"당연한 일 아닐까?"

시그리드가 갸웃하며 말해 아르카나가 "그렇지." 하고 다리를 꼬았다.

"자, 그래서 마법사들이 세상에 나와서 마법을 쓰려고 했는데, 사실 말야— 대규모 마법이라는 건 엄청나게 마력을 잡아먹는다고. 실제로 우리가 할 수 있는 건 그렇게 많지 않아. 오러 사용자와 비슷해."

"날씨를 바꾸거나, 적을 전부 눈멀게 하는 그런 것?"

베라무드의 말에 아르카나가 그를 돌아보며 말했다.

"그런 게 가능하다면 마법사를 하고 있지 않겠죠."

"하지만, 순간 이동은 굉장한 능력이지. 최고의 전령이잖아? 게다가 상처를 치료하는 능력도……."

"하지만 덕분에 지금 마력이 다 떨어진 상태입니다. 차오르려면 시간이 좀 걸리겠죠."

"그렇군. 그렇다고 해도, 나에게 한해서는 기적이 일어난 거나 다름없는데."

베라무드의 말에 아르카나가 피식 웃었다.

"그렇게 쳐주시니 감사하군요. 하여간, 그렇지만 마법사를 원하는 권력자들은 더 강한 것을 원했고, 마법사들은 어떻게 하면 임펙트를 줄 수 있을까— 하다가 오러 코어를 발견한 겁니다."

"그래서— 오러 코어를 빼앗은 건가?"

베라무드는 생각에 잠겼다. 마법사를 이기는 건 확실히 쉽지 않아 보였다. 왜냐하면 그들이 미지의 상대이기 때문이다. 게다가 아까 같은 갑옷 기사를 이용해서 허를 찌르고 뒤를 공격한다면—

"아, 그러면 설마 내 코어도 표적이 되었던 건가?"

베라무드의 중얼거림에 아르카나가 어깨를 으쓱했다. 그도 거기까지는 알 수가 없었다.

"이게 꽤 예전 이야기이기는 한데, 그래서 오러 코어 사냥을 했고— 마스터가 줄어들면 마법사들의 힘이 커질 거라는 얘기도 돌았죠— 그들을 반대했던 마법사들이 나서서 그들을 저지했습니다."

"내분?"

"비슷합니다만, 처음부터 양립할 수 없는 둘이었으니까. 하지만 모두 다 소탕하지는 못했고, 얼음탑은 그들을 낙오자라고 부르기 시작했습니다. 그런데 요즘, 그들의 움직임이 보인다고 하더군요."

아르카나는 길게 숨을 들이마셨다. 그게 바로 자신의 마법사 서임이 늦어진 이유였다. 아르카나 역시 밖으로 나가고 싶어 하는 마법사였고, 그래서 원로원에서 회의를 잔뜩 했던 것이다.

"그리고 전 외부에서 활동하고 싶어 하는 마법사고, 그래서 서임을 늦추는 대신, 나와서 제 뜻대로 움직이기로 했지요."

"낙오자들도 감시하면서?"

"비슷합니다."

베라무드가 씩 웃었다.

정식으로 마법사 서임을 주지 않은 것은, 아르카나가 어떤 다른 사태에 휘말려도 얼음탑에서는 발을 빼기 위해서다.

'그는 우리 소속 마법사가 아닙니다.' 하고.

참으로 눈 가리고 아웅이지만, 그 아웅이라는 것이 정치에서 중요하다는 것은 누구나 잘 알고 있다.

"그랬군. 그러면— 폐하 측에 그들이 붙어 있다는 말인가?"

"그럴 가능성이 높겠죠."

베라무드가 의자를 가져와 앉았다. 난롯가에 세 사람이 둘러앉은 모습이 되자 베라무드가 시그리드를 보고 말했다.

"그래서 하고 싶다는 이야기가 뭐야?"

"그게—"

시그리드는 힐끗 아르카나를 보았다가 숨을 들이마시고 말했다.

"나 사실 베라무드에게 고백할 게 있어."

"……뭔데?"

"그게, 나 말야. 오 년 후 미래에서 돌아왔어."

"……뭐?"

베라무드가 오른 눈을 찡그리며 되물었다. 시그리드가 허둥지둥 말했다.

"그러니까, 지금 내가 스물이잖아? 사실은 내가 스물다섯까지 살았거든. 그런데 죽었더니, 다시 스무 살이 된 거야."

베라무드는 뭐라고 대답해야 할지 모르겠다는 얼굴을 했다가 물었다.

"그러니까, 미래에서 돌아온 거라고?"

"응…….""

"가능해?"

베라무드가 아르카나를 돌아보며 묻자 그가 살짝 굳은 얼굴로 말했다.

"사실은 불가능하다고 생각했지만, 우러 코어 이야기를 들으니 아예 불가능한 것도 아닌 것 같아서 말이죠. 그만한 에너지원을 어디서 구하나 했는데 말입니다."

그 말에 베라무드는 "허" 하고 작게 헛웃음을 터트리더니 휙 하고 시그리드를 돌아보며 물었다.

"그래서 폐하를 알지만 모르는 거였구나."

시그리드가 고개를 끄덕였다.

"폐하와 무슨 일이 있었는데?"

베라무드의 질문에 아르카나도 호기심을 가지고 시그리드를 돌아보았다. 그 역시 시그리드가 오 년 후 미래에서 돌아왔다는 이야기만 들었지, 자세한 내용을 들은 적은 없었던 것이다.

시그리드는 무릎을 움켜쥐었다.

이제 와 자신이 했던 일들을 이야기하자니 두려웠다. 그게 잘못된 것인 줄도 몰랐는데, 지금 와서 돌이키니 너무나도 잘못된 일 투성이라서, 이야기를 끝내고 나면 분명히 베라무드도, 아르카나도 자신을 경멸하게 될 것이다.

하지만 그래도 이야기하고 싶었다.

그래서 시그리드는 입을 열었다. 그녀가 자신의 과거—이자 소멸된 미래—에 대해서 이야기를 하는 동안 두 남자는 침묵하며 귀를 기울였다. 시그리드는 고개를 들어 둘의 표정을 볼 수가 없었다. 그저 자신의 무릎만 바라보며 그녀는 이야기를 끝냈다.

"그래서…… 단두대에서 목이 잘렸어. 잘리면서도 몰랐어—"

자신의 어리석음에 웃음이 나올 것 같았다. 어째서 그때는 그렇게 아무것도 몰랐을 수가 있을까? 무지는 면죄부가 되는 것인가?

아니다.

시그리드는 그렇게 생각했다.

"그런데, 목이 잘리고 눈을 떠보니까, 내 방 침대 위인 거야. 그것도 오 년 전, 내가 스물일 때. 처음에는 꿈인가 했고, 그다음에는 절대로 똑같이 살지 않겠다고 결심했어. 그래서― 그 뒤는 아는 대로야."

이야기를 끝내고 시그리드는 둘의 반응을 기다렸다. 아무런 대답도 돌아오지 않아서 그녀는 필사적으로 말했다.

"알아, 내가 끔찍한 짓을 했어. 하지만 몰랐어. 물론 몰랐다고 해서, 면죄되는 건 아니지만― 그게 난 그냥 훌륭한 기사가 되고 싶었을 뿐이고―"

횡설수설하는 시그리드의 말을 아르카나가 가로막았다.

"시리."

불려진 이름이 애칭이라 그녀는 고개를 번쩍 들었다. 아르카나가 웃고 손을 뻗어 그녀의 눈 밑을 훔치며 말했다.

"괜찮아. 말해 줘서 고마워."

시그리드가 눈을 깜박였다. 베라무드가 그런 그녀를 보고 쓰게 웃으며 말했다.

"하지만 우리에게는 일어나지 않은 일인걸. 아직 일어나지 않은 선택의 결과로 지금의 널 추궁할 수는 없잖아?"

"그래도, 그게―"

더듬더듬 말하는 시그리드에게 베라무드가 말했다.

"하지만 확실히 이해했어. 그래서 폐하를 만나서 그런 반응을 했던 거였군. 게다가― 에리얼과 황손의 목숨도 살렸잖아? 그 둘이 죽었으면 세리오스도 결코 서부에 호의를 가질 수 없었을 거야."

"그리고 내 여동생의 목숨도 구했지. 그건 내 인생을 구한 거나 다름없는 거고."

시그리드는 두 사람의 말에 당혹했다.

"아니, 그건, 그게—"

시그리드는 생각보다 쉽게 받아들이는 두 사람의 행동에 당황했다. 베라무드가 말했다.

"하지만 이걸 얘기하고 다니지는 않는 게 좋겠다."

"저도 동감합니다."

"제정신으로는 보이지 않거든."

"그렇죠. 물론 난 시리를 믿지만."

"나도 믿거든."

"그런가요? 하여간 시리가 겪은 것과는 상당히 미래가 틀어졌네."

"그리고 왜 틀어졌는지도 알겠어."

베라무드가 이를 드러내고 웃었다.

"대비를 하는 게 좋을 것 같은데……."

그가 작게 중얼거렸다.

"저도 시리의 이야기를 들으니 감이 잡히는 게 있는데요."

"그래?"

"네. 하지만 좀 더 확신하게 되면 이야기하죠."

시그리드는 두 사람의 태연한 행동에 긴장이 탁 풀렸다. 매도당할 거라고 생각했는데, 둘이 그래도 계속 자신을 평범하게 대해 줘서. 친구로 있어 줘서 온몸에 힘이 다 빠졌다.

아르카나와 잠시 이야기를 하던 베라무드는 고개를 들고 픽

웃었다. 그가 눈짓으로 시그리드를 가리켜 아르카나는 시선을
돌리고 웃었다.

"이런."

"피곤했지."

"그랬겠죠."

"그럼 이야기는 나중에 할까?"

"그러죠."

"이대로 깨우기는 미안한데―"

중얼거리며 베라무드가 시그리드에게로 다가가 손을 그녀의
눈앞에 휘휘 저어 보았다. 조금의 경계도 없이 그녀는 쌕쌕 잘도
자고 있었다. 베라무드가 손을 뻗어 그녀를 안아 들었다. 근처의
침대에 그녀를 눕히고 이불을 덮어 주었다.

"아르카나―라고 불러도 되나?"

"편하신 대로요."

"아, 그럼 나도 그냥 베라무드라고 불러도 돼. 손님방으로 안
내해 줄게."

아르카나는 시그리드를 한 번 돌아보고 고개를 끄덕였다. 베
라무드는 묘한 얼굴로 그를 보았다. 시그리드와 가까이 있으니
짜증이 나는 사람이기는 한데, 자신의 목숨을 구해 주었다. 실력
도 있고.

'곤란한 상대네.'

베라무드는 그를 근처의 손님방으로 안내해 주고 자신의 방
으로 돌아갔다.

'피곤하다.'

그가 손바닥으로 눈가를 문지르다가 자신의 왼팔을 슥 보고, 왼 눈을 어루만졌다.

"운이 좋았다, 로군."

그나저나 스스로도 놀랐다.

시그리드를 좋아한다는 거야, 알고 있었지만 이렇게까지 그녀를 좋아하고 있다고는 생각도 못 했는데.

'누굴 이렇게까지 좋아해 보는 건 처음인데.'

상대는 자신을 그렇게까지 좋아하고 있지 않다고 생각하면 가슴이 아팠다.

'이것도 처음이군.'

짝사랑이라.

베라무드는 쓴웃음을 짓고 침대로 들어갔다. 단숨에 피로감이 짓누르듯 덮쳐 와 그는 금방 잠이 들었다.

베라무드는 간지러움을 느꼈다.

'간질……?'

누군가가 자신의 얼굴을 어루만지고 있다.

"─!"

자각하자마자 베라무드는 퉁기듯 자리에서 일어나며 머리맡의 검을 붙잡았다. 그리고 상대의 얼굴을 보고 얼빠진 소리를 냈다.

"……시리……?"

놀라 휘둥그레진 눈을 하자 시그리드의 얼굴이 빨개졌다.

"아니, 그게— 그러니까……."

"무슨 일이야?"

"그냥—"

"그냥?"

시그리드가 더듬더듬 말했다.

"꿈을 꿔서……. 베라무드 눈이랑…… 팔이랑……."

아, 하고 베라무드는 검을 내려놓았다. 그가 손을 뻗어 그녀의 손을 잡아 자신의 왼 눈 위에 올리며 웃었다.

"진짜로 다 나았어."

시그리드의 손가락이 조심스럽게 그의 얼굴을 더듬었다. 간지러워서 베라무드는 저도 모르게 웃었다. 그녀가 손을 내리고 바싹 그의 눈을 들여다보았다.

"정말로? 괜찮으신 건가요?"

"진짜로."

베라무드는 눈을 내리깔았다. 너무 가까워서 입이 바싹 말랐다. 가까워진 그녀에게서 좋은 냄새가 났고, 여기는 내 침실이고, 내 침대 위고—

'끌어안고 키스하고 싶다.'

시그리드의 손이 그의 왼팔로 내려갔다. 그의 잠옷 셔츠를 걷어 올려 시그리드는 그의 왼팔을 살폈다. 상처가 났었던 흔적도 없었다. 안도의 한숨을 내쉬는 그녀가 너무 사랑스러워서 베라무드는 웃었다.

"제가 당신을 지키려고 따라간 거였는데요."

시무룩해진 목소리로 말하며 그녀는 고개를 들었다.

"오히려 짐이 되었습니다."

그 말에 베라무드는 눈을 깜박였다. 시그리드의 얼굴이 일그러졌다.

"죄송합니다. 그때 제대로 제가 행동했으면, 그런 일은 벌어지지 않았을 겁니다."

"아니, 제대로 행동을 할 만한 간격도 아니었지."

당황해 베라무드가 말했다. 검을 뽑을 시간조차 없었다.

"아닙니다. 제가 좀 더 주의를 기울였다면 좋았을 겁니다."

"아니거든? 너도, 나도 방심하고 있었어."

"그래도……."

그녀의 눈동자가 떨려 왔다. 시그리드가 그의 왼손에 깍지를 끼며 말했다.

"게다가 마지막에 절 감싸신 것도— 다시는 그러지 않겠다고 약속해 주십시오."

"싫은데."

"베라무드!"

"둘 다 죽는 것보다는 한 명이라도 사는 게 낫잖아?"

"그러면 당연히 상관인 당신이어야죠."

시그리드가 항의했다. 정말로, 베라무드가 자신을 감싸고 죽을 생각이라는 걸 알았을 때는 눈앞이 깜깜해졌다.

루디날이 있을 때야, 황자인 그를 탈출시키기 위해서라고 생각했지만, 두 번째 절벽에서 떨어졌을 때는 아니다.

"싫은데? 내가 좋아하는 사람을 살릴 건데."

베라무드가 입을 비죽이며 하는 말에 시그리드는 할 말을 잃었다. 그녀가 작게 말했다.

"저에게도 당신은 소중하다고요."

"와― 그렇게 말하면서, 그렇게 날 보면 진짜 착각할 것 같은데."

"정말로 소중한데요?"

시그리드가 눈을 찡그리며 말했다.

"믿지 못하시는 겁니까?"

"아니, 믿어. 믿는데―"

베라무드는 오른손으로 가볍게 시그리드의 뺨을 어루만졌다가 쭉 뺨을 잡아당겼다.

"베라무드!"

"밤에 함부로 남의 침실에 들어오는 거 아냐."

"그건…… 죄송합니다."

베라무드가 숨을 길게 토해 내며 그녀의 머리카락을 어루만졌다.

"머리도 이렇게 다 풀어헤치고……."

은색의 머리카락은 걸림 없이 손가락 사이로 풍성하게 빠져나갔다. 길게 허리까지 내려오는 머리카락을 움켜쥐었다가 흘려보냈다. 그가 그녀의 허리를 끌어안았다.

"좋아해."

"네, 저도―"

얼결에 대답하는 시그리드를 잡은 손에 힘을 주며 베라무드가 계속 속삭였다.

"좋아해, 좋아해, 좋아해, 엄―청 좋아해."

"아, 그, 저도―"

말했지만, 말이 잘 나오지 않는다. 이상하게 얼굴이 뜨겁다. 시그리드가 대답하지 못하는 걸 보고 베라무드는 웃으며 그녀의 이마에 키스해 준 뒤 그녀를 놓았다.

"난 멀쩡하니까, 가서 주무시죠. 아가씨."

"굿나잇 키스를 받을 만큼 어리지는 않은데요?"

시그리드가 이마를 문지르며 말하자 베라무드가 히죽 웃었다.

"그런 건 한밤중에 남자 방을 들어오지 않을 만큼 분별력을 가진 사람이 하는 말입니다."

시그리드가 그 말에 눈을 찌푸렸다가 허리를 숙여 그의 왼 눈 위에 키스했다. 베라무드는 저도 모르게 손이 뻗어 나갈 뻔한 걸 눌렀다.

대신 그는 웃으며 농담을 던졌다.

"악몽 꿀 것 같으면 같이 잘까?"

시그리드의 주홍색 눈이 옆을 보았다가 다시 정면을 보며 말했다.

"남자와 한 침대에서 잘 만큼 어리지는 않습니다."

"―!"

"잘 자요, 베라무드."

그녀가 사뿐히 방을 걸어 나가자 베라무드는 "아, 진짜―!" 하고 침대에 털썩 누웠다.

　시그리드는 방문을 닫고 가슴 위에 손을 얹었다.

　두근두근두근두근.

　심장이 빠르게 뛴다.

　양손으로 만져 본 뺨은 뜨겁다.

　'얼굴이 뜨거워……. 이게 뭘까……? 몸이 안 좋은가?'

　그렇게 생각하며 시그리드는 느리게 발걸음을 옮겼다.

2 장
형제

세리오스는 양손으로 얼굴을 감싼 채로 베라무드의 보고를 들었다. 베라무드의 이야기가 끝나고도 한참을 그는 말없이 그러고 있다가 말했다.

"난 최악이야."

"어디가?"

"모든 게."

답하고 그가 마른세수를 한 뒤 손을 내리고 베라무드를 향해 말했다.

"네가 죽었다면, 난 절대로— 나 자신을 용서할 수 없었을 거야. 살아 돌아와 줘서 고마워. 베라무드 루나틸."

"그건 나보다 마법사에게 이야기해야 할 것 같지만."

"아— 따로 불러야 하나?"

마법사라니, 하고 말하자 베라무드가 묘한 얼굴로 말했다.

"시그리드 소개가 아니면 안 만난대."

"뭐?"

"만나고 싶으면 그녀를 통하라는데."

"그렇게 미인은 아니었는데—?"

"시리는 예뻐."

"어, 아니 물론 미인이 아닌 건 아닌데— 잠깐, 너 지금 내 앞에서 걔 예쁘다고 하는 거야?"

"절찬리 짝사랑 중입니다만?"

"뭐어—?!"

세리오스는 상황의 심각성도 잊어버리고 입을 떡 벌리고는 소리쳤다.

"베라무드 루나틸이? 여자를? 짝사라앙?"

"잠깐, 나 그렇게 평판이 안 좋아?"

베라무드가 눈을 찌푸리며 하는 말에 세리오스는 어깨를 으쓱했다. 베라무드가 되물었다.

"그렇게 안 좋다고?"

"지난 네 행실을 돌아보거라."

그 말에 베라무드가 팔짱을 끼는데 밖에서 시종이 조용히 알렸다.

"루나틸 공작 각하 드십니다."

시종의 말이 채 다 끝나기도 전에 문이 벌컥 열렸다.

"베라무드─!"

"어, 형?"

베라무드가 그를 돌아보자 라비스가 허겁지겁 달려와 그의 양어깨를 붙잡았다.

"다친 곳은? 부상은 없는 거냐?!"

"어, 응, 괜찮아."

"내가 분명히─!"

라비스가 소리를 지르려다가 꾹 눌렀다. 자신의 어깨를 잡은 손이 떨려 와 베라무드는 당황했다.

"말없이 가서 미안."

"미안하면 가지를 않았겠지."

라비스가 손을 놓고 관자놀이를 꾹꾹 눌렀다. 베라무드가 더 더욱 당황해 말했다.

"아니, 진짜로 미안해. 이렇게 걱정할 줄은 몰랐어."

"……."

그 말에 라비스는 베라무드는 보았다가 세리오스를 보며 물었다.

"그래서, 제 동생을 사지로 몰아넣은 보람은 있으셨습니까?"

"루니날이 배신자라는 걸 알아낸 정도?"

"그랬군요. 유감입니다, 전하."

"나도 유감이야."

세리오스는 깍지를 끼며 의자에 기댔다. 복잡한 심사가 얼굴에 보였지만, 라비스는 그를 동정할 생각이 눈곱만큼도 없었다.

"그럼 어떻게 하실 겁니까? 아흐트슈비에츠가 여기저기 들쑤시고 다닌다는 건 알고 계시겠지요."

"루나틸 영지에서 동원할 수 있는 사병은 어느 정도지?"

눈을 감고 세리오스가 하는 말에 베라무드는 흠칫했지만 라비스는 부드럽게 대꾸했다.

"천 정도입니다."

"과연."

세리오스는 웃었다.

"서부는 가용 병사가 어느 정도 될까?"

"서부에서 수도까지 오는 쪽이 더 오래 걸리겠지요. 게다가 명분이 없습니다. 전하."

"명분이라……."

눈을 감은 채로, 세리오스의 깍지 낀 손가락이 툭툭 자신의 손등을 두들겼다.

"미친 마법사와 손을 잡았다든가?"

"마법사, 말입니까?"

라비스가 인상을 썼다. 그가 베라무드를 돌아보자 그가 고개를 끄덕였다.

"만났거든, 마법사를."

라비스가 그 말에 잠깐 생각에 잠겼다가 세리오스에게 말했다.

"그런 거라면 차라리 얼음탑에 정식으로 의뢰를 넣어 보는 건 어떠신가요?"

"여유가 있을까?"

"하긴, 마법사의 시간 약속을 믿을 수는 없지요. 일단 베라무드, 네가 말한 그 마법사를 만나 봐야겠다."

"안 그래도 방금 그 이야기하고 있었어."

세리오스가 "어라?" 하고 희미하게 미소 지으며 말했다.

"네 짝사랑 이야기가 아니라?"

"짝사랑?"

"세리오스! 아니, 형, 아무것도 아냐. 하여간 시리에게 말해 둘게."

베라무드가 세리오스에게 황급히 말했고 세리오스는 고개를 끄덕였다. 베라무드에게 반쯤 밀려 알현실을 나온 라비스가 멈춰 서서 물었다.

"무슨 말이야? 짝사랑은 뭔데?"

"아무것도 아냐."

"베라무드 루나틸."

라비스가 엄격하게 동생의 이름을 불렀다. 베라무드는 분명히 자신이 키도 더 크고, 성인이 된 지 오래됐음에도, 왜 형이 저런 식으로 자신을 부르면 주눅이 드는지 알 수 없었다.

"그게…… 그냥……."

"나에게는 못 하는 이야기야?"

라비스의 말에 베라무드는 고개를 젓고 한숨을 내쉰 다음 작게 말했다.

"좋아하는 여자애가 생겨서. 아니, 그런데 이런 거 형에게 일

일이 말하는 거 이상하잖아."

"세리오스에게는 말하고?"

"걔는— 걔는 친구 같은 거고."

라비스는 그 말에 눈을 깜박였다가 피식 웃었다. 그가 가볍게 동생의 어깨를 치고 말했다.

"하여간 천하의 베라무드가 짝사랑이라니, 그 상대가 누군데? 아까 말했던 '시리'라는 여자분?"

"아니, 제발, 형. 상관하지 말아줘."

라비스는 쿡쿡 웃고 손을 뻗어 동생의 머리를 마구 누르듯 흐트러트렸다. 그리고 손을 떼며 진중한 얼굴로 말했다.

"만약 이 일로 너에게 문제가 생겼으면, 루나틸 가문은 세리오스와 적이 됐을 거다."

"……형……."

"에리얼도 물론 중요하지. 세리오스와의 연계도 가문으로서는 당연한 거고. 하지만 널 걸면서까지 그러고 싶지는 않아."

"응."

순순히 대답하는 베라무드를 라비스가 돌아보았다가 툭 하고 등을 치고는 말했다.

"그럼 먼저 가마. 한 번 들러, 멜이 네 걱정하니까."

형수의 애칭에 베라무드는 고개를 끄덕였다.

"알았어."

베라무드는 후드를 뒤집어쓰고 조심스럽게 하인들이 다니는 뒷문으로 궁을 빠져나왔다. 아직 자신이 수도에 있다는 것을 들키고 싶지 않았다.

집으로 돌아와 시그리드에게 황태자가 아르카나를 만나고 싶어 한다고 전하자 시그리드는 당황해 물었다.

"왜 그걸 저에게 물어보는 겁니까?"

"그거야 저 자식이 널 통하지 않고는 안 만난다고 하니까 그렇지."

"아르카나?"

시그리드가 그를 돌아보자 아르카나가 싱글 웃고 말했다.

"처음부터 이야기했었잖아. 시그리드를 통해서만 사람을 만나겠다고."

"그, 그랬나?"

그러고 보니 그랬지.

시그리드는 머뭇머뭇하다가 아르카나에게 말했다.

"난 한 번 만나는 게 좋을 것 같은데."

"시리도 같이 가면."

"저도 같이 가도 되나요?"

시그리드가 베라무드를 돌아보며 묻자 베라무드가 고개를 끄덕였다.

"물론이지."

"그렇다면 가겠습니다."

아르카나의 대답에 베라무드는 안도의 한숨을 삼켰다. 아르카나가 시그리드에게 말했다.

"그 전에 나만이라도 세리아를 보러 가도 될까? 안심시켜 주고 싶어서."

"아, 괜찮아."

시그리드가 고개를 끄덕였고 베라무드가 덧붙였다.

"우리가 돌아온 거에 대해서 비밀로 해 주면 고맙고."

"그 정도의 눈치는 있습니다. 그나저나 정문으로 나가도 됩니까?"

"마법으로 가지 않고?"

"그렇게 마구 쓸 수 있는 능력이 아닙니다."

"그러면 뒷문으로 나가게 해 줄게."

베라무드의 말에 아르카나가 고개를 끄덕였다. 시그리드가 덧붙였다.

"내 안부도 전해 줘."

"알았어."

고개를 끄덕이고 아르카나는 베라무드를 따라 나갔다. 저택 뒤로 빠져나가는 문을 베라무드가 열어 주고 정원 뒤쪽을 가리켰다.

"저쪽에 뒷문 있는데, 잠겨 있지 않으니까 그냥 열고 나가면 돼."

"루나틸 경."

아르카나의 부름에 베라무드가 그를 돌아보았다. 아르카나가 물었다.

"제가 팔과 눈을 고쳐 준 대가로 시리에게 손 떼라고 한다면, 어떻게 하시겠습니까?"

베라무드가 그 말에 완전히 그를 향해 돌아서서 싱긋 웃었다.

"도로 가져가든가?"

"뭐— 그런 거군요."

아르카나는 과장되게 한숨을 내쉬어 보였다.

"시리의 부탁이었으니 도로 가져갈 수도 없죠. 그 정도의 각오라면 어쩔 수 없네요."

"너는?"

"뭐가 말인가요?"

"내가 시리에게서 손 떼라고 하면 어쩔 건데?"

아르카나가 희미하게 웃으며 말했다.

"전 이미 영혼까지 그녀 것이라서."

"뭐?"

강매지만.

그렇게 생각하며 그는 인사했다.

"그런 거랍니다. 그럼 이만."

아르카나가 정원을 총총 가로질러 가 버리자 베라무드는 불만스럽게 그 뒷모습을 바라보다가 혀를 차고 문을 닫았다.

세리아는 노크도 없이 문을 열고 들어온 오빠를 보고 자리에서 벌떡 일어나 와락 안겼다. 아르카나가 목 안쪽으로 웃는 웃음을 터트리고 말했다.

"입구에다가 의자 놓고 뭐하는 거야?"

"오빠 기다렸지! 그래서? 어떻게 됐어? 시그리드 님은? 괜찮아?"

"응, 괜찮아."

"정말?"

"정말."

"다행이다아—"

말꼬리를 길게 늘이며 세리아가 어깨에서 푹 힘을 뺐다. 아르카나가 그녀의 머리카락을 슥슥 문지르며 말했다.

"언제부터 기다린 거야?"

"오빠 왔다가 간 다음부터."

"저런."

아르카나는 눈을 찡그리며 여동생의 뺨을 가볍게 잡아당겼다가 놓아주고 말했다.

"가서 자."

"오빠는?"

"짐 좀 챙겨서 시리에게 돌아갈까 하고."

"내가 챙겨 줄게."

"나도 손 있는데."

"오빠에게 속옷까지 챙기게 할 수는 없거든."

"아."

아르카나는 수긍해 고개를 끄덕였다. 후다닥 위층으로 올라간 세리아는 곧 가방을 챙겨 들고 돌아왔다. 아르카나에게 가방을 안기며 세리아가 걱정스레 물었다.

"많이 아프셔? 괜찮으신 거야? 내가 가서 간호하지 않아도 될까?"

"응, 괜찮아. 증상은 기침 정도인데, 옮을까 봐 좀 떨어져 있는 것뿐이야."

"그랬구나. 다행이다."

다시금 안심하며 세리아는 가슴을 쓸어내렸다. 아르카나가 자신의 여동생을 빤히 보다가 물었다.

"시그리드는 괜찮아?"

"응?"

"귀족이잖아."

"오빠야말로 괜찮은 거야?"

놀리듯 말하고 세리아는 잠시 발끝을 보았다가 고개를 들고 말했다.

"괜찮아. 시그리드 님은 보통 귀족이랑은 완전히 다른걸. 만약에 남자였다면, 나 한눈에 반했을지도."

세리아의 말에 아르카나는 웃었다.

"확실히 씩씩하기는 하지."

"그치? 게다가 귀족이라고 뻐기는 것도 없고. 내 목숨도 구해 주셨는걸 그리고 요리사가 되라고 응원도 해 주시고,"

비싼 재료도 사 주고, 책도 사 주시고, 부엌도 마음껏 쓰게 해 주고— 무엇보다 어떤 결과물이 나와도 아무 불평도 하지 않고 먹어주신다!

하고 세리아는 연신 칭찬을 늘어놓았다.

마지막에 가서는 '그거 괜찮은 건가?' 하는 생각을 잠깐 했지만 하여간 아르카나는 고개를 끄덕였다.

"오빠는? 괜찮아?"

세리아의 물음에 아르카나가 웃으며 말했다.

"준다는 걸 다 필요 없다고 해서, 억지로 잔뜩 안겨 줄 생각이야."

그 말에 세리아는 씩 웃었다.

"그거 좋네."

"그치?"

아르카나는 고개를 끄덕였다. 그리고 눈앞에 의기양양한 얼굴로 서 있는 여동생을 바라보았다. 그리고 시그리드가 했던 이야기를 떠올려 보았다.

'만약에 내가 세리아를 잃어버렸다면.'

그 오렌 백작인지 뭔지 하는 새끼가 세리아를 끔찍하게 살해했다면, 자신은 분명히 극단적인 선택을 했을 것이다. 궁정 마법사가 되어, 황제의 편에 서서 무슨 짓을 할지— 스스로의 일이라 어느 정도는 예측할 수 있었다.

"갈게."

"응, 내 안부도 전해 줘!"

세리아가 손을 흔들고 길게 하품을 했다. 아르카나가 고개를 끄덕이며 "얼른 자."라고 말하고 짐을 들고 저택을 나왔다.

아르카나가 다시 베라무드의 저택에 도착했을 때 시그리드는 한창 운동을 하는 중이었다. 거꾸로 매달린 그녀를 보고 아르카나가 물었다.

"뭐 하는 거야?"

"어— 몸이 찌뿌드드해서."

시그리드는 긴 행거를 철봉 대신으로 쓰고 있었다. 거꾸로 매달려서 윗몸일으키기를 하던 그녀가 물었다.

"인사는 잘하고 왔어?"

"응. 그렇게 매달려 있으면 머리에 피가 몰리지 않아?"

"익숙해져서 괜찮아. 잠깐만, 백 개만 채우고."

'난 거꾸로 매달리는 것도 안 될 것 같은데.'

아르카나가 그런 생각을 하며 행거에 기댔다. 시그리드가 빠르지도, 느리지도 않은 일정한 속도로 윗몸일으키기를 계속했다.

"78, 79, 80—"

"시리."

"응?"

"내 부모님은 화전민이었어."

그 말에 시그리드가 몸을 접은 상태로 아르카나를 보다가 다시 몸을 펴고, 반동으로 빙그르 돌아 행거 위에 앉았다. 가뿐한 동작이었다. 아르카나는 속으로 혀를 내둘렀다.

'균형 감각 진짜 좋네.'

"그래? 화전민? 정말?"

시그리드가 행거에 앉은 채로 물어서 아르카나가 고개를 끄덕였다.

"원래는 농노였는데, 도망치신 거지. 나도 사실은 잘 몰라. 그때 난 어렸으니까."

"그럼 지금은?"

"날 체포하지는 않는 거야?"

도망친 농노는 법적 처벌 대상이다.

"연좌제는 없어졌어."

그녀의 대답에 아르카나는 가볍게 웃고 말했다.

"두 분 다 돌아가셨어. 정식 재판도 없었고, 사냥감처럼 쫓겨서, 비참하게."

사냥 중 가장 즐거운 게 인간 사냥이라고 말하며, 그들은 천천히 부모님을 상처 입혀서 궁지로 몰았다. 서로를 감싸는 걸 보고 비웃으며 착실하게 상처를 늘려가면서.

"……."

시그리드가 손을 뻗어 아르카나의 뒷머리를 말없이 쓰다듬었다. 아르카나는 살짝 눈을 감고 그녀가 쓰다듬는 손길을 음미하며 말했다.

"그때 난 전부 보고 있었거든. 여동생이랑 같이 숨어서. 넝마가 된 부모님의 시체를 집 안에 던져 넣고 불을 지르는 것까지 봤지. 그래서 힘을 얻고 싶었고, 무작정 얼음탑을 찾아갔었어."

아르카나가 눈을 뜨고 시그리드를 돌아보았다.

"그런데 조건이 복수는 포기하는 거였어. 엄청 억울했지만, 포기했지. 여동생을 보호하는 게 일 순위였으니까."

아르카나가 손을 뻗어 자신의 머리를 쓰다듬는 그녀의 손을 잡았다.

"그런데 세리아를 잃을 뻔했어. 네가 지켜 줬지. 고마워, 시그리드."

그가 그녀의 손바닥에 가볍게 키스하자 시그리드는 당혹스러워하며 말했다.

"그ㅡ렇게 대단한 것도 아니었어."

"아냐. 보통은 그렇게 하지 않아. 그리고 어떤 대가도 내게 바라지 않았잖아. 내가 마법사라는 걸 알면서도."

"할 일을 한 것뿐인걸."

그 말에 아르카나는 그저 웃었다.

할 일을 한 것뿐이라고 그녀는 말하지만, 실제로 자신이 아무 귀족에게 가서 매달렸다면, 몇 명이나 자신의 말을 들어줬을까?

한 명도 없을 거라고, 아르카나는 장담할 수 있었다.

'아니, 뭐 한두 명 정도는 있을 수도 있겠지.'

마법사답게, 아르카나는 확신은 하지 않고 약간의 여지를 남겨 두었다. 하지만 자신에게 대가를 요구하지 않은 자는 없었을 거다.

"그러니까 네가 원하는 한 네 마법사로 있을 거야."

"아르카나는 항상 내게 마법사였는데?"

의아해하며 시그리드가 되묻자 아르카나는 웃었다.

"그리고 너도 항상 내 기사님이지."

"아, 아르카나가 그렇게 말해 주면 좋더라."

시그리드가 싱긋 웃었다.

"그러면 진짜ㅡ 뭐라고 해야 할까, 내가 괜찮은 기사인 것 같은 기분이 들거든."

"시그리드는 훌륭한 기사인데?"

"나도 요즘 내가 그런 게 아닌가 하는 생각이 들어."

시그리드가 진지하게 말해서 아르카나 역시 진지하게 고개를 끄덕였다.

"훌륭하다니까?"

시그리드가 아르카나에게 잡힌 손을 마주 잡으며 말했다.

"저기, 괜찮으면―"

"음?"

"괜찮으면, 다음에 그― 아르카나 집에 갈까……? 무덤이라든가……. 이미 세웠을지도 모르지만……."

그 말에 아르카나는 살짝 입을 벌렸다가 희미하게 웃으며 그녀의 손등을 자신의 이마에 대고 말했다.

"같이 가 주는 거야?"

"당연하지?"

"그럼 다음에 같이 가자. 도저히 혼자 갈 용기는 안 났거든."

"응."

언제든지 좋아, 아르카나가 원할 때 가자.

시그리드가 힘주어 덧붙이고, 폴짝 행거에서 내려왔다. 손을 마주 잡고 그녀는 헤헤 웃었다. 아르카나는 뭐랄까, 편한 느낌이라고 해야 하나?

'아, 내가 옛날이야기를 해 줘서 아르카나도 해 준 걸까?'

서로서로 비밀스러운 과거를 교환하다니, 더욱 가까워진 느낌이다.

"둘이 손 붙잡고 뭐해?"

시그리드가 상체를 옆으로 기울여 들어온 베라무드를 보고 말했다.

"비밀 이야기입니다."

그 말에 베라무드는 눈을 찡그렸다가 아르카나를 보고 말했다.

"넌 또 언제 왔고?"

"조금 전에 왔습니다. 보안이 허술한 거 아닌가요?"

"왔으면 말을 해. 보안이 필요한 집도 아닌데 무슨 보안이야."

베라무드의 말에 아르카나는 "그런가요?" 하고 자신이 들고 온 짐을 시그리드에게 건네주며 말했다.

"세리아가 챙겨 줬어. 부족한 거 있으면 말하고."

"응, 고마워."

"별말씀을."

두 사람의, 자신과는 다른 묘한 친근함이 흐르는 모습에 베라무드는 배알이 뒤틀렸지만 눌러 참았다.

"언제까지 여기 있어야 할까요?"

시그리드가 짐 가방을 들어 무게를 가늠하며 베라무드에게 물었다. 베라무드가 "글쎄." 하고 생각하고는 말했다.

"적어도 루디날이 황궁에 도착할 때까지는?"

"그 전에 밝히는 게 좋지 않겠습니까?"

"세리오스랑 만나서 이야기해 보고 결정하자."

"네."

"불편해?"

"네?"

"방 말이야. 불편하거나 마음에 안 드는 점 있어?"

"아뇨, 그런 건 아닙니다."

시그리드가 손을 휘휘 저었다. 그녀가 얼른 짐 가방을 옷장 안에 밀어 넣었다. 지금 그녀가 입고 있는 옷은 하녀가 밤새 잘 말려 준, 원래 옷이었기 때문에 갈아입을 필요는 없었다. 베라무 드는 옷이 하나도 없는 행거가 방 가운데 나와 있는 걸 보았다.

"이건 왜 여기 있는 거야?"

"운동 기구로 좀 썼습니다."

"운동?"

베라무드가 시그리드를 보았다가 그녀의 이마가 땀에 젖은 것을 보고 손을 뻗었다. 그러자 시그리드가 반걸음 물러나 그의 손을 피했다.

"……."

"……."

"……."

베라무드는 그대로 굳었고, 시그리드도 자신의 행동에 스스 로 놀랐다. 베라무드가 "어—" 하고 주머니에서 손수건을 꺼내며 말했다.

"땀 닦을래……?"

"아뇨, 괜찮습니다!"

시그리드가 당황해 고개를 마구 흔들었다.

'나 지금 정면으로 거부당한 거 아닌가.'

베라무드는 심장이 따끔거리는 걸 느꼈다. 좀 전에 세리오스에게 '네 소문은 들어봤니~' 하는 뉘앙스의 말을 들어서 더욱 그랬다. 시그리드가 아르카나를 돌아보며 말했다.

"아르카나는 여기 불편하면, 저택에 가서 지내도 괜찮아."

"시리를 여기 혼자 둘 수는 없지."

아르카나의 말에 시그리드는 "괜찮은데―" 하고 웃었다. 그러다가 "참." 하고 그녀가 베라무드를 돌아보았다.

"친구들에게 편지 같은 것 써도 될까요? 아니면 역시 자중하는 쪽이? 다들 걱정할 텐데 말입니다."

"조금만 더 참아 줘."

"네."

시그리드는 얌전히 대답했다.

베라무드는 나가기 전에 한 번 더 슬쩍 시그리드에게 손을 뻗어 보았고 시그리드 역시 슬쩍 그를 피했다.

"……"

"……"

시그리드가 "어, 저기, 그러니까." 하고 말을 더듬자 베라무드가 싱긋 웃으며 자신의 손을 펴 보이고 말했다.

"괜찮아. 신경 쓰지 마."

웃어 보이며 그가 나가자 아르카나가 손을 뻗어 그녀의 뺨을 어루만졌다. 시그리드는 한숨을 푹 내쉬었다. 그가 물었다.

"왜 그래?"

"응?"

"루나틸 경 말야."

"아니, 그게— 좀……."

어젯밤까지만 해도 아무렇지도 않았는데, 어젯밤 이후로는 왜인지 닿는 게 어색했다. 그녀는 다시 한숨을 내쉬고 말했다.

"사과해야겠지?"

"글쎄다."

아르카나가 묘하게 웃었다.

"루나틸 경이 만지는 게 싫어?"

"어? 아니. 그런 건 아냐."

시그리드가 단호하게 부정했다. 그녀가 미간을 모으며 말했다.

"그게 아니라……. 으음……. 나도 잘 모르겠다."

"그렇구나."

아르카나가 고개를 끄덕이고 가볍게 그녀의 등을 두들겼다.

"그럼 됐어."

뭐가?

의아한 눈으로 그를 보자 아르카나는 그저 미소 지을 뿐이었다.

다음 날.

느지막이 일행은 준비된 마차를 타고 황궁으로 향했다. 이제 중앙은 눈이 녹으면서 처마마다 물이 똑똑 떨어지고 있었다. 마차가 달리는 길은 진창이 되어 덜컹거리는 일이 잦았다.

"날씨가 많이 좋아졌네요."

시그리드가 흔들리는 마차 창을 슬쩍 내다보며 말했다. 베라무드가 한숨을 내쉬고 말했다.

"북부에서 돌아오니까 여기는 딴 세상이야."

"그러니까요. 아르카나는 추우려나?"

사막에서 막 돌아온 아르카나에게 시그리드가 물었다. 아르카나가 고개를 저었다.

"얼음탑 안은 그렇게 큰 온도 변화가 없으니까. 하지만 사막은 덥기는 했지."

"그래? 진짜 이상한 것 같아. 날씨라는 건."

덜컹ㅡ!

마차가 크게 흔들려 엉덩이가 튀었다. 그녀가 진지하게 말했다.

"말을 타고 싶네요."

"동감이야."

"난 못 타니까 무리."

그 말에 시그리드가 놀라 아르카나를 돌아보았다.

"말 못 타?"

"탈 일이 없잖아? 기사도 아니고……."

그가 초록 눈을 과장되게 깜박이며 말해서 시그리드는 "그런가ㅡ" 하고 말했다.

"그럼 내가 가르쳐 줄까? 승마."

"진짜? 그러면야 좋지."

"응, 가르쳐 줄게."

약속하는 시그리드를 보고 베라무드가 퉁명하게 내뱉었다.

"둘이 사이좋네."

"친구니까요."

시그리드가 의아스럽게 답하는 말에 그는 기뻐해야 할지 슬퍼해야 할지 알 수가 없었다. 베라무드가 턱을 괴고 창밖으로 시선을 돌렸다. 시그리드는 어색하게 그를 한 번 보고 시선을 무릎으로 내렸다.

침묵 속에서도 마차는 달려 얼마 지나지 않아 목적지에 도착했다. 마차에서 내려 시그리드는 "아." 하고 짤막한 소리를 토했다.

예전에 황태자 전하를 만났을 때 왔던 정원이다.

"이쪽."

하지만 베라무드가 가리킨 방향은 전과는 다른 곳이었다. 아르카나는 넓은 정원을 둘러보고 감탄사를 작게 내뱉었다.

발밑에 흙이 진득하게 따라붙자 시그리드는 자신이야 무릎 꿇는 건 상관없지만, 아르카나는 하지 않았으면 좋겠다, 하는 생각을 하며 베라무드의 뒤를 따랐다.

도착한 곳은 온실이었다.

전에 로웬그린과 마리쉐즈와 갔던 곳과 비슷한 분위기였다. 다른 점은 천장이 훨씬 높고 새가 있다는 점?

여기저기서 새소리가 들려왔다.

"누구는 굶는데, 온실 속의 새라."

차가운 목소리에 시그리드가 힐끗 돌아보니 아르카나가 냉소를 짓고 있었다.

"동감일세."

들려온 목소리에 시그리드는 고개를 돌렸다가 허리를 가볍게 숙였다.

"후작 각하."

피엔샤 후작이 일행을 슥 둘러보았다. 그가 시그리드에게 호의적인 미소를 지으며 말했다.

"오랜만이군, 앙케르트나 경."

"네, 강녕하셨습니까."

"몸은 건강하지. 그렇다면 자네의 옆에 서 있는 사람이……."

"이쪽은 제 친우이자 마법사인 아르카나입니다."

아르카나가 가볍게 후작에게 목례하자 후작 역시 목례했다. 마법사란 딱히 예의를 차리지 않아도 존중받을 가치가 있는 인물이다.

"레디날드 피엔샤라고 하오."

"아르카나입니다."

"왔으면 다들 들어와."

안쪽에서 목소리가 들렸다. 인공적으로 숲을 조성해 둔 것 같은 온실의 길을 지나 일행은 안쪽에 도착했다. 과연— 하고 아르카나는 눈을 가늘게 떴다.

온실의 한복판에는 수정으로 만든 분수가 서 있었고, 그 앞에 카펫과 소파가 놓여 마치 살롱 같은 분위기를 연출하고 있었다.

세리오스는 분수 앞에 서 있었다. 그 옆에 모르는 사람이 서 있어 시그리드는 고개를 갸웃했다. 세리오스가 입을 열었다.

"어서오시게, 앙케르트나 경. 그리고—"

세리오스가 시선을 아르카나에게 주며 뒷말을 끌자 아르카나는 살짝 허리를 숙여 인사했다.

"아르카나입니다, 전하."

"아르카나 공도 어서 오시게나."

세리오스가 손짓하며 자리를 권했다.

수정 분수에서 물이 흐르는 소리가 경쾌하게 들려왔다. 시그리드와 베라무드를 제외한 일행이 모두 자리에 앉자 세리오스가 마지막으로 가장 상석에 앉았다.

"이쪽은 처음 보는 사람도 있겠군. 루나틸 공작이네."

"라비스 루나틸이라고 합니다. 앙케르트나 경, 아르카나 공."

'아, 베라무드의 형이구나—! 그 유능하다는!'

시그리드가 그를 빤히 보았다가 눈이 마주쳐 얼른 고개를 숙였다.

"제1근위대 소속인 시그리드 앙케르트나라고 합니다."

"시그리드……. 애칭은 시리인가?"

라비스의 물음에 베라무드는 이 사이로 신음을 흘렸고 시그리드는 갸웃하며 "네, 그렇습니다." 하고 답했다.

"그랬군."

라비스는 싱긋 웃었다.

"이야기는 많이 들었소."

"그러십니까?"

"여성 마스터에 대한 소문이 많이 돌아서. 실제로 보니 소문보다도 더 미인이군."

"감사합니다."

사실 미모보다 검 솜씨로 칭찬받는 게 더 좋지만, 그렇다고 그 말을 꺼내서 베라무드의 형님을 무안하게 만들고 싶지는 않았다.

"시리는 얼굴보다 검술이 더 훌륭해."

베라무드가 옆에서 타박하듯 말해 라비스가 아차 하고 덧붙였다.

"물론 그렇겠지."

시그리드는 베라무드에게 살짝 미소 지어 보였다. 세리오스는 그녀와 베라무드를 번갈아 보다가 헛기침을 하고 말했다.

"그래서 오늘 우리가 모인 이유는, 아르카나 공, 그대의 이야기를 듣기 위해서요. 다른 마법사들이 폐하와 손을 잡았을지도 모른다고?"

"그렇습니다."

아르카나는 고개를 끄덕였다. 그가 품에서 새까만 조각을 꺼내 놓았다. 그걸 보고 시그리드는 흠칫하고 주먹을 쥐었다.

"이게 뭔가?"

세리오스의 물음에 아르카나가 말했다.

"베라무드와 시그리드를 공격한 갑옷 기사의 일부입니다."

"갑옷?"

라비스와 피엔샤 모두 의아한 얼굴을 했다. 세리오스가 "아." 하고 말했다.

"아직 두 사람에게는 상황 설명을 하지 않았군. 베라무드 부탁할게."

베라무드는 고개를 끄덕이고 말했다.

"저희가 루디날 전하를 추격했을 당시, 루디날 전하께서는 검은색 갑옷을 입은 기사에게 쫓기고 계셨습니다. 그 갑옷 안은 텅비어 있었고 말입니다."

"갑옷 안이 텅 비었다고? 그러면 갑옷만 움직였다는 말인가? 게다가 이건— 검은색인데 베라다 강철은 아니군."

피엔샤 후작이 조각을 집어 들었다. 베라다 강철은 푸른빛이 도는데 이건 마치 숯덩이 같은 검은색이다.

"보통 철에 마력을 넣은 겁니다. 꼭두각시 인형처럼 움직일 수 있게 말이지요."

"마법이라……."

모두가 신기하게 그것을 바라보았다.

"그걸 움직이기 위한 주요 동력은 오러 코어고요."

이어진 말에 피엔샤 후작은 순간 조각을 떨어트릴 뻔했지만 침착하게 잘 내려놓았다. 라비스의 얼굴이 저절로 일그러졌다.

"오러 코어라고? 그렇다면 오러 사용자가 관계있다는 말인가?"

"아니, 그게 아니라— 마스터에게서 오러 코어를 빼앗았다는 거지요."

베라무드가 어깨를 으쓱하더니 말했다.

"나처럼 코어가 손등에 있는 경우는 좀 더 편하겠지. 팔을 자르면 되니까."

그가 오른손을 슬쩍 들어 보였다가 내려놓았다.

"하지만 마스터가 없어지면 소문이 금방 날 텐데 말이야."

베라무드가 의문을 제기했다.

"요즘 사람이 아닐 수도 있으니까요. 생각보다 좀 더 오래된 것 같더군요."

아르카나가 그렇게 말하며 고개를 들고 말했다.

"하여간 이런 걸 부리고 있는 이상, 마법사가 뒤에 있다고 생각해야겠지요. 만약 정말로 폐하께서 이 함정을 파셨다고 생각하신다면 말입니다."

"확실해."

세리오스가 대답했다.

"아버님이 아니면 루디날을 조종할 만한 사람이 없어."

루디날을 언급할 때 그의 말끝에서는 힘이 빠졌지만 떨치듯 세리오스가 숨을 들이켜고 말했다.

"마법사와 폐하가 손을 잡았다, 라고 하면 대체 뭘 하려는 걸까? 내 상상력으로는 아흐트슈비에츠처럼 개인 친위대로 삼는다, 정도가 한계인데 말이지."

"모든 권력자들이 권력을 얻게 되면, 원하는 게 하나 있지 않습니까?"

아르카나가 조용히 말했다. 그 말에 세리오스는 멍하니 그를 보다가 허탈하게 속삭이듯 말했다.

"정말로? 그게 가능한가?"

"'가능합니다.'라고 말해드리고 싶지만, 대가는 가볍지가 않습니다. 목숨의 대가는 보통 목숨이지요."

"허─"

세리오스가 생각에 잠겼다. 시그리드는 전혀 이야기를 따라갈 수가 없어서 의아한 얼굴로 아르카나를 바라보았다. 아르카나가 그녀의 시선을 눈치채고 작게 속삭였다.

"불로불사."

"불─"

시그리드는 말문이 막혔다.

"폐하의 꿈은 원대하기도 하시군."

피엔샤 후작이 중얼거리며 소파에 몸을 기댔다. 라비스는 곰곰이 생각에 잠겼다.

"그러면 다른 사람의 목숨을 빨아들인다는 이야기인가? 그렇다면 확실히─ 대대적인 숙청이 기다리고 있겠는데."

"아니, 그 전에 다른 일이 기다리고 있는 것 같더군."

세리오스가 입꼬리를 비틀어 올렸다.

"갑자기 친위대를 모으고, 그 친위대로 뭘 하시려나 싶었는데 말야. 재미있는 소식이 들리더군."

"뭡니까?"

피엔샤 후작이 물었다.

"빈민가를 철거하실 생각인가 봐."

시그리드가 숨을 헉 삼켰다. 온실 안의 분위기가 일변했다. 아까까지 평화롭게 들렸던 새소리도 지금은 마치 진혼가처럼 들린다.

"철거가 쉽지는 않을 텐데요?"

라비스가 분위기를 전환하려는 듯이 갸웃하며 말했다.

"불법 건축물이다 뭐다 해서 몇 번 시도는 해 봤지만 결국 불가능으로 끝나지 않았습니까?"

"하지만 불온 분자가 숨어 있다면 달라지겠죠."

시그리드의 말에 모두의 시선이 그녀에게 쏠렸다. 시그리드는 잠깐 바닥을 보았다가 고개를 들었다.

자─ 자신이 어떻게 빈민굴을 쓸었는가?

"빈민가에 황제 폐하께 반기를 든 사람들이 숨어들었다고 하는 겁니다. 그러면서 무관한 사람은 그곳을 떠나라는 공지를 내리고 여기저기 수색하며 압박을 줍니다."

"하지만 그곳이 터전인 사람들인데 그렇게 쉽게 떠날까?"

피엔샤 후작의 말에 시그리드가 고개를 흔들고 말했다.

"그건 중요하지 않습니다. 공지한 기간이 끝난 후에 남은 사람들은, 폐하에게 반기를 든 역도들이지요."

"과연."

라비스가 고개를 끄덕였다. 그가 이어 말했다.

"그렇다면 사정 봐줄 것 없겠지. 남은 사람은 전부 반도다. 그렇다면 친위대로 쓸어버린다, 이것인가? 그들이 반항하면 오히려 폭도가 되겠군."

"네."

시그리드는 낮게 대답했다.

말하면서도 시그리드는 신기했다.

자신은 저렇게 일을 처리하면서도 어떻게 의심을 가지지 않았을까?

한 번도 남아 있는 사람들이 반도가 아니라고 생각한 적이 없었다.

폐하가 빈민가에 반도들이 숨어 있다고 해서, 숨어 있다고 생각했고, 불태우라고 해서 불태웠다. 그리고 이제 와서야 그게 사실이 아니었을지도 모른다는 생각을 하고 있는 것이다.

이것은 늦은 걸까?

아니면 늦지 않은 걸까?

'어느 쪽이든 이번에는 반드시 막아 보이겠어.'

시그리드는 그렇게 생각하며 고개를 들었다. 피엔샤가 잠시 툭툭 무릎을 두들기더니 말했다.

"하지만 그러려면 폐하에게 반기를 든 작자들이 필요하지 않은가?"

라비스가 고개를 끄덕이고 세리오스를 보았다.

"그 사실을 꾸며 내기 위해서 폐하께서 루디날 황자를 이용하실 거라고 보십니까?"

"아마도. 시찰 중에 사고가 생겼다. 누군가가 폐하에게 반기를 들고 있다. 그것도 북부에서 서부로 넘어가는 와중에?"

세리오스가 피엔샤 후작에게 시선을 돌리자 후작은 씩 웃었다. 마치 늑대와 같은 웃음이었다.

"과연, 그런 거로군요. 서부의 반란이라."

라비스가 손가락을 들어 세리오스를 가리켰다. 무례한 행동이었지만 세리오스는 그저 루나틸 공작을 바라보았을 뿐이었다. 라비스가 말했다.

"그리고 서부와 연합해 황위 전복을 꿈꾼 황태자, 시군요. 안타깝게 형님에 대해 읍소한 내부 고발자가 루디날 황자님이고요."

분위기가 얼어붙었다.

"저라면 그렇게 할 거라는 말입니다."

라비스가 손을 내렸다.

"확실히, 루디날 황자님은 태자 전하의 측근이라고 알려져 있으니 파급력도 크겠지요."

피엔샤 후작이 덧붙였다. 세리오스는 굳은 얼굴로 다리를 꼬았다. 모여 있는 사람들의 시선이 전부 세리오스에게 쏠리자 그가 웃으며 고개를 들었다.

"그러니까 내 동생을 처리하라고 내 입으로 말하라고?"

"어떤 결정이든 내리셔야겠지요."

피엔샤 후작이 담담한 표정으로 말했다. 라비스가 어깨를 으쓱했다.

"죄송하지만, 심기를 읽어서 멋대로 행동한 다음에 왜 그런 짓을 했냐고 추궁을 듣고, 뒤로 밀려나고 싶지는 않습니다."

"뻔뻔하게도 그런 얘기가 나오는군, 루나틸 공작."

라비스는 "그런가요." 하고 입을 다물었다.

'솔직히 자기 동생을 위해서 남의 동생을 사지로 몰아넣는 사람에게 한 말 치고는 과하지 않다고 생각하지만.'

라비스는 아직도 화가 풀리지 않은 상태였다.

루나틸 공작가는 항상 정도를 지켜왔고, 지나치게 권력도 탐하지 않았다. 그것이 권력자와 함께 길게 가는 길이라는 걸 그들은 알고 있었다. 그리고 공작이니 이 위를 노려봐야 옥좌뿐인데, 대대로 루나틸은 그렇게 권력에 욕심이 없었다.

라비스도 지금 황제와 황태자의 줄다리기에서, 에리얼이나 베라무드가 황태자의 편에 서 있지 않았다면, 신경을 끄고 영지에서 느긋한 시간을 즐기고 있었을 것이다.

'아, 멜과 노닥거리고 싶다.'

소박한 꿈을 떠올리며 라비스는 다시 세리오스에게 말했다.

"루디날 황자가 전하를 배신하지 않을 거라고 생각하시나요?"

세리오스가 한쪽 입꼬리를 올렸다.

"그대는 베라무드가 그대를 배신할 거라고 생각하나?"

"베라무드가 제 아내를 죽이려고 시도한 걸 본 다음에는 생각해 볼 것 같군요."

"어— 형 그거 생각만 해도 좀 무서운데."

베라무드가 허리를 숙여 라비스에게 속삭이자 라비스가 "나도 그래." 하고 대답했다. 세리오스가 툭툭 팔걸이를 두들기다가 말했다.

"알겠네. 루디날은 내가 알아서 처리하지."

"알겠습니다."

후작이 가볍게 고개를 끄덕였다.

비정하다고 생각될지도 모르지만, 당연한 일이다. 황태자와 한 배에 탄 이상, 그 배에 구멍을 내려는 사람이 있다면 태자의 동생이라도 쳐 내야 하는 것이다.

구멍을 내는 걸 빤히 보고 있다가, 서부 연합까지 바다에 가라앉게 만들 수는 없다.

피엔샤 후작이 이어 말했다.

"그리고 폐하께서 정말로 불로불사가 목표라서 마법사와 손을 잡고 있다면, 그 증거를 얻는 게 좋겠군요."

라비스가 고개를 끄덕였다.

"그게 있다면, 정신이 이상해지신 폐하를 어쩔 수 없이 폐위해야 할 테니까요."

다음 황제가 누가 될 것인가는 말하지 않아도 뻔하다. 세리오스가 아르카나를 보았다. 아르카나가 그 시선에 갸웃하더니 "아." 하고 말했다.

"마법사들은 제가 추적해 보기는 하겠지만, 저 혼자서 뭔가를 하기는 어렵습니다. 증거가 될 만한 것을 가져와 주신다면, 감별 정도는 할 수 있겠죠."

"그 불로불사의 마법은 어떻게 이루어지는 거지? 그냥 사람을 죽인다고 되는 것은 아닐 것 아닌가?"

"저도 그쪽이 주요 연구 계통은 아니라서 모르겠지만, 그 빈민가에 마법진이나 생명력을 빨아들일 뭔가를 설치하는 쪽이 가장 무난하겠죠."

"한번 알아봐야겠군."

세리오스가 고개를 끄덕였다.

짧은 모임이 끝나자, 세리오스는 아르카나와 시그리드, 그리고 베라무드에게만 남을 것을 부탁했다.

라비스는 베라무드에게 한 소리 할까 하다가 그냥 인사를 남기고 피엔샤 후작에게 눈짓했다. 어차피 그들끼리도 따로 이야기를 나눠야 했다.

두 사람이 나가고 나자 세리오스는 자리에서 일어나 아르카나에게 말했다.

"얼음탑의 도움은 고맙소. 정식으로 감사드리오."

"정식은 아닙니다. 이기든 지든, 나서고 싶지 않아 하는 것이 마법사인지라."

"하지만 그대를 보냈으니, 그것만으로도 충분하오. 내가 황위에 오르면, 얼음탑과의 교류를 좀 더 활발히 하고 싶군."

"그건 기쁜 이야기로군요."

얼음탑도 언제까지나 처박혀 있을 수는 없으니, 우호적인 교류를 늘리는 게 좋을 것이다. 세리오스가 싱긋 웃고 시그리드를 돌아보았다.

"앙케르트나 경에게는 내가 따로 부탁을 해도 될까?"

"제가 가능한 일이라면."

"아흐트슈비에츠에 들어가 주지 않겠나?"

"—!"

시그리드가 휘둥그레 눈을 떴다가 내리깔며 물었다.

"첩자입니까?"

"비슷해. 증거가 될 만한 자료들을 모아 주면 좋겠어. 내 주변에는 믿고 맡길 만한 사람이 적거든. 그리고 그대는 이미 한 번 권유를 받은 적이 있으니까."

"너무 위험하잖아."

베라무드가 끼어들었다.

"게다가 시그리드에게 위장 업무라니, 맞지 않는다고 생각해."

뭔가를 숨길 수 있는 사람이 아니다.

"하겠습니다."

시그리드의 대답에 휙 베라무드가 그녀를 돌아보았다.

"시리!"

"그 일을 막기 위해 제가 할 수 있는 거라면 뭐든지 하고 싶습니다."

"하지만— 네가 잘할 수 있겠어?"

베라무드는 저도 모르게 말했다. 보통 때라면 '그럼 내가 못한다는 말인가?' 하고 화가 났겠지만, 시그리드는 화가 나지 않았다.

'걱정 가득한 얼굴.'

그녀는 고개를 끄덕였다.

"네, 할 수 있습니다."

"아— 정말."

베라무드는 자신의 머리를 거칠게 쓸어 올렸다. 근위대장으로서 정식으로 이 임무에서 시그리드를 배제할 수도 있다. 있지만, 강제로 그렇게 하고 싶지는 않았다.

"알았어. 하지만 문제가 생기면 바로 나에게 알리는 거다?"

"네."

시그리드가 고개를 끄덕였다. 아르카나가 슬쩍 그녀의 어깨에 손을 얹으며 말했다.

"무리는 하지 말고."

"알았어."

세리오스가 셋이 그러고 있는 광경을 묘하게 보았다. 아르카나를 보고 베라무드를 한 번 보고 세리오스는 생각했다.

'이거 베라무드가 좀 불리한 거 아닌가?'

잘은 모르겠지만, 시그리드와 저 마법사는 가까운 사이인 것 같고, 그에 비해 베라무드와 시그리드 사이는…….

'흠.'

조금 도와줘야 하나, 하다가 세리오스는 고개를 저었다.

'지금 내가 문제인데, 도움은 무슨.'

루디날을 생각하니 가슴이 확 막혀 왔다. 세리오스는 하나뿐인 남동생을 떠올렸다.

'대체 뭐가 문제였을까?'

내가 무엇을 보지 못한 걸까?

왜 그 애는 그런 선택을 했을까?

폐하에게 협박을 당한 게 아닐까? 날 해칠 생각은 없는 게 아닐까?

'루디날을 처리하겠다고 했지만……'

사실은 만나서 이야기하고 싶었다. 이유를 묻고 싶었다. 나에게 뭐가 불만이었냐고 묻고, 대체 어떻게 해 줬으면 좋았겠냐고 묻고…….

세리오스는 수정 분수로 시선을 돌렸다. 그의 키와 비슷한 높이의 분수에서 흘러나오는 물줄기들이 수반으로 떨어지며 명랑한 소리를 내고 있었다.

"베라무드……."

세리오스가 힘겹게 사촌매제의 이름을 불렀다. 베라무드가 그런 그의 옆모습을 보다가 말했다.

"데리고 올게."

그 말에 세리오스가 휙 고개를 돌렸고 베라무드가 어깨를 으쓱했다.

"일단 데리고 와서 이야기를 들어보지 뭐."

"베라무드!"

시그리드가 소리를 지르며 그의 팔을 잡았다가, 핫 하고 놓았다. 그녀의 격한 반응에 놀란 건 베라무드 쪽이었다.

"시리?"

"안, 돼요. 그 사람은, 베라무드를—"

지금도 팔과 눈이 날아간 모습이 생생한데, 봐주겠다고?

절대로 안 된다. 시그리드는 절대로 루디날을 용서할 수가 없었다. 베라무드가 그런 그녀를 내려다보다가 희미하게 웃었다.

"괜찮아. 두 번은 안 당하니까."

"안 돼요. 데리러 갈 거라면 다른 사람을 보내십시오."

"나 말고 다른 사람을 보낼 수도 없잖아? 그나저나 루디날을 어떻게 만난다?"

"베라무드!"

"내가 함께 갈게."

아르카나가 가늘게 한숨을 내쉬고 말했다. 그 말에는 베라무드도 시그리드도 놀랐다. 시그리드가 주춤거리며 물었다.

"정말……?"

그녀의 목소리에 안도감이 진득하게 묻어 나와 아르카나는 고개를 끄덕였다.

"물론 저분이 허락하신다면 말이지."

시그리드가 휙 베라무드를 돌아보았다.

"같이 가실 거지요?"

그 떨리는 입술과 눈을 보고 '아니'라고 대답할 수 있는 용자는 없을 것이다. 베라무드는 고개를 끄덕였다.

"알았어."

그제야 그녀의 어깨에서 힘이 쭉 빠졌다.

"그렇다면……."

"상관인 나의 일을 부하인 시리가 허락해 주는 거야?"

"걱정하는 겁니다."

베라무드의 말에 시그리드가 불만스럽게 답했다. 하하 가볍게 웃고 베라무드가 "그래?" 하며 그녀의 뺨을 향해 손을 뻗자 시그리드는 마치 고양이마냥 슥 그의 손길을 피했다. 베라무드가 싱긋 웃었다.

"저기 시리, 잠깐 이야기 좀 할까?"

그가 아르카나를 보며 덧붙였다.

"단둘이서."

아르카나는 어깨를 으쓱해 보였고, 세리오스는 헛기침을 했다.

"그, 난 이만 가 보도록 하지. 내 억지를 들어줘서 고마워, 베라무드. 그리고 아르카나 공 잠깐 밖에서 이야기하지 않겠소? 마법에 대해 궁금한 게 있어서."

"물론입니다, 전하. 그럼 시리 먼저 나가 있을게."

"어, 으응."

시그리드는 마른 입술을 혀로 가볍게 축이며 그에게 고개를 끄덕였다. 세리오스와 아르카나의 걸음 소리가 완전히 사라지고 나자 분수 소리만 들렸다.

온실 창을 통해 들어온 봄 햇살이 수반에서 튀어 오르는 물방울을 반사시켰다. 빛의 파편들이 수정으로 이루어진 수반과 분수대에서 춤을 췄다.

침묵 사이로 그렇게 물과 새소리가 들리는데 베라무드가 묵직한 한숨과 함께 입을 열었다.

"시리."

"네, 넷!"

"내가 만지는 게 싫어?"

"아뇨!"

직설적인 질문에 직설적인 대답이 돌아왔다. 베라무드는 미심쩍다는 눈으로 그녀를 바라보았다. 시그리드는 땀이 나는 손바닥을 허벅지에 가볍게 문질렀다.

어떻게 말을 해야 좋을까?

뭐라고 설명을 해야 좋을까?

"그게— 그 싫지는 않습니다, 싫은 게 아니라, 그—"

"그?"

"이상……해진다고 할까요. 저도 잘은 모르겠지만— 그게, 그…….."

더듬더듬 말하는 시그리드를 베라무드는 멍하니 내려다보았다. 그녀의 눈가가 열이 오르듯 붉어졌다.

"죄송합니다. 제가 좀 이상해진 것 같아서, 좀 더 진정이 되고 나면 분명히잇—?"

베라무드가 손을 뻗어 그녀의 귓가를 어루만졌다. 시그리드가 움찔하고 몸을 움츠렸다. 그의 손가락이 부드럽게 귓바퀴를 쓸고 말랑한 귓불을 어루만지다가 부드럽게 손바닥으로 목덜미를 감싸듯 쓸어내린다.

"베, 베, 베라—"

시그리드는 그의 손길에 어쩔 줄 몰라 하며 어깨를 움츠렸다.

'팔딱팔딱.'

목덜미에 얹은 손바닥 밑에서 맥박이 빠르게 뛰는 것이 느껴

진다. 움츠러들고 어쩔 줄 모르면서 점점 체온이 올라가는 시그
리드가 사랑스러워서 베라무드는 웃음이 터져 나오려는 것을
참았다. 그가 조심스럽게 손을 떼자 그제야 시그리드는 안도했
다.

아직도 올라간 심장 박동 수와 체온이 회복되지 않고 있었다.

"시리."

"네, 네."

어쩐지 베라무드의 눈을 똑바로 볼 수가 없어 그녀는 시선을
내리고 대답했다.

"아, 안 되겠다. 기다리려고 했는데."

"네?"

"바로 옆에 라이벌 같은 놈도 있고, 일단 선수를 쳐 볼까."

"—?"

의아해져서 시그리드는 고개를 들었다.

"무슨 말씀을 하시는 겁니까?"

"시리, 나 너 좋아해."

"그야, 저도—"

"아니, 그게 아니라— 사랑해."

베라무드가 너무 가볍게 그 말을 내뱉어서 시그리드는 순간
자신이 잘못 들었나 했다.

"네? 뭘 해요?"

"사랑."

"사랑."

"내가, 시그리드를."

"베라무드가, 저를."

사랑?

베라무드가?

나를?

사랑? 사랑?

"그 사랑이라는 게 구체적으로 어떤?"

시그리드의 얼빠진 질문에 베라무드는 진지한 얼굴을 하고 그녀를 보았다.

"내가 널 남자로서 사랑한다고."

다음 순간, 베라무드는 손을 내밀어서 그녀의 눈알이 굴러떨어지는 걸 받아야 하는 게 아닌가 걱정했다. 한계까지 벌어진 주홍색 눈이 그를 뚫어져라 바라보고 있었다.

"남자로서……요……?"

자신이 생각해도 한심할 정도로, 마치 쥐가 찍찍거리는 듯한 목소리였지만, 시그리드는 그걸 내는 것조차 한계였다. 베라무드가 허리를 숙여 그녀의 이마에 키스했다.

"응, 이것보다 더한 것도 하고 싶을 정도로."

"—!"

그제야 시그리드는 후다닥 몸을 피하다가 저도 모르게 발이 엉켜서 넘어졌다.

"시리—?!"

당황한 베라무드가 팔을 뻗는 것을 피하려다가 오히려 시그리드는 그와 함께 엉켜 구르는 꼴이 되었다.

"웃……."

"괜찮아?"

들려온 목소리에 시그리드는 실눈을 떴다. 베라무드가 당당히 자신의 위에 올라타고 있었다.

"그, 네, 괜찮습니다."

저절로 목소리가 딱딱해졌다. 베라무드가 그녀의 머리를 감쌌던 손을 풀며 말했다.

"그렇게 놀랄 일이었어?"

"그야—!"

소리를 지르려다가 시그리드는 참았다. 그녀가 숨을 크게 들이마시고 말했다.

"그야 당연하지 않습니까……."

"난 충분히 티를 냈다고 생각했는데."

"전혀 몰랐습니다."

"어, 그것도 좀 상처인걸."

"네? 아뇨, 그럴 의도는 아니었습니다만."

당황한 시그리드가 말하자 베라무드는 히죽 웃었다. 그가 그녀에게로 몸을 숙였다. 자신이 올라타고 있고, 밑에 있는 시그리드는 도망칠 수 없다.

우연이든 뭐든, 우위를 점한 이상 그는 쉽게 물러날 생각이 없었다.

"그래서?"

"네?"

"그래서 시리의 대답은?"

"대답……이라고 해도…….."

시그리드는 뭐라고 해야 할지 알 수 없었다. 그녀는 어떻게 해야 좋을지 몰라 곤란한 얼굴로 그를 올려다보았다. 이렇게 자신을 곤란하게 했으면서, 여유롭게 웃고 있는 얼굴이 얄밉다.

"잘 모르겠습니다."

시그리드는 솔직하게 대답했다. 베라무드는 "그런가." 하고 고개를 갸웃했다가 말했다.

"그러면 임시로 사귀어 보자."

"네?"

"잘 모르겠다면서?"

"네에—"

"내가 싫은 건 아닌 거잖아?"

"그야…….."

절친이다. 당연히 그만한 호감은 있다.

게다가—

자신을 감쌌던 그 팔을 지금도 뚜렷하게 기억하고 있었다. 자신도 모르게 그녀는 파르르 숨을 내쉬었다.

"그러니까 사귀어 보는 걸로 하자고. 삼 개월간."

"삼 개월간…… 말인가요?"

"응. 삼 개월이 지나고도 아니었다, 라고 하면 그때는 어쩔 수 없지."

"삼 개월─"

"사귀는 걸로."

"그─"

"사귀는 걸로."

"전─"

"사귀는 걸로."

"……알겠습니다."

결국 시그리드는 고개를 끄덕였다. 그녀의 말에 베라무드가 활짝 웃었다.

'아.'

시그리드는 눈을 깜박이다가 저도 모르게 그의 얼굴로 손을 뻗었다. 베라무드가 어라? 하더니 웃으며 그녀의 손목을 잡아, 고양이마냥 자신의 왼 얼굴을 슥 문지르듯 문으며 말했다.

"얼마든지 만져도 됩니다."

그 행위에 시그리드는 쿡쿡 웃음을 지었다.

그녀의 손가락이 그의 왼 눈을 가볍게 훑었고 베라무드는 간지러운 듯 눈을 감았다.

"다치지 마십시오."

"응, 노력할게."

베라무드가 그렇게 말하며 몸을 일으켜 세웠다.

"더 있으면 내 이성의 끈이 가늘어질 것 같으니까. 자, 일어나시죠. 아가씨."

그가 내민 손을 잡고 시그리드는 자리에서 일어났다.

'사귄다.'

시그리드는 머릿속에서 그 단어를 곱씹어 보았다. 그리고 베라무드를 힐끗 보았다.

그 말은 우리가 연인이라는 말인가?

연인.

'연인은 대체 뭘 하는 걸까?'

알 수가 없어 시그리드는 고개를 갸웃했다. 손을 꼭 붙잡힌 채로 시그리드는 베라무드가 자신의 손을 만지작거리는 것을 보다가 물었다.

"베라무드."

"응?"

그의 목소리에 행복감이 가득해서 시그리드는 순간 숨을 삼켰다.

"왜?"

그가 고개를 들어 그녀를 보았다.

'우와.'

그의 표정이, 뭐라고 해야 할까······.

마리쉐즈가 로웬그린의 티아라를 봤을 때 같은······ 아니, 세상의 중심을 바라보는 듯한?

친구와 다를 게 뭐가 있을까? 라고 생각했던 자신을 매우 쳐야겠다고 시그리드는 반성했다. 그녀가 더듬거리며 말했다.

"그, 연인은 뭘 하는 걸까요?"

"글쎄, 하는 일은 많지만, 일단 지금 삼 개월간의 목표는—!"

'목표는?'

갸웃하자 베라무드가 그녀의 손등에 키스하며 말했다.

"날 사랑해 줘."

"─!"

"노력할 테니까, 날 사랑해 줘요. 시그리드 아가씨."

빙그레 웃으며 하는 말에 시그리드는 잡힌 손을 당장에 빼고 싶은 기분이었다. 어째서 목구멍 안쪽에 심장이 붙어 있는 느낌일까?

숨을 쉬기가 어렵게 느껴졌다.

"그, 노, 노력해 보겠습니다."

할 수 있는 대답이란 건 이따위 것밖에 없었다. 시그리드가 간신히 말을 내뱉자 베라무드는 하핫 웃으며 그녀의 손을 놓아주었다.

"노력해 준다니, 고맙지요."

그가 가볍게 그녀의 뺨에 키스했다.

"나가자."

그가 손을 내밀었고, 시그리드는 망설이다가 조심조심 손을 마주 잡았다. 베라무드는 재촉하지 않고 기다리다가 그녀의 손을 꽉 잡았다.

"시리."

"네─"

온실을 걸어 나가며 베라무드가 낮게 말했다.

"황제 폐하를 조심해."

그 말에 그녀는 허리를 곧게 폈다.

"네."

"그분은 무서우신 분이니까 말야. 이런 일로 널 잃고 싶지는 않아."

"알겠습니다. 하지만 저 역시 최선을 다하고 싶습니다. 다시는 그 일이 반복되게 하고 싶지 않아요."

"으응~ 그러니까 적극적으로 만류하지는 못했지만, 위험할 것 같으면 바로 몸을 빼는 거야. 알았어?"

"네."

대답하고 시그리드는 살짝 잡힌 손을 잡아당겼다. 베라무드가 그녀를 돌아보자 시그리드 역시 말했다.

"베라무드도, 위험할 것 같으면 바로 몸을 빼십시오. 절대로 전처럼 그러시면 안 됩니다. 아셨습니까?"

"응, 알았어."

베라무드가 고개를 끄덕였다. 건성인 대답이 못 미더워 시그리드는 그를 노려보았다.

"베라무드."

"응?"

"약속해 주십시오."

베라무드가 살짝 놀란 듯 시그리드를 보았다가 깊게 고개를 끄덕였다.

"알았어, 약속할게."

"좋습니다."

그제야 시그리드는 만족스럽게 고개를 끄덕였다.

'아, 끌어안고 싶다. 키스하고 싶다, 꽉 안고 싶다. 하지만 그러면 안 되지. 참자. 참자.'

베라무드는 마음속으로 '참자, 인내심.' 같은 말을 중얼거리며 온실 밖으로 나왔다. 유리문인데도 문을 나서자 찬바람이 휙 하고 불어왔다. 차갑기는 하지만 칼바람은 아니다. 시그리드가 바람에 눈을 가늘게 뜨며 말했다.

"그래도 확실히 봄이네요. 바람이 별로 차지 않으니까요."

"그러네."

베라무드가 고개를 끄덕였다. 시그리드가 주변을 둘러보며 물었다.

"전하와 아르카나는······."

"추우니까 마차 타고 가 버렸겠지."

"네?"

"우리는 걸어가게 놔두고."

"그렇군요."

"안 갔거든?"

"어라?"

돌아보니 세리오스가 투덜거리며 아르카나와 함께 구석에 서 있었다. 베라무드가 놀라 물었다.

"마차에 타고 있지 그랬어?"

"피엔샤 후작과 루나틸 공작이 타고 가 버렸어."

"뭐—"

베라무드는 살짝 입을 벌렸다가 크게 웃음을 터트렸다. 세리오스가 투덜거렸다.

"웃을 일이 아니야, 그 두 사람은 우리가 시종을 한 명도 데리고 오지 않았다는 걸 알아챌 분별도 없었던 건가? 자기들끼리 타고 가 버리면 우리는 어떻게 하라는 말이야? 그런 사람이 후작과 공작이라니."

"그런, 제가 지금 가서 마차를 불러오겠습니다."

시그리드가 당황해 말하자 세리오스가 고개를 저었다.

"아냐. 여기서 헤어지는 걸로 하지, 앙케르트나 경. 우리의 회합이 알려져서 좋을 일은 없으니까."

"그렇습니까."

베라무드가 말했다.

"그럼 세리오스를 시그리드에게 맡길, 수도 없겠군. 아흐트에 들어가려면. 좋아, 내가 세리오스를 맡지. 그리고 시그리드는 아르카나와 함께 돌아가. 원래 저택으로 돌아가도 괜찮아."

"알겠습니다."

"그리고 아르카나 공은 저녁에 나와 이야기를 하지."

베라무드의 말에 아르카나는 가볍게 고개를 까닥해 보였다. 베라무드가 시그리드의 손을 아쉬워하며 놓아주고 말했다.

"그럼 들어가 봐."

"네."

고개를 끄덕이고 시그리드는 아르카나에게 손짓했다. 그녀가 마법사와 함께 떠나는 것을 바라보다가 세리오스가 말했다.

"괜찮은 거야?"

"뭐가?"

"잠깐, 너 표정 왜 그래?"

"뭐가?"

"너ー 저 안에서 무슨 짓을 한 거야?"

"뭘 무슨 짓을 해?"

"아니, 잠깐, 말하지 마. 안 그래도 난 상태가 안 좋은데, 네 그 염장을 들어 주고 싶지는 않다. 아니, 그런 것 치고 앙케르트나 경의 상태는 멀쩡했는데?"

그 말에 베라무드는 울컥해져서 말했다.

"우리 사귀거든?"

"어?"

"사귄다고. 시리랑 나랑."

"그새 손 뻗은 거야?"

"그런 거 아냐!"

베라무드가 눈을 푹 찡그리며 말해서 세리오스는 멈칫했다.

"너, 꽤 진심이구나."

"백 퍼센트."

대답한 베라무드가 후드를 뒤집어쓰고 걷기 시작했다. 세리오스가 말했다.

"굳이 날 데려다줄 필요는 없어. 괜히 네가 궁에 있었다는 걸 알려 주고 싶지는 않아."

"네가 호위도 없이 이곳을 돌아다니게 둘 수는 없어."

"이곳? 너 내 집을 뭐라고 생각하는 거야?"

"마굴."

베라무드의 대답에 세리오스는 피식 웃고 고개를 돌렸다.

"그럴지도."

둘은 말없이 한적한 정원을 가로질렀다. 세리오스가 낮게 말했다.

"베라무드."

"응."

"루디날이 정말로 날 죽이고 싶어 한 걸까?"

"날 죽이고 싶어 한 건 확실하지만, 너에 대해서는 글쎄?"

"무슨 실수를 하거나, 협박을 받은 게 아닐까? 루디날은 아직 어리고……."

"스물이 넘은 사람을 아이라고 하지 않아."

"그런가. 하지만 나에게는 항상 어린아이 같아서―"

세리오스는 한 손으로 이마를 문지르며 웃었다.

"그 애는 내 책임이었어. 어머니가 루디날을 나에게 부탁했지. 내가 못 미더우셨겠지만―"

그는 짧게 웃었다.

"난, 내가 그래도 최선을 다했다고 생각했는데 뭐가 문제였을까?"

"사람의 마음이라는 건 어떻게 흘러갈지 모르는 거니까."

"그래. 하지만, 그렇다고 해도……. 모르겠어. 어째서 이렇게 됐지? 내가 뭘 잘못한 걸까?"

"세리오스."

"난 형편없는 형이었나? 난 그의 형이자 아버지 노릇을 해 왔다고 생각했는데, 내가 형편없는 보호자였던 걸까? 내 아버지와 똑같은— 결국 보고 배운 게 그것뿐이라서? 아니면 내가 죽일 가치도 없는 무능한 둘째—"

"세리오스!"

베라무드가 그의 이름을 부르며 팔을 잡았다. 세리오스는 멍하니 베라무드를 보다가 낮게 숨을 내쉬었다.

"미안."

"너 본궁 말고 에리얼에게 가라."

"에리얼은 만삭이잖아. 부담을 주고 싶지 않아."

"알아. 하지만 에리얼도 알걸."

세리오스는 그 말에 희미하게 웃었다.

"그래, 그녀도 알겠지."

"그러니까 가 봐."

세리오스는 깊게 숨을 들이켰다.

"그래."

베라무드는 호위병이 보이는 곳까지 세리오스를 바래다주었다. 세리오스가 호위병을 부르는 사이 베라무드는 재빠르게 걸어서 황궁을 빠져나왔다.

세리오스는 베라무드의 충고를 따랐다.

"어머? 세리오스."

에리얼이 뜨개질감을 내려놓고 팔을 벌렸다. 세리오스가 그녀를 끌어안으며 가볍게 이마에 키스해 주고 말했다.

"뭐 하는 거야? 뜨개질?"

"심심하잖아."

쿡쿡 웃고 에리얼이 손을 뻗어 세리오스의 양 뺨을 감쌌다. 세리오스는 그녀의 손을 잡으며 눈을 감았다.

"세리?"

"응—"

"무슨 일이야?"

"가족 문제?"

"아, 저런."

에리얼의 어조에 세리오스는 쿡쿡 웃었다. 그가 손을 뻗어 에리얼의 배를 어루만지며 말했다.

"언제 나오려나? 우리 아가는. 딸인지 아들인지 궁금한데 말이야."

"음, 어느 쪽이든 미인일 거야."

단호하게 말하고 에리얼이 덧붙였다.

"엄마가 미인이니까 말이지."

"아빠가 미남이라는 말은 안 해 주는 건가."

"하는 걸 봐서……?"

에리얼의 손이 그의 머리카락 사이로 들어갔다. 하늘색 머리카락이 부드럽게 감긴다. 다정한 손길에 세리오스는 저도 모르게 숨을 내쉬었다.

"세리오스."

그가 그녀의 옆에 앉았다. 에리얼은 그의 눈 밑에서 희미한 그늘을 발견했다. 세리오스가 힘없이 미소 짓고 말했다.

"난 좋은 형이 못 되었나 봐."

"루디날 옆에 있는 사람 중에 유일하게 좋은 사람을 꼽으라면 너인데?"

에리얼의 말에 세리오스는 눈을 동그랗게 떴다. 에리얼이 쿡 그의 가슴을 찌르며 말했다.

"내가 고른 남자가 형편없다고 말하지 마, 세리오스 에스쿼어 아르카이아. 눈이 높은 게 내 자부심이니까."

그 말에 세리오스가 미소 지었다.

"그래, 네가 날 골랐지."

"그래, 내가 널 선택했어. 내 안목은 믿어도 괜찮아."

에리얼이 턱을 치켜들고 하는 말에 세리오스가 그녀의 목을 감싸며 부드럽게 키스했다. 입술이 부드럽게 여러 번 닿았다가 떨어졌다. 에리얼이 속눈썹을 파르르 떨며 숨을 내쉬었다. 입술을 거의 붙인 채로 세리오스가 말했다.

"루디날을 죽이게 될지도 몰라."

에리얼의 호박색 눈이 둥그레졌다. 그 얼굴에 세리오스는 웃었다. 웃으면서 그는 그녀의 어깨에 고개를 기댔다. 에리얼은 조심스럽게 그를 끌어안았다.

"너 없으면 어떻게 살지?"

세리오스가 웅얼거렸고 에리얼이 그에게로 고개를 기울이며 말했다.

"안 없어져."

"응—"

세리오스가 대답했다. 한참 그러고 있는데 에리얼이 눈을 찡그렸다.

"세리?"

"응?"

"나 배가 아파."

"어?!"

화들짝 놀라 세리오스가 몸을 휙 떼어 냈다. 에리얼이 으으 하고 몸을 움츠렸다.

"아, 진짜 아픈데?"

"어의!"

세리오스가 자리에서 일어나며 소리쳤다.

놀란 시녀들이 줄줄이 들어와 에리얼을 부축해 방 안으로 옮겼다. 세리오스는 어의가 방 안으로 들어가자 손바닥을 비비며 응접실을 서성거리기 시작했다.

다섯 시간 후, '초산인데 이렇게 빠르다니' 하며 어의가 기뻐했고, 세리오스는 에리얼을 만나러 방 안으로 굴러 들어가듯 뛰어 들어갔다.

에리얼이 웃으며 말했다.

"왜 우는 거야?"

세리오스는 아무런 말도 하지 못했다. 그는 그녀의 손등을 잡고 한참 울다가 에리얼의 "울보"라는 놀림에 간신히 아이의 얼굴을 보았다.

"안녕, 아가야."

강보에 싸인 아이는 세상에서 가장 신기하고 신비롭고 아름다운 것처럼 보였다. 산파가 웃으며 말했다.

"이렇게 하얀 아이는 본 적이 없어요. 아름다운 황녀님이 되실 거예요."

"당연히 그렇겠지."

세리오스가 꽉 막힌 목소리로 대답했다.

황태자비궁을 중심으로 조금씩, 조금씩 환희의 소리가 번져 나갔다. 궁에서 궁으로 전령들이 달려 나가기 시작했다.

3장
잠입

수도는 축제 분위기에 젖어 있었다.

황태손의 탄생이었다. 여자아이였지만 첫 아이였으므로 황녀님은 모두의 환호를 받았다. 화려한 깃발과 장식이 여기저기 걸리고, 사면령도 내려졌다.

아이가 건강하기를 바라는 축사가 각 신전에서 이루어졌다. 황태자가 여신의 신전에 수소 백 마리를 바쳤다는 이야기도 들려왔다.

그 시끄러운 와중에 시그리드의 저택도 다른 의미로 떠들썩했다. 각각 위문품을 한가득씩 마차에 싣고서 로웬그린과 마리쉐즈가 온 것이었다.

"몸은 괜찮아진 거야?"

마리쉐즈가 걱정스럽게 물어 와 시그리드는 고개를 끄덕였다. 셔츠에 카디건을 걸친 그녀의 혈색은 매우 좋아 보여서, 마리쉐즈는 걱정한 자신이 바보같이 느껴졌다.

"어째서 그렇게 쌩쌩한 거야?"

"마리."

로웬그린이 타박하듯 그녀의 이름을 불렀다. 마리쉐즈가 투덜거렸다.

"어디 가서 쓰러져 있는 게 아닐까 하고 걱정했던 게 바보 같잖아."

그 말에 시그리드가 웃으며 말했다.

"걱정해 줘서 고마워."

"그래도 무사히 돌아와서 다행이야."

마리쉐즈가 고개를 끄덕였다. 로웬그린이 그런 시그리드를 빤히 보았다. 그녀의 갈색 눈이 자신을 꿰뚫어 보는 것 같아서 시그리드는 고개를 숙였다.

친구들에게 하는 거짓말은 너무나 괴로웠다.

하지만 아직 밝힐 수도 없고, 이 일에 둘을 끌어들일 수도 없었다.

'이게 다 두 사람을 위한 거야.'

그렇게 변명하며 시그리드는 다시 마음을 굳게 다졌다. 그녀가 다시 고개를 들었다.

"응, 이제는 팔팔하니까 괜찮아."

가슴을 콩콩 치면서 하는 말에 마리쉐즈는 웃었고 로웬그린도 희미하게 웃어 보였다. 마리쉐즈가 슬쩍 등 뒤를 보더니 몸을 앞으로 숙이며 말했다.

"그런데 그 서부 독감 말야, 베라무드에게 옮은 거야?"

"어—? 아니, 아닌데."

당황한 시그리드가 고개를 저었다.

'음?'

'어라?'

그런 시그리드를 보며 두 여자는 촉이 바싹 서는 것을 느꼈다. 슬쩍 서로 마주 보고 촉을 확인한 두 사람은 냄새를 맡은 개처럼 슬그머니 접근했다.

"시그리드? 루나틸 경과 무슨 일 있어?"

"어—?"

더더욱 당황한다. 마리쉐즈가 은근한 목소리로 말했다.

"무슨 일 있는 것 같은데……. 우리에게도 숨겨야 하는 일이야?"

"아니, 그건 아닌데—"

로웬그린이 흥미로운 얼굴로 물었다.

"그럼 말해 줄 수 있는 거지?"

"어, 으응—"

물론 친구인 둘에게 숨길 만한 일은 아니다. 아닌데, 어째서 이렇게 부끄러운 걸까?

시그리드는 무릎을 꼭 움켜쥐며 말했다.

"그게……. 베라무드랑 나랑—"

"응응."

"사귀기로 했어."

말이 끝나자 침묵이 방 안을 감돌았다. 마리쉐즈가 펄쩍 뛰었다.

"루나틸 경이랑?!"

"둘이 사귄다고?"

반응에 짐작은 했지만, 설마했던 일이다.

시그리드가 사귄다? 연애를 한다고?

상상도 못 했던 일이라 얼떨떨해져서 둘은 질문 공세를 퍼부었다.

"누가 먼저 사귀자고 한 거야?"

"베라무드가……."

"언제부터 좋아한 거야?"

"그, 글쎄?"

"막 고백한 거야? 언제?"

"얼마 전에……."

대답을 할수록 시그리드는 조금씩 움츠러들었다. 마리쉐즈가 물었다.

"어때? 좋아?"

"아니, 그게— 사실은—"

시그리드는 3개월간 시험적으로 사귀기로 했다고 털어놓았다. 그러자 마리쉐즈는 '그럼 그렇지' 하는 생각에 한숨을 내쉬었다. 로웬그린은 웃었다.

"나쁘지는 않은 방식인데?"

"그런가?"

시그리드가 로웬그린의 말에 눈을 깜박였다. 그녀가 고개를 끄덕였다.

"사귀어 보고 마음에 안 들면 반품이라니, 그럴듯한 판매 문구 잖아?"

"뭐, 계약 연애도 나름 낭만적이기는 한 코드지만."

마리쉐즈가 고개를 끄덕였다.

'그게 아니면 시리가 연애를 할 리가 없지.'

그런 생각을 하자 더더욱 고개가 끄덕여지는 마리쉐즈였다. 그러나 곧 그녀가 눈을 찡그리며 물었다.

"그 사람 전에 성희롱범이라고 했잖아? 괜찮은 거야?"

"응? 응. 그 뒤로는 그런 거 없었어."

"흐응~ 그랬구나."

마리쉐즈는 아직도 머릿속의 점수가 짜기는 했지만, 그래도 조금 더 점수를 주기로 했다. 로웬그린이 쿡쿡거리며 말했다.

"알고 보니 워낙 유명하신 분이라서."

"유명해?"

"여자 많고 놀기 잘하는 걸로 말야."

"……."

그 말에 시그리드는 입을 꾹 다물었다. 로웬그린이 당황해서 손을 저었다.

"아니, 그, 시리랑 사귀는 지금은 그렇지 않을 거야."

"당연하지!"

마리쉐즈 역시 입을 모았다. 시그리드가 고개를 저으며 말했다.

"아니, 아냐. 나랑은 상관없는 일인걸."

'아닌 것 같은데?'

'상관있어 보이는데?'

두 여자는 그렇게 생각했지만 그걸 굳이 입 밖으로 내지는 않았다. 로웬그린은 시그리드가 베라무드에게 별생각 없다고 생각했던 것을 바꾸었다.

'의외로 신경 쓰고 있구나.'

시그리드가 곤란한 얼굴을 하며 한숨을 내쉬고 말했다.

"그래서 삼 개월 동안 자신을 사랑해 달라고, 그랬는데─ 사랑이란 게 뭘까?"

"으음─ 철학적인 질문인데."

로웬그린이 손가락 끝을 맞대고 소파에 몸을 묻었다. 마리쉐즈는 어깨를 으쓱하고 대답했다.

"사랑이 사랑이지 뭐야. 그 사람에게 빛이 나 보이고, 세상에서 그 사람만 보이고, 내 말과 행동이 어느 순간 전부 그 사람 중심으로 돌아가고 있고, 그런 거 아니겠어?"

"빛."

중얼거리고 시그리드는 베라무드를 떠올렸다. 자신이 그를 볼 때 베라무드에게서 빛이 나오는 것처럼 보이지는 않았다.

'역시 사랑은 아닌 거네.'

로웬그린이 히죽 웃었다.

"사랑은 세 종류인데 말이지. 연인 간이라면 역시 에로스적인
― 육체적인 이끌림이 중요한 거 아닐까?"

"어머, 어머, 어머―"

마리쉐즈가 꺅꺅거리며 로웬그린의 무릎을 찰싹 때렸다. 의
외로 매운 손에 로웬그린이 무릎을 문지르며 말했다.

"어때? 있는 것 같아? 키스하고 싶다든가? 만지고 싶다든가?"

시그리드는 생각에 잠겼다가,

"모르겠어."

하고 대답했다. 정말로 모르겠다.

베라무드를 만지고 싶냐고? 만지고? 키스하고?

그가 자신을 만질 때를 생각만 해도 어쩐지 어질어질한데, 자
신이 그를 만진다니. 심장이 너무 두근거려서 이상해질 정도였
다.

"잘 모르겠어……."

다시 그녀가 말해서 "그런가." 하고 로웬그린은 고개를 끄덕
였다. 마리쉐즈가 가볍게 웃으며 말했다.

"하지만 아직 기간이 삼 개월은 있는 거잖아? 좀 더 지나 보면
알겠지."

"으응……."

"생각해 보면 루나틸 경도 연애의 첫 상대로는 나쁘지 않을지
도 몰라. 잘생기기도 했고, 신분도 나쁘지 않고, 여자랑 놀아 본
만큼 매너도 확실하고."

마리쉐즈의 말에 시그리드는 "첫 상대……." 하고 중얼거렸다. 로웬그린이 그런 마리쉐즈의 옆구리를 팔꿈치로 가볍게 찌르며 시그리드에게 말했다.

"너무 무겁게 생각하지만은 말라는 이야기야. 천천히 생각해봐."

"응."

시그리드는 고개를 끄덕였다. 생각해 보면 이런 고민보다 더큰 임무가 자신의 눈앞에 떡하니 버티고 있다.

"참, 나 말야. 근위대를 그만둘지도 몰라."

"어? 왜?!"

당황해 마리쉐즈가 목소리를 높였다. 근위대라면 이 나라에서 가장 좋은 기사직이다. 시그리드가 그걸 그만둔다는 것 자체가 상상이 가지 않았다.

"상사랑 사귀는 거라서? 그만둬야 한대?"

"어? 아니, 그건 아니고."

자신이 상상도 하지 못한 이유를 대는 마리쉐즈에게 시그리드는 고개를 흔들어 보였다.

"아흐트슈비에츠에 들어갈까 하고."

그 말에 로웬그린은 묘한 표정을 지었고 마리쉐즈는 박수를쳤다.

"그럼 잘됐다! 두 사람 만나겠네."

"……두 사람?"

아흐트슈비에츠에 자신이 아는 사람이 기존 근위대원 말고 또 있단 말인가?

"모리스랑 알케르토 말야. 둘 다 친위대에 합격했거든."

순간 시그리드는 숨이 막혔다. 마리쉐즈가 잘되었다고 즐겁게 말하는 게 귀에 들어오지 않았다. 그리고 로웬그린은 그것을 놓치지 않았다. 시그리드는 목이 타는 것 같아 차를 한 모금 마시고 물었다.

"두 사람이?"

"응, 원래는 황실 기사단 시험을 봤는데 말야, 아흐트슈비에츠에서 연락이 왔다고 하더라고. 기사단보다는 친위대 쪽이 더 높으니까."

게다가 거기 제복도 검정이라 멋져, 하고 마리쉐즈가 덧붙였다.

'두 사람이 아흐트슈비에츠……'

시그리드는 눈앞이 어질해졌다. 도저히 알케르토와 모리스가 빈민가를 때려 부수는 모습은 상상이 가지 않았지만, 명령이란 것에 복종하는 것이 기사의 일이다.

"시리?"

마리쉐즈도 이제 시그리드가 이상하다는 걸 눈치챘다.

"무슨 일이야? 괜찮아?"

"아냐, 갑자기 그냥 좀 어지러워서."

"몸이 아직 회복 덜 된 거 아냐? 좀 더 누워서 쉬어야 하나?"

마리쉐즈가 자리에서 일어나 손을 뻗어 왔다. 그녀의 날씬한 손가락이 시그리드의 이마에 닿았다가 떨어졌다.

"열이 나는 것 같지는 않은데."

"요즘 못 먹어서 그런가 봐, 괜찮아."

시그리드가 웃으며 고개를 저었다. 마리쉐즈가 자리에 앉으며 "환자가 잘 먹어야지." 하고 타박을 주었다.

"내가 과일이랑 이것저것 가져왔으니까 꼭꼭 챙겨 먹어."

"응. 알았어."

시그리드는 얌전히 고개를 끄덕였다.

'어떻게 해야 하지?'

그녀의 머릿속은 갑작스러운 전개에 당혹으로 꽉 들어찼다.

두 사람이 아흐트슈비에츠라니, 이건 생각도 하지 못한 일이다. 두 사람에게 자신이 첩자라는 것을 밝혀야 하나?

'아냐, 그건 안 돼.'

어떻게든 먼저 증거를 찾아서, 일이 벌어지기 전에 가지고 돌아가야 한다. 시그리드는 그렇게 마음을 굳혔다. 그때 슬그머니 마리쉐즈가 헛기침을 했다. 시그리드가 그녀를 돌아보자 마리쉐즈가 말했다.

"그나저나 시리, 너 황태자비 전하 살롱에 초대받았다면서?"

"어? 아, 응."

시그리드는 고개를 끄덕였다. 아직 아이를 낳은 지 열흘도 되지 않았는데, 특별히 그녀에게 초대장이 내려온 것이다. 마리쉐즈가 찻잔을 만지작거리며 말했다.

"나도 초대받고 싶다."

"그래?"

시그리드가 의아해져서 묻자 마리쉐즈가 힘주어 말했다.

"당연하잖아? 지금 사교계의 정점은 황태자비 전하시라고?"

"아, 그건 사실이지."

로웬그린이 고개를 끄덕였다.

보통이라면 사교계의 중심이야 황후가 되겠지만, 현재 황후마마는 두 번째라서 그러신 것인지, 아니면 관심이 없는 것인지 그다지 사교계에 활발하게 참여하고 있지 않았다. 황태자비의 살롱이 복작이는 것에 비하면 황후의 살롱은 휑─하다고까지 할 수 있었다.

시그리드는 명랑한 황태자비마마를 떠올렸다.

'확실히 카리스마가 있으신 분이었어.'

비싼 갑옷도 선물해 주신 좋으신 분…….

"내가 한번 여쭤 볼게."

"정말?"

마리쉐즈의 눈이 반짝거렸다. 시그리드가 고개를 끄덕였다.

"확답은 줄 수 없지만…….

"아냐, 이야기로도 충분해. 고마워, 시리! 사랑해!"

"참으로 속물적인 사랑이야."

로웬그린이 중얼거리자 마리쉐즈가 "어머?" 하고 웃었다.

"그럴 가치 있는 것에 사랑을 지불하는 게 뭐가 나빠?"

로웬그린이 오? 하고 감탄했다가 웃으며 말했다.

"요즘 무슨 로맨스를 읽고 있는 거야?"

"속물적인 여성과 황자님의 로맨스."

그 말에 로웬그린은 킥킥 웃었고 마리쉐즈는 흥칫핏 뭐가 나빠? 하고 콧방귀를 뀌었다. 로웬그린이 조용히 입을 열었다.

"시리."

"응?"

"내가 너라면 베라무드 루나틸과 사귀는 것을 알리지 않을 거야."

"어……? 왜?"

"베라무드 루나틸이 황태자 전하의 편이라는 건 누구나 다 알아. 그리고 아흐트슈비에스는 황제 폐하의 친위대고. 둘이 분명히 부딪칠 테니까. 말하지 마."

로웬그린의 어조는 진지했고, 틀린 말도 아니어서 시그리드는 고개를 끄덕였다.

"알았어."

첩자 노릇을 해야 할 테니, 그런 작은 의심도 피하는 게 좋겠지.

"그래. 그럼 우리는 이만 가자."

"으응? 벌써~?"

"아직 몸을 회복 중이잖아. 너무 오래 있는 것도 안 좋아."

"아, 맞다. 아까 좀 어지럽다고도 했지. 잘 먹고 푹 쉬어. 또 올 테니까."

"괜찮은데―"

시그리드가 중얼거렸지만, 마리쉐즈는 손가락을 치켜들어 침대로 가라고 명령했다. 그리고 물었다.

"그런데 시리."

"응?"

"이제 우리 친구 레벨 몇일까?"

떠보듯 하는 말에 시그리드는 잠시 생각하고 대답했다.

"친구 사이에 레벨 같은 건 상관없어."

그 말에 마리쉐즈는 헉 하고 숨을 삼키며 손을 가슴에 얹었다.

"우리 시리가 이렇게 자라다니!"

눈물이 나려고 해, 하고 마리쉐즈는 손수건을 꺼내서 눈물을 닦는 시늉을 했고 시그리드는 웃었다. 로웬그린과 마리쉐즈는 그녀가 얌전히 다시 방으로 돌아가 침대에 누운 것을 확인하고서 그녀의 집을 나왔다.

마리쉐즈가 명랑하게 말했다.

"그 시그리드가 이제 연애를 하다니. 이거 엄청난 발전 아냐?"

"그렇지."

로웬그린은 고개를 끄덕였다. 시그리드의 변화를 보고 있으면, 뭐랄까.

세상에 불가능한 건 없구나, 하는 그런 기분이었다.

"하지만 그럴수록 점점 더 문제 속으로 들어가는 것 같아서……."

로웬그린은 중얼거렸다. 단순히 명령을 따랐던 때와는 달리, 스스로 생각하고 고민해서 선택하고 그 길을 간다면, 시그리드는 얼마나 강하게, 흔들림 없이 그 길을 갈까.

로웬그린은 살짝 입술을 깨물었다.

만약에 조금의 후회도 없이, 자신의 길을 위해서 죽을 사람이 있냐고 하면 로웬그린은 망설임 없이 시그리드를 꼽을 것이다.

그녀는 후회도 두려움도 없이 목숨을 바치겠지.

그리고 로웬그린은 시그리드가 아주 좋았다. 그녀가 죽거나 다치는 걸 바라지 않는다.

로웬그린이 마차에 올라타 한숨을 내쉬었다.

"왜 한숨이야? 땅이 꺼지겠다."

마리쉐즈가 다리를 꼬며 말했다. 그녀는 자신의 신발을 유심히 들여다보았다. 리본 장식을 단, 새로 맞춘 신발에 진흙이 튄 건 아닐까?

"머리 아픈 일이 생길 것 같아서."

"시리가 베라무드랑 사귀는 것 때문에? 그래도 바람둥이지만 뒷소문이 나쁜 사람은 아닌데?"

"아니, 그것만은 아니고. 그것도 그렇지만."

로웬그린은 자신의 약혼자를 떠올리며 이야기를 나눠 봐야 할까, 하고 고민했다.

"그럼 뭐가 문제인데?"

마리쉐즈의 말에 로웬그린이 신음을 흘리며 말했다.

"왜 시그리드는 근위대를 나가서 아흐트슈비에츠에 들어가는 걸까?"

"연인인 상사랑 같은 직장에서 일하는 게 껄끄러워서?"

"그건 아니라고 했잖아. 게다가 아흐트슈비에츠의 존재 자체가, 글쎄……."

로웬그린은 생각에 잠겼다. 마리쉐즈가 혀를 내밀며 말했다.

"로위는 너무 생각이 많아. 그런 걸 생각하지 말구, 그냥 즐겨. 골치 아픈 일이야 남자들보고 하라고 하자고."

"지금 골치 아픈 일을 피했다가 나중에 오물을 뒤집어쓰게 되는 일은 싫으니까."

로웬그린의 대답에 마리쉐즈는 "흐음." 하고 마차에 편하게 기댔다.

"하지만 너 귀찮은 거 싫어하잖아?"

마리쉐즈의 말에 로웬그린은 눈을 깜박이며 웃었다.

"정곡이네."

말은 쉽지만 행동하지 않는 것이 자신. 그건 로웬그린도 잘 알고 있는 것이었다. 하지만 이제 움직여야 할 때인지도 모른다.

"시리가 좋으니까."

로웬그린의 말에 마리쉐즈는 가볍게 웃었다.

"천하의 로웬그린을 움직이고 시그리드도 대단하네."

"어머? 누가 할 소리? 매일매일 검 연습을 하는 사람이 무슨 말을 하는 거예요?"

로웬그린의 말에 마리쉐즈는 "아, 그건 그러네." 하고 고개를 끄덕였다.

두 사람은 마주 보고 가볍게 웃음을 터트렸다.

"약혼자를 만나러 가야겠어."

로웬그린의 말에 마리쉐즈가 가볍게 그녀의 어깨를 두들겼다.

"무슨 일인지는 모르겠지만, 힘내."

"응."

로웬그린은 고개를 끄덕였다.

*　　*　　*

하티엔은 구두 굽 소리에 고개를 들었다.

"로웬그린."

하티엔은 선이 가늘어 기사보다는 학자라는 느낌을 물씬 풍기고 있었다. 쓰고 있는 가느다란 은테 안경이 더욱 그런 이미지를 강하게 만들었다.

"약혼녀님께서 어쩐 일이신가요?"

하티엔이 안경을 벗어 책상에 내려놓으며 말했다. 로웬그린이 빙긋 웃었다. 약혼자를 만나러 오는 만큼 그녀는 우아한 드레스를 차려입고 있었다. 무늬 없는 진녹색 드레스의 목과 소매에 금사로 수가 들어가 있는 정도였지만, 그것만으로도 로웬그린은 충분했다.

"일없이 약혼자를 찾아오면 안 되는 건가요?"

"그건 아니지만요. 당신의 아름다운 모습을 봐서 기쁘군요."

하티엔이 자리에서 일어나 로웬그린의 손등에 가볍게 키스했다.

아르카니아 제국은 3개의 공작가와 6개의 후작가가 있다. 로웬그린의 알세키드나 후작가도 하티엔의 일리생 후작가도 현재 중립파였다.

로웬그린이 조용히 말했다.

"사실은 일이 있어서 찾아온 게 맞지만요."

"역시."

하티엔은 고개를 끄덕이고 발코니로 시선을 돌리며 말했다.

"밖으로 나갈까요? 오늘은 바람도 없고 볕이 좋군요."

"그래요."

하티엔이 시종에게 눈짓하자 그들은 얼른 발코니에 자리를 만들었다.

준비가 끝나고 발코니에 마련된 의자에 앉아 로웬그린은 아래를 내려다보았다.

"정원은 아직 볼품없군요."

"한 달 후에 다시 와 봐요."

"그래야겠네요."

"완전히 와도 좋고요."

하티엔의 말에 로웬그린이 그를 돌아보았다. 그는 언제나처럼 미소 짓고 있었고 로웬그린이 턱을 괴며 말했다.

"당신은 안경을 쓰는 게 좋겠어요."

"로웬그린의 얼굴이 보일 정도는 되는데요."

"눈매가 날카로워서, 그런 말을 하면 낭만적으로 들리지 않는단 말이죠."

그 말에 하티엔이 웃으며 시종에게 안경을 가져오라고 말했다. 안경을 쓰고 나서 그가 물었다.

"이러면 좀 더 낭만적으로 보인다는 말인가요?"

"네. 사실 안경 쓴 남자가 제 이상형이거든요."

"그럼 항상 쓰고 있어야겠군요."

그가 고개를 끄덕이자 로웬그린은 웃었다가 부드럽게 말했다.

"기다려 주고 있는 것에 대해서는 항상 고맙게 생각하고 있어요."

"띄워 주는 걸 보니, 할 이야기가 꽤 중대한 모양이군요."

하티엔이 느긋하게 깍지를 끼며 말했다. 로웬그린이 "이런." 하고 눈을 깜박였다.

"그렇게 중요한 이야기는 아닌데요. 아흐트슈비에츠에 대해서 물어볼까 하고요."

"황제 친위대 말이군요. 좋게 끝난 예는 본 적이 없습니다. 권력의 집중은 부의 집중을 가져오고, 그건 금방 타락해 버리고 말거든요."

"그건 저도 동감해요. 하지만 좋게 끝나지 않을 때까지 그들의 칼에서 피가 계속 흘러내리는 문제에 대해서 말하고 있는 거예요."

"아직까지는 조용하지요."

"조용하죠."

"귀족들을 숙청할 거라고 봅니까?"

"어느 정도는 솎아 낼 거라고 봐요. 그렇지 않더라도 존재 자체가 압박은 주겠죠."

"루나틸 공작가, 아르방돔 후작가, 솔티에 후작가— 직접적으로 타격을 입을 곳은 이 셋 정도군요. 이 셋은 확실하게 친황태자파니까요."

하티엔이 손가락 셋을 펴며 말했다. 그리고 그 손가락을 하나씩 접었다.

"하지만 아직 그런 분위기는 아닌 것 같으니까요."

"그런 분위기가 한 번 조성되면 돌리기도 어렵고요."

"어라?"

하티엔이 안경을 슬쩍 내리며 로웬그린을 보았다.

"지금 친황태자파가 되자는 이야기를 하는 건가요?"

"아뇨, 아흐트슈비에츠는 경계하는 편이 좋겠다는 이야기를 하는 거예요."

로웬그린의 말에 하티엔이 도로 안경을 쓰며 고개를 끄덕였다.

"거기에는 동감입니다."

로웬그린이 팔을 살짝 벌리며 말했다.

"실은 친구가 거기에 들어갔는데 말이에요. 온건한 목적은 아닌 것 같아서요."

"친구분이라면?"

"시그리드 앙케르트나요."

"아— 유명한 마스터분이시군요. 그분이 아흐트슈비에츠에?"

하티엔은 찻잔을 엄지로 문지르며 생각에 잠겼다.

"알겠습니다."

그가 고개를 끄덕였다.

"압박을 넣죠."

하티엔이 싱긋 웃었다.

"내부 단속에 집중할 수 없게요. 수선스러워지면, 틈도 많이 생기겠지요."

"고마워요."

로웬그린이 살짝 고개를 까닥해 보였고 하티엔은 고개를 저었다.

"아닙니다. 어차피 해야 할 일이었고, 제 사랑스러운 약혼녀의 부탁이니까요. 그 친구가 매우 소중한가 보네요. 로웬그린이 부탁까지 하러 오고……. 그 친구는 그걸 알고 있습니까?"

"시리는 제가 아무것도 안 해도 친구라는 이유만으로 무엇으로부터든 절 구하러 올 거예요."

로웬그린은 그걸 확신할 수 있었다.

하티엔이 눈썹을 치켜올렸다가 다시 눈을 내리깔며 말했다.

"가치 있는 친구는 얻기 힘들죠."

"네, 그러니까 아주 소중하답니다."

"알겠습니다."

하티엔은 고개를 끄덕였다. 로웬그린이 손을 내밀자 그가 의아한 얼굴로 손을 마주 잡았다. 그녀가 미소 지으며 말했다.

"그럼 이제 약혼자 사이다운 이야기를 할까요?"

하티엔이 웃으며 고개를 끄덕였다.

"그러죠. 제가 최근에 산 시집을 읽는 걸 허락해 준다면 말이에요."

"으음— 바이런의 시만 아니면 용납해 드리지요."

"다행이군요."

하티엔이 싱긋 웃었다.

*　　　*　　　*

시그리드는 폐하께 알현을 신청했다. 받아들여지지 않을까, 걱정했는데 의외로 흔쾌히—그러니까 신청한 지 얼마 되지 않아 시종은 그녀를 안으로 불러들였다.

황제는 자신의 눈앞에 머리를 조아린 여기사를 바라보았다.

"그래, 감기는 좀 괜찮아졌나?"

"네, 폐하. 염려해 주셔서 황공합니다."

"아닐세. 그래서 무슨 일이지?"

"전에 말씀하셨던 대임을 받아들일까 하여 찾아왔습니다."

"내 친위대에 말인가?"

"네."

침묵이 흘렀다. 시그리드는 등 뒤로 식은땀이 흐르는 것 같았다.

'갑자기 다 알고 있다고 그러시면 어떻게 하지? 내가 첩자 노릇을 하기 위해 들어오려는 걸 알고 계시거나……?'

당장 체포되는 것이 아닐까 하는 공포의 시간이 끝나고 황제가 조용히 말했다.

"나도 삼 황자의 호위와 같은 일에 자네 같은 인재를 넣어 두는 것은 아니라고 생각했네. 황후 역시 몇 번이나 간곡하게 말했고 말야. 일어나게."

시그리드가 자리에서 일어나자 황제는 싱긋 웃으며 그녀의 어깨를 가볍게 두들겼다.

"친위대에 온 것을 환영하네. 알리타."

황제의 부름에 옆에 서 있던 알리타가 성큼 한 걸음 걸어 나왔다. 시그리드는 본래 1근위대의 동료였던 그를 바라보았다.

"시그리드를 데려가게. 알리타가 잘 설명해 줄 걸세."

"황공합니다."

"이쪽으로."

알리타가 고갯짓을 했다. 시그리드는 조심스럽게 황제에게 인사를 하고 알리타를 따라 나왔다. 아흐트슈비에츠의 새까만 제복을 입은 그는 얼마 걷지 않아 멈춰 섰다.

"너도 여기로 올 줄이야."

그의 말에 시그리드가 어깨를 으쓱해 보였다. 그가 픽 웃고 시선을 앞으로 돌렸다.

"하긴, 삼 황자의 뒤치다꺼리보다는 낫겠지."

"나쁜 분은 아니셨어."

시그리드의 말에 알리타가 "내가 들은 거랑은 영 다른 이야기인데." 하며 계속 걸어 나갔다.

"친위대는 아직 편제가 정확하게 이루어져 있지는 않아. 하지만 근위대와 비슷하다고 보면 돼. 묵는 곳은 본궁이야. 친위대니, 폐하의 곁에 가까이 있어야 하지."

"그렇군."

"그 군청색 제복은 버리는 게 좋겠네."

알리타가 그녀가 입은 근위대 제복을 슥 훑어보고 말했다.

"친위대 제복을 기본적으로 지급하기는 하지만, 수선하거나 새로 맞추는 게 더 나을 거야."

'예상외의 지출이⋯⋯.'

그녀는 힐끗 자신의 옷을 내려다보았다.

'좋아하는 옷인데.'

"그리고 넌 마스터니까, 바로 조장을 맡게 될지도 몰라."

"조장?"

"근위대처럼 대장이 아니라 일단은 조로 이루어져 있으니 조장."

"그렇군."

"그전까지는 임시조에 넣도록 하겠어. 요즘 계속 신입이 들어오고 있으니 말이야."

"알겠어."

"난 조장이니까, 네게 존대를 받아야겠지."

문 앞에 서서 하는 말에 시그리드는 말없이 호칭을 고쳤다.

"알겠습니다. 조장님."

"좋아."

알리타가 문을 열었다. 안에는 시커먼 제복을 입은 사람들이 가득해서 시그리드는 꼭 까마귀 무리 같다고 생각했다. 그리고 곧 그녀는 익숙한 얼굴을 찾아낼 수 있었다.

"시그?"

앉아 있던 모리스가 놀라 자리에서 일어났다. 알리타가 시그리드에게 "아는 사이?" 하고 물었고 시그리드는 고개를 끄덕였다.

"네, 그렇습니다."

"잘됐군. 데포레스트 경, 그녀를 자네와 함께 임시조에 넣겠네."

"알겠습니다."

모리스가 가볍게 고개를 끄덕여 보였다. 알리타는 홀가분한 얼굴로 말했다.

"그럼 자세한 건 그에게 듣도록."

"네."

알리타가 방문을 나서자 모리스가 의아한 얼굴로 그녀를 돌아보았다.

"근위대는 어쩌고?"

"모리스야말로?"

"엥? 시그리드?"

"알케르토―!"

방에 들어온 알케르토 역시 놀란 얼굴을 했다.

"여기는 무슨 일이야?"

"오늘부터 친위대야."

"어? 근위대는 그만두고? 왜?"

"하고 싶은 일을 하려고."

시그리드가 숨을 들이마시며 말했다. 알케르토는 여전히 의아한 얼굴이었고 모리스의 얼굴은 어두워졌다. 모리스가 작게 속삭였다.

"삼 황자 호위 때문에? 억지로 온 거 아냐?"

걱정하는 그를 보고 시그리드는 미소 지었다.

"아니, 그런 거 아니야. 내가 억지로 올 사람으로 보여?"

"아니, 그건 아니지만."

모리스는 그제야 안심하며 웃었다. 알케르토가 허 하고 말했다.

"그럼 우리 셋 다 같은 조네?"

"그런 거야?"

"응. 가장 최근에 들어온 게 우리 셋이니까."

알케트로가 히죽 웃었다. 시그리드는 이 일이 호재인지 악재인지 알 수가 없었다. 두 사람의 협력을 구한다면야 편해지겠지만, 이 일에 끌어들이고 싶지 않으니 둘을 속여야 할 텐데, 둘과 한 조이면서 둘을 속이는 게 영 마음에 걸렸다.

'하지만……'

말을 하는 게 좋을까? 솔직하게 말하고 도와 달라고 한다면 둘은 분명히 도와줄 것이다.

'일단 지금은 비밀로 하자. 그게 기본이니까.'

결정하고 시그리드는 고개를 돌려 주변을 보며 물었다.

"그렇다면 딱히 친위대에게 내려진 명령은 없는 건가?"

"응, 아직은. 이제 시작인 거니까……."

"그렇군."

시그리드가 고개를 끄덕였다.

"그렇다면 난 옷을 갈아입고, 일단 삼 황자님을 뵈러 가야겠네."

"뭐하러?"

모리스가 눈을 찌푸렸다. 시그리드가 어깨를 으쓱하고 말했다.

"아직 일을 그만두라는 통지를 받지 않았으니까, 일단은. 그보다 제복은 어디서 주는지 알려 줄래?"

알케르토가 툭 시그리드의 어깨를 쳤다.

"아, 잠깐만. 그런데 너에게 맞는 사이즈가 있을지 모르겠다."

그가 도로 방을 나서자 모리스가 시그리드를 빤히 보았다. 그녀가 웃으며 "왜?" 하고 묻자 모리스가 한숨을 내쉬며 말했다.

"아프다고 해서 엄청 걱정했어. 나았다는 소식 듣고 찾아가려고 했는데, 여기 일이 바빠서……."

"괜찮아. 이렇게 봤으면 됐지 뭐."

"조금 야위었나?"

모리스가 그녀의 뺨을 쓸면서 하는 말에 시그리드가 킥킥거리며 고개를 저었다.

"아냐, 전혀 안 그래. 완전히 멀쩡해."

"그럼 다행이고."

"고마워."

"다음에는 꼭 목적지를 이야기하고 가."

"어?"

놀란 시그리드가 입을 벌리자 모리스가 묘한 얼굴을 했다가 웃으며 말했다.

"휴양지 말야."

"아, 아아. 응, 다음에는 이야기하고 갈게."

"그래."

모리스가 꼭이야, 하고 덧붙였다. 그때 알케르토가 들어와 접힌 옷을 그녀에게 건네며 말했다.

"가장 작은 사이즈인데도 너에게는 안 맞을 것 같은데? 차라리 맞추는 게 낫겠어."

"그런가?"

시그리드가 슬쩍 옷을 펴 보고는 아, 하고 고개를 끄덕였다.

"이건 확실히 남의 옷을 입은 것 같겠다."

"일단 당분간은 그냥 근위대복 입어야지 뭐."

알케르토가 어쩔 수 없잖아? 하고 그녀의 손에서 도로 옷을 빼앗아 들었다. 시그리드는 돈을 아낄 수 있었다는 아쉬움에 입맛을 다시며 옷에서 손을 떼어 냈다.

"그럼 일단은 삼 황자님께 가 볼게."

"괜찮겠어?"

"괜찮아. 게다가 돌아가겠다고 약속도 했는걸."

시그리드가 싱긋 웃으며 말해 모리스는 고개를 끄덕였다. 그가 덧붙였다.

"일 끝나면 같이 가."

"알았어. 이따 보자."

"그래."

모리스는 시그리드를 놓아주었다. 알케르토가 나가는 시그리드의 뒷모습을 보며 물었다.

"만나면 고백 같은 거 하는 거 아니었어?"

"알케트로."

"뭐 어때? 우리끼리인데."

알케르토의 말에 모리스는 고동색 눈을 깜박였다가 한숨을 내쉬고 말했다.

"그러게."

"아하, 역시? 오늘 꼭 해라. 시리, 저래 봬도 미인이니까 누가 채 갈지도 몰라."

"모르겠어."

모리스가 자신 없는 소리를 하자 알케르토가 그의 등을 팍 소리 나게 때렸다.

"사내자식이 패기 없이."

"너도 내가 되어 봐라. 고백이 쉬운 건 줄 알아?"

"어려울 건 또 뭐 있어? 시그리드는 차인다고 해도 기꺼이 친구는 해 줄걸?"

그 말에 모리스가 신음을 내며 말했다.

"그 점도 어렵단 말이야."

"넌 너무 어렵게만 생각해. 이러니저러니 해도 넌 귀족집 차남이고 나나 시그리드는 평민이잖아? 물론 시그리드는 마스터니까 아마 작위 받을 가능성이 높지만, 그건 너도 마찬가지고. 벼랑 위의 꽃처럼 됐다가 진짜 손도 못 댄다?"

"알았어, 알았어."

알케르토의 밀어붙임에 모리스는 두 손을 들었다.

"할 수 있는 한 빨리 할게."

그의 말에 알케르토는 청록색 눈을 찡그려 불만을 표시했지만, 그렇다고 고백을 대신 해 줄 수는 없지 않은가?

"그래, 그래. 나중에 후회하면서 울지 마라."

그렇게 말하면서도 사실 알케르토는 시그리드가 누군가와 사귄다는 건 상상도 되지 않았다. 그건 모리스도 마찬가지였다.

삼 황자 궁으로 들어가자마자 아웬이 공부를 하다 말고 뛰쳐나왔다.

"시그리드!"

그가 푹 그녀의 품에 안기며 물었다.

"몸은 괜찮아? 다 나은 건가?"

"네, 황자님. 이제 괜찮습니다."

격한 환영에 놀라며 시그리드가 대답했다. 아웬은 "그런가, 그런가." 하고 고개를 끄덕였다. 그가 그녀의 소매를 잡아당기며 말했다.

"네가 없는 동안 나 공부 열심히 했어."

"그러셨습니까?"

"응. 안 그러냐?"

그가 가정교사에게 묻자 가정교사가 고개를 숙이며 "학문에 힘쓰셨습니다." 하고 공손하게 대답했다.

어때? 잘했지? 칭찬해 줘!

하는 얼굴로 아웬이 그녀를 돌아봐서 시그리드는 고개를 끄덕였다.

"훌륭하십니다."

"응!"

고작 한 마디의 칭찬에도 아웬의 얼굴에는 기쁨이 가득해졌다. 그가 자리에 도로 앉으며 말했다.

"시그리드가 돌아온다고 했으니까, 꼭 돌아올 거라고 생각했어. 다른 사람은 오지 않을 거라고 했지만……."

"약속했으니까요."

"응. 다른 어른들은 몰라도, 시그리드는 꼭 약속을 지킬 거라고 생각했어."

가정교사가 아웬과 시그리드의 눈치를 보더니 말했다.

"오늘은 두 분이 이야기를 나누시지요. 전 이만 물러가겠습니다."

"아뇨, 괜찮습니다."

시그리드가 고개를 들며 말했다. 아웬은 잠시 유혹에 굴할 뻔했으나 곧 고개를 빳빳하게 들며 말했다.

"시리의 말이 맞아. 그래도 할 일은 해야지."

그 말에 가정교사의 얼굴이 감격으로 차올랐다.

"그러시면, 다시 이어서 하도록 하겠습니다."

이어서 한다는 것치고는 평소보다 훨씬 빨리 수업이 끝났다. 수업이 끝나자마자 아웬이 시그리드에게 달라붙어 말했다.

"나 검술 가르쳐 줘. 응?"

전에 한 번 자신의 소관이 아니라고 거절했지만, 이번에는 왜인지 거절하기가 어려웠다. 대신 시그리드는 조건을 걸었다.

"기본은 가르쳐 드릴 수 있지만, 전 좋은 스승은 못 됩니다. 다른 기사분을 찾는 게 좋을 것 같습니다."

"기본만이라도 괜찮으니까."

"그럼 알겠습니다."

시그리드가 고개를 끄덕이자 아웬이 활짝 웃었다.

정원으로 나간 아웬은 시그리드가 보는 것처럼, 무서운 교관이라는 것을 알게 되었다. 한참 이리저리 아웬을 굴린 시그리드가 냉담하게 말했다.

"황자님은 기초 체력이 전혀 없으시군요. 목검을 휘두르기도 어려우실 것 같습니다. 근육이 없어서 자세를 잡으면 똑바로 있지 못하고 후들후들 떨리는데 검을 제대로 휘두를 수 있을 리가 없지요. 체력부터 길러야겠습니다."

그러며 그녀가 해야 할 일을 말하자 아웬이 눈을 휘둥그레 떴다.

"그렇게나 많이?"

"많습니까? 귀족 영애를 가르친 스케줄인데요."

마리쉐즈가 귀족 영애니까, 맞는 말이겠지.

"일단 해 보시고 정 아니다 싶으시면 그때 말씀해 주십시오. 하기도 전에 포기하시지는 마시고요."

그 말에 아웬이 "응." 하고 작게 고개를 끄덕였다.

"그럼 시종에게 씻을 물을 준비하라고 하겠습니다."

"완전히 축축해졌어."

땀에 흠뻑 젖은 아웬이 중얼거리자 시그리드가 "상쾌하지 않으신가요?" 하고는 시종에게 목욕을 준비하라고 일렀다. 아웬이 걸어가다 휘청하는 걸 시그리드가 붙잡았다.

"다, 다리에 힘이 빠졌어⋯⋯."

"열심히 하셨다는 증거입니다."

"좋아. 힘낼게⋯⋯!"

"네."

아웬이 다리에 힘을 주며 씩씩하게 걸어갔다.

그가 씻는 사이 다른 호위와 교대를 하고 시그리드는 아흐트슈비에츠로 돌아갔다.

"끝났어?"

모리스가 물어 와 시그리드는 고개를 끄덕였다. 알케르토가 자리에서 벌떡 일어나며 말했다.

"나가자, 마시자. 술, 술."

그 말에 시그리드가 엄격한 얼굴을 하자 알케르토가 손을 들어 그녀의 말을 막으며 말했다.

"에헤이, 모처럼 또 같은 곳에서 일하게 된 거잖아. 축하주까지 거절하지는 마. 많이 마시지 않을 테니까, 응?"

그 말에 망설이던 시그리드가 고개를 끄덕이자 알케르토가 씩 웃었다. 그가 코트를 휙 걸치며 말했다.

"갑시다. 모리스 너도."

"어, 응."

모리스는 고개를 끄덕였다. 어째 알케르토에게 끌려가는 기분이었다.

술집을 잘 아는 알케르토가 고른 곳은 중심가에 있는 분위기 좋은 술집이었다. 낮은 조명에 값비싼 가구들로 이루어져서 술집이라기보다는, 살롱 같은 분위기를 내고 있었다.

이런 곳은 처음이라 시그리드는 연신 주변을 둘러보았다.

"그렇게 보지 마라, 꼭 촌사람 같잖아?"

알케르토가 눈을 찡그리며 타박을 주었다. 시그리드는 푹 파진 옷을 입은 종업원의 풍만한 가슴에서 눈을 떼지 못하고 있다가 물었다.

"이런 곳은 어떻게 아는 거야?"

"놀다 보면 알게 돼. 많이 마시지 않을 때는, 이런 분위기도 좋지. 뭐 마실래?"

시그리드는 메뉴판을 보다가 한숨을 내쉬었다.

"술은 전혀 모르겠어. 알아서 시켜 줘."

"알았어. 그렇다면 브랜디로."

포도주 같은 건 샌님이나 마시는 거야, 하고 알케르토는 시그리드가 알아들을 수 없는 이름의 술을 주문했다. 옆에서 모리스만이 '그 술 시켜도 너 지금은 괜찮은 거냐?' 하는 얼굴을 했고 말이다.

잠시 후 굽이 낮은 브랜디 잔에 담긴 술 석 잔이 나왔다. 술을 가져온 종업원이 굽을 잡고 가볍게 잔을 돌려 불에 달궈서 내려 놓았다. 그가 자리를 뜨자 시그리드가 잔을 잡았다.

"이렇게 마시는 건 처음 봐."

"보통은 체온으로 데우는 건데, 그냥 기분이지."

알케르토가 그렇게 말하며 잔을 들었다.

"다시 모인 우리를 위하여."

"위하여."

잔을 부딪치고 시그리드는 브랜디를 한 모금 마셨다.

"—?!"

그녀의 표정을 보고 알케르토는 웃음을 터트렸다. 시그리드 가 콜록거리며 말했다.

"이거 왜 이렇게 독해?"

"좀 더 향과 맛을 음미해 주세요, 앙케르트나 경."

"음미하기 전에 마시다가 죽겠어."

시그리드가 투덜거렸다. 목구멍이 화끈거린다. 안주로 시킨 과일을 삼키자 그제야 좀 가라앉는 것 같았다. 느긋하게 고급 소파에 기대어 브랜디를 홀짝이는 알케르토가 밉상으로 느껴졌 다.

"시그리드는 어린애 입맛이네. 그거 다 마시고 나면, 가벼운 걸로 시켜 줄게."

알케르토의 말에 시그리드는 눈을 찡그리며 조금씩 브랜디를 마셨다.

'이게 뭐가 맛있는 걸까?'

시그리드가 슬쩍 모리스를 보고 물었다.

"모리스는? 괜찮아? 마실 만해?"

"응, 좋은 술인걸."

모리스가 웃으며 말해서 시그리드는 어깨를 늘어트렸다. 모리스가 그런 시그리드를 위로하듯 말했다.

"원래 뭐든지 해 봐야지 느는 거니까. 시그리드는 술을 잘 마시지 않으니까 모르는 것도 당연해."

"그런가……."

"시그에게는 좀 아까운 술이지."

알케르토의 말에 그녀는 입을 내밀고 그를 노려보았다.

어찌어찌 한 잔을 다 마시자 알케르토는 다른 것을 시켜 주었다. 이번에 나온 것은 가느다란 잔에 담긴 샴페인.

이건 쉽게 마실 수 있었다.

섞어 마시자 금방 취기가 올라와 시그리드는 머릿속이 어질한 걸 느꼈다. 아니면 처음에 너무 도수 높은 걸 마셨기 때문인지도 모른다.

짭짤한 올리브를 입 안에 넣고 행복해하는데 알케르토가 은근한 목소리로 물어 왔다.

"그런데 시그."

"응?"

"사귀는 사람 있냐?"

그 말에 시그리드가 배시시 웃었다.

"응."

그 대답에 알케르토는 얼빠진 얼굴을 했다. 모리스의 얼굴이 굳었다. 알케르토는 힐끗 친구의 얼굴을 보며 당황해 말했다.

"사귀는 거? 정말로? 연애? 애인이 있다고?"

"응, 응."

시그리드가 연신 고개를 끄덕였다.

"진짜? 너 취해서 헛소리하는 거 아냐?"

"안 취했어."

시그리드가 눈을 찌푸리며 고개를 휙휙 저어 보였다. 그러자 또 멀쩡해 보인다. 모리스가 딱딱한 목소리로 물었다.

"상대가 누군데?"

로웬그린의 충고를 떠올려 시그리드는 잠깐 망설였다가 목소리를 낮췄다. 이 둘에게 그것까지는 숨기지 않아도 될 것이다.

"일단 비밀로 해 줄래?"

"대체 누구길래?"

알케르토가 대답을 재촉했다. 시그리드는 사귄다고 고백하려니 왜인지 뺨이 홧홧해지는 것 같았다. 아니면 술을 마셔서 그런 걸까? 아까부터 뜨거웠던 것 같기도 하고.

"베라무드."

알케르토는 숨을 삼켰고 모리스는 이를 악물었다.

"언제? 언제부터?"

목소리가 저절로 추궁하는 어조로 변했지만 시그리드는 눈치채지 못했다.

"얼마 되지 않았어."

시그리드가 어색하게 웃었다. 그녀가 손을 저으며 말했다.

"그게, 좀 이상하기는 해."

"뭐가?"

모리스의 질문에 시그리드가 뺨을 긁적이며 말했다.

"일단 시험적으로 사귀기로 한 거라서."

"시험적으로?"

알케르토가 참지 못하고 끼어들자 시그리드가 고개를 끄덕였다.

"베라무드가 고백해서 내가 잘 모르겠다고 했더니, 그럼 시험 삼아서 사귀어 보자고 해서, 삼 개월간 사귀기로 했어."

"그런 게 어디 있어―?"

저절로 타박하는 말이 나왔다. 알케르토는 옆의 모리스 때문이라도 그렇게 말할 수밖에 없었다.

"아니, 사귀지 않는 거면 않는 거고, 사귀면 사귀는 거지. 시험 삼는 건 또 뭔데? 그 자식 놀기만 좋아하는 뺀질한 놈인데 괜히 너 넘어간 거 아냐?"

공격적인 발언에 시그리드는 저도 모르게 방어적이 되었다.

"그런 거 아냐."

"아니긴, 네가 그런 데 진히 면역이 없으니까, 노리고 들어간 것 같은데."

"아니라니까."

시그리드가 눈을 찌푸리며 목소리를 높였다.

"하지만—"

알케르토가 말을 이으려 하자 시그리드가 잔을 든 손가락 중 하나를 펴서 그를 가리켜 말을 막았다.

"그만."

그리고 원 샷으로 잔을 깨끗하게 비운 뒤 말했다.

"억지로 하거나 그런 거 아냐. 정 아니면 삼 개월 뒤에 아니라고 하면 되고."

알케르토는 불만이 가득한 얼굴로 '아니 남자는 다 늑대라니까, 넌 대체 어쩌려고, 와 베라무드 그 자식, 선수네, 선수.' 하는 말을 웅얼거렸다.

분위기는 그 뒤로도 썩 회복되지가 않아서, 한두 번 더 술잔이 돌아가고 자리는 끝났다. 알케르토는 괜히 자리를 마련했나, 하고 한숨을 삼켰다.

나온 술값에 시그리드는 눈알이 튀어나올 뻔했지만 알케르토와 모리스가 쏘는 것으로 마무리가 되었다.

가게를 나와 알케르토가 말했다.

"어, 모리스 먼저 가. 내가 시그리드 바래다줄게."

"아냐, 너 들어가. 내가 배웅할 테니까."

모리스의 말에 알케트로가 머뭇머뭇 물었다.

"괜찮겠어?"

"어. 괜찮아."

"무슨 소리야? 나 혼자 들어가도 돼. 둘 다 얼른 집에 들어가."

"안 돼."

"안 돼."

시그리드의 말에 두 남자가 동시에 대답했다. 시그리드가 눈을 찌푸리며 말했다.

"저기? 여기 있는 사람 중에 마스터는 누구일까요?"

"그건 그거고 이건 이거야."

알케르토가 단호하게 말하고 모리스의 어깨를 툭 쳤다.

"그럼 난 먼저 간다."

"그래."

모리스가 고개를 끄덕였다. 알케르토가 손을 흔들며 멀어지자 그가 시그리드를 돌아보았다.

"그럼 우리도 가자."

"난 정말 괜찮은데."

"넌 괜찮지만 내가 싫어."

모리스의 말에 시그리드는 결국 고개를 끄덕였다. 둘은 술도 깰 겸, 마차를 잡지 않고 나란히 걷기 시작했다.

시그리드가 공기를 크게 들이마셨다.

"아, 날씨 진짜 좋아졌다. 이제 금방 봄 오고 여름 되겠네."

"그러게."

모리스는 부드럽게 답했다. 아니, 답하려고 애썼다. 자꾸만 마음속에서 시꺼먼 것이 솟아오르는 것 같아 누르기가 어려웠다.

베라무드와 사귀니까 어때?

그와 어디까지 진도를 나갔어?

그런 유치하고도 질 낮기 짝이 없는 질문들이 머릿속을 맴돌았다. 모리스가 슬그머니 손을 뻗어 시그리드의 손을 잡았다. 그녀는 그를 돌아보며 고개를 갸웃했지만 뿌리치지는 않았다.

"시그."

"응?"

"내 말은 다 믿는다고 했었지."

"하하, 응. 그랬지."

그럼 내가 베라무드랑 헤어지라고 하면.

입을 벌렸다가 모리스는 다물었다.

그런 인간이 되고 싶지는 않다. 아니, 그런 인간은 베라무드 아닌가? 계약 연인이라니, 시그리드는 더 좋은 대접을 받을 자격이 있다. 게다가 시그리드를 만난 것도 자신이 훨씬 먼저다. 그녀의 좋은 점을 발견한 것도 자신이 먼저다.

그런데 새치기를 한 인간에게 자신이 정당한 플레이를 해야 할 필요가 있을까?

"베라무드가 좋아?"

모리스의 질문에 시그리드는 고민하다가 대답했다.

"싫지는 않은데, 잘 모르겠어. 사실 연인이란 건 어떻게 해야 할지, 어떤 건지 감도 잘 잡히지 않고…….."

그녀는 한숨을 푹 내쉬었다. 하지만 정말로 싫지는 않았다. 베라무드가 자신의 이름을 부르거나, 손을 잡을 때면 왠지 모르게 위가? 아니, 장이? 아니, 등이? 심장이? 이상하게 간질거리고 조이는 것 같고 묘한 기분이 들기는 하지만, 그게 싫으냐고 하면 그건 아니었다.

이렇게 모리스의 손을 잡았을 때 느껴지는 기분 좋음과는 또 다른 느낌이었다.

"……그래."

모리스는 그녀의 대답에 숨소리처럼 작게 대답했다.

너는 나를 다정한 사람이라고 생각하고, 난 그걸 깨고 싶지 않아.

이건 안전한 포지션 안에 있는 걸까? 아니면 유리한 포지션을 유지하는 걸까?

그 스스로도 알 수가 없었다.

"모리스."

"응?"

시그리드가 걱정스러운 얼굴로 그의 얼굴을 들여다보았다.

"모리스는 괜찮아? 형님이나, 아버지나—"

"괜찮아. 형님에게서 연락이 왔더라. 장례가 끝나고 정식으로 작위 상속을 받으려고 올라오시는데, 나와 같이 저녁 식사를 하고 싶다고."

"의외네?"

"엄청 어색한 식사가 되겠지."

모리스가 입꼬리만 살짝 올리며 말했다.

"모리스가 싫으면 안 가도 괜찮아."

마치 자신이 식사의 주최인 양 하는 말에 모리스는 가볍게 웃고 말했다.

"아냐, 이런 일은 빠를수록 좋지."

"한 번에 딱지를 떼는 것처럼?"

모리스가 찬찬히 시그리드를 보며 말했다.

"너 날이 갈수록 달변이 되어 가는데?"

달변이라고 하기에는 미숙한 비유지만 예전의 시그리드를 아는 그에게는 그렇게 느껴졌다.

"열심히 책을 읽고 있거든. 로웬그린의 서재가 굉장하더라고. 그리고 이것저것 가르쳐 주기도 하고."

로웬그린과의 대화는 그 자체만으로도 꽤 공부가 되었다. 모리스는 고개를 끄덕였다.

"로웬그린이 대단하기는 하지."

"그치―? 진짜 박학다식하다니까?"

친구의 칭찬에 금방 기뻐져서 시그리드가 연신 고개를 끄덕였다. 모리스는 그녀의 얼굴을 바라보았다. 그러고 보면 깡마른 인상이었는데, 지금은 선도 부드러워지고, 표정도 훨씬 밝게 바뀌었다.

'머리카락도 더 반짝거리고……'

새삼스럽게 시그리드를 살펴보니 딱딱한 제복 위로도 몸의 부드러운 곡선이 뚜렷하게 보였다. 모리스는 숨을 가볍게 삼켰다.

'그날 밤이 분기점이었지.'

시그리드가 통금을 어겼다고 해서, 단체로 자신을 놀리려고 장난치는 줄 알았던 그날 밤. 한밤중에 얼떨떨하게 달려갔던 기억이 지금도 남아 있었다.

사실 그녀와 그렇게 가까운 사이도 아니었건만, 자신을 불렀다는 것이 의아스럽기도 했다.

'아니, 나보다 더 가까운 사람도 없었지만.'

찬바람이 쌩쌩 날렸던 시그리드를 생각하면 기시감이 들 정도였다.

눈에 띄는 외모의 변화나 옷차림의 변화도 놀라웠지만, 사실 겉보다는 내면의 변화가 더 놀라웠다.

상대방의 감정에 공감하는 것이 늘어나고, 거기에 따라서 표정도 다채로워지고, 언어 구사력도 늘어나고—

마치 어린아이가 새로운 세상을 접한 것처럼. 그리고 이제 자신의 힘으로 걷게 되어서 다른 곳으로 가 버리는 걸까.

모리스는 저도 모르게 그녀를 잡은 손에 힘을 주었다.

"모리스?"

"시리."

"응."

"나보고 가지 말라고 했었지?"

"아, 응."

시그리드는 고개를 끄덕였다.

"그럼 너도 내 곁에 있어."

그의 말에 시그리드는 웃으며 말했다.

"지금도 옆에 있잖아?"

"그야, 그렇지만."

가볍게 모리스는 웃었다. 시그리드는 그의 말에 문득 부끄러운 생각이 들었다. 그의 미래를 자신이 강제해서는 안 되는 거였는데, 저도 모르게 그런 말이 나와 버렸었다.

만약 모리스가 떠났다면, 아버지와의 관계가 그렇게 틀어지지 않았을지도 모른다.

"모리스."

"응."

"저기, 혹시 후회해?"

"어?"

"떠나지 않았던 거 말야."

"떠난다고는 한 적은 없었는데─"

모리스의 말에 시그리드는 그런가? 하고 눈을 깜박였다. 예전의 기억과 지금의 기억이 혼재된 듯한 느낌이다. 모리스가 잠깐 하늘을 보았다가 다시 시그리드를 보며 말했다.

"그런 생각을 하지 않았던 건 아니지만, 만약 그랬다면 그건 그냥 도피였을 거야. 지금의 선택은 적어도 내가 맞선 거니까. 후회도 만족도 다 나의 것이지. 네 탓이 아냐. 혹시 그런 생각을 하고 있다면 말야."

"하긴, 그걸 내 탓이라고 한다면, 오히려 그건 내 오만 같은 거네."

네 결정이 내 말 때문이었다고 하는.

"그래도 모리스는 상냥하니까, 혹시나 해서……."

"상냥하지 않아."

그 말에 시그리드가 '아, 그래?' 하고 농담처럼 던지고 그를 돌아보았다. 모리스가 우뚝 멈춰 섰다. 그에게 손을 잡힌 시그리드도 멈춰 섰다.

"모리스……?"

모리스는 어둠 속에 가만히 서 있었다. 검은 제복 덕에 그는 마치 어둠에 숨은 사람처럼 보였다. 먼 곳의 희미한 가로등 불빛이 역광으로 비쳐 들어왔다.

'아…….'

시그리드는 같은 검은색 머리카락인데도, 어떻게 모리스와 베라무드는 저렇게 다를까, 하는 생각을 무의식적으로 했다.

베라무드의 푸른빛이 도는 흑청색 머리카락과 깊은 고동색 같은 모리스의 검정색 머리카락은 비슷해 보이지만 완전히 달랐다.

"상냥하지 않아."

멍하니 보는데 모리스가 다시 또박또박 말해 왔다. 시그리드는 당황했다.

아니 분명히 상냥한데, 왜 상냥하지 않다고 하는 건데?

"알았어."

하지만 친구의 의견을 존중해 시그리드는 고개를 끄덕였다. 그제야 모리스는 살짝 웃고 다시 걷기 시작했다.

저택 앞까지 오자 시그리드는 미안한 얼굴을 하며 말했다.

"여기까지 오게 해서 미안해. 들렀다가 갈래?"

"아니, 이제 곧 통금인걸. 빨리 가는 게 나아."

"응, 잘 가, 모리스."

모리스가 잠시 머뭇거리다가 허리를 숙여 그녀의 이마에 키스했다. 시그리드가 놀라 눈을 동그랗게 뜨자 그가 싱긋 웃으며 말했다.

"잘 자, 시그."

"어, 으응……. 모리스도—"

이마에 손을 얹고 대답하는 시그리드에게 손을 흔들어 주고 모리스는 자리를 떴다. 시그리드는 이마를 문질렀다.

'어린아이도 아닌데……'

부드러운 입술의 감촉이 남아 있는 것 같은 간질거림을 느끼며 그녀는 모리스가 골목을 돌아 사라지는 것을 확인하고 나서 저택으로 들어갔다.

*　　　*　　　*

베라무드가 어깨를 돌리는 동작을 취하며 투덜거렸다.

"북부는 여전하네."

"춥지요."

아르카나가 고개를 끄덕였다.

"춥지. 어떻게 네 마법으로 뿅 하고 루디날 근처로 갈 수는 없는 건가?"

"제가 그에 대해서 정보가 없으니 무리입니다."

"제길."

베라무드는 욕설을 내뱉고 숨을 길게 내쉬었다.

'석 달 중에서 첫 달은 카운트하지 않아야 하는 거 아냐? 내가 수도에 없는데.'

그는 마음속으로 작게 불평했다. 아르카나가 그를 힐끗 넘겨다보며 말했다.

"하지만 이 근처일 겁니다."

그 말에 단숨에 베라무드의 기세가 변했다. 그가 검 손잡이를 잡으며 온몸의 근육을 긴장시켰다.

"얼마나 떨어져 있는데?"

그의 목소리는 낮고 팽팽하게 당겨져 있었다. 아르카나는 당황해 그를 보고는 말했다.

"어― 정확하게는 알지 못하지만 반경 1킬로미터 내외일까요."

"1킬로……."

중얼거린 베라무드가 푹 한숨을 내쉬며 검 손잡이에서 손을 뗐다.

"어떻게 위치는 아는 건데?"

"이걸 받아 왔거든요."

아르카나가 작은 유리병을 품에서 꺼내 보였다. 그 안에 든 붉은색 액체를 보고 베라무드가 눈을 가늘게 떴다.

"설마 그 안에 차 있는 게 피라고는 하지 말아줘."

"피입니다."

아르카나가 아무렇지도 않게 말하고 작게 주문을 외우자 안쪽의 피가 가볍게 요동을 쳤다. 그러더니 한쪽 벽으로, 마치 그쪽으로 병을 기울인 것처럼 일어서서 붙었다.

"감탄할 때일까, 징그러워해야 할 때일까."

베라무드의 말을 무시하며 아르카나가 말했다.

"이건 황태자 전하의 피입니다. 그리고 제가 외운 주문은 비슷한 피를 가진 혈족에게 끌리는 거지요. 가까운 사람에게 반응하니까요. 가까울수록 반응은 더욱 강렬해지죠. 그러니 우리가 가야 할 방향은 저쪽입니다."

아르카나가 가리켜서 베라무드는 "그렇군." 하고 묘한 얼굴로 병을 바라보았다.

"적어도 친형제가 아니었다! 하는 가설은 틀린 거네."

"그 하늘색 머리카락이 둘이라고요?"

"그건 황후마마의 특징이었으니까."

"그 얘기를 황태자 전하 앞에서 할 수 있습니까?"

"내가 남은 생을 이빨이 없이 살아야 할 필요가 있다면야. 하지만 내 이는 소중하니까."

베라무드는 그렇게 말하고 시선을 아르카나가 가리킨 방향으로 돌렸다.

"좋아, 그럼 가 보자고."

베라무드가 한숨을 내쉬며 고글을 내렸다. 한 걸음 옮기다 그가 쯧 하고 혀를 차며 말했다.

"눈 녹아서 질척거리니까 조심해라."

"어라? 라이벌은 죽어라, 라고 하실 줄 알았는데요."

그 말에 베라무드가 "뭐어─?" 하고 그를 돌아보았다가 다시 앞을 보며 투덜거렸다.

"공사를 구별 못 하는 멍청이로 보여?"

"공사를 구별할 정도로 똑똑해 보이지 않으셔서."

"너 진짜─ 시리는 너 그런 거 아냐?"

"그런 거라뇨?"

"이렇게 배배 꼬인 놈이라는 거."

그 말에 아르카나가 가볍게 웃고 말했다.

"시리에게는 안 이러는걸요."

"아, 물론 그렇겠지."

베라무드가 어깨를 으쓱했다. 아르카나가 이어 말했다.

"그녀는 그렇게 대접받을 만한 가치가 있으니까요."

"그건 사실이지."

베라무드의 시선이 이제 군데군데 녹아서 흙이 드러나기 시작한 언덕을 살폈다. 그가 걸으며 품에서 지도와 나침반을 꺼냈다.

"내가 루디날이면 일단 혼자서 이동하지는 않을 거야. 아마 폐하가 붙여 준 마법사 같은 놈과 함께 가고 있겠지. 임무를 완수했다고 생각하니까 느긋하게 올 거고─ 이쪽 방향이라면……."

"여기인가요?"

아르카나가 손가락으로 근처의 지명을 짚었다.

"지도 볼 줄 알아?"

놀란 베라무드가 물었다.

"좌표를 읽는 것 역시 마법 공부 중에 하나거든요."

"과연. 그러면 이제 이 마을로 뿅 하고 날아갈 수 있는 건가? 위치를 알면?"

"그렇지요."

아르카나는 마법사의 지도와 당신들이 보는 지도가 다르다는 말은 하지 않았다. 마법사의 지도는 x, y, z 세 가지가 있다. 그리고 베라무드가 보는 지도는 x와 y뿐이다.

'하지만 적당히 z를 지정해서 좀 높이 이동하면 되겠지.'

공중에서 떠 있을 수 있는 마법 역시 있으니 말이다.

"하지만 이동 마법을 사용하고 나면, 제가 쓸 수 있는 마법의 수가 줄어듭니다. 마력을 많이 소모하니까요."

"알았어. 일단 도착하면 마법사가 누군지부터 가리키고 저놈이라고 외쳐."

그 말에 아르카나가 그의 얼굴을 보자 베라무드가 씩 웃었다.

"일단 그 새끼 목부터 날리고 시작할 테니까."

"……붙잡을 생각은 없습니까? 아니면 피를 보는 걸 즐기는 성격인가요?"

"마법사를 붙잡는 방법은 몰라. 넌 알아? 그리고 어차피 피를 보는 거라면 내 피가 아닌 쪽이 더 좋고."

아르카나는 잠시 망설이다가 고개를 끄덕였다.

"알겠습니다. 만약 마법사가 있다면 그렇게 하죠. 없다면 없다고 말하겠습니다."

"좋아."

베라무드가 고개를 끄덕였다. 아르카나는 한숨을 내쉬며 그의 팔을 잡았다.

"허공으로 이동할 테니 놀라지 마십시오."

"뭐?"

다음 순간 획 하고 주변 경치가 바뀌어 있었다. 언제 겪어도 신기하다고 생각하는데 베라무드는 자신이 공중에 둥둥 떠 있다는 걸 확인하고 비명을 지를 뻔했다.

"……떠 있군."

"떠 있지요. 저 아래 저 마을이네요."

점점이 지붕들이 마치 성냥갑처럼 보였다. 아르카나가 아래로 빠른 속도로 하강하기 시작했고 둘은 근처 지붕 위에 안착했다. 지붕에 발이 닿자 그제야 베라무드는 산 기분이 들었다. 나무껍질로 지붕을 만든 굴피집이라 베라무드는 조심스럽게 발을 옮겼다. 여기서 미끄러져 떨어지기라도 하면 무슨 망신인가?

그가 무릎을 꿇어 몸을 낮추며 물었다.

"마법사는?"

"없습니다."

"좋아. 여기에서 기다리고 있어."

"여기서요?"

지붕 위에 서서 주변을 둘러보며 아르카나가 말하자 베라무드가 "그래."라고 대답한 뒤 몸을 기울여 주욱 지붕을 타고 내려가 가볍게 땅으로 떨어졌다.

그가 검을 꺼내 들고 천천히 마을을 탐색하기 시작했다.

'오호라.'

말과 마차다.

이런 동네에 저런 말과 저런 마차가 있을 리가 없지. 베라무드는 근처에 누군가 있나 살피고 마차의 뒤로 가볍게 뛰어가 붙었다. 슬쩍 마차 안을 들여다보니 안은 텅 비어 있었다.

'해가 중천인데도 출발하고 있지 않다니, 무슨 일이 있는 건가?'

베라무드는 천천히 마차를 끼고 돌며 근처의 집을 바라보았다. 모두가 굴피집인 마을에서 혼자 기와집이니 눈에 쏙 들어왔다. 아마 이 마을이 촌장 비슷한 사람의 집이겠지.

'호위도 허술하고.'

베라무드는 몸을 낮추어 그 집 벽에 찰싹 붙었다. 북부의 집답게 창문이 작았지만 봄이라 그런지 열려 있어 소리는 충분히 들렸다.

"일단 오늘 하루는 여기서 쉬어야겠군."

"차라리 빨리 성으로 가는 게 좋지 않겠습니까?"

"아니, 마차로 가시다가 상태가 더 안 좋아지실 수도 있으니까."

"충격이 꽤나 크셨나 보죠?"

"제 손으로 저질로 놓고 이제 와서 충격은 무슨."

코웃음 치는 소리가 들렸다. 베라무드는 잠시 생각했다.

'수가 생각보다 더 많아.'

그리고 수가 많을수록 봐주기가 어렵다. 봐주기가 어렵다는 건 다 죽여야 한다는 이야기다. 놓치느니, 전부 다 죽이는 게 낫겠지.

'일단 문으로 들어가서—'

보초를 해치우자는 생각을 하는데 시선 구석에서 움직이는 게 보였다. 고개를 돌리니 아르카나가 이쪽을 기웃거리고 있었다.

'뭐 하는 거야?!'

그가 목소리는 내지 않고 입 모양만으로 뻐끔거리자 아르카나가 몸을 낮춰 이쪽으로 후다닥 건너와 벽에 바싹 붙었다.

"지붕 위가 추워서 말입니다."

"들키면 어쩌려고?"

"마을에 사람이 없는 것 같더군요. 다들 낮이라 일하러 나간 건지, 아니면 증인들을 없앤 건지."

차가운 어조에 베라무드는 숨을 내쉬고 말했다.

"설마 후자는 아니겠지."

"글쎄요, 저 인간들이 일반인의 가치를 토끼 정도로는 생각하는지 모르겠습니다."

"사실 나도 저들을 그렇게 생각해. 지금 들어가서 다 죽일 생각이거든."

"혼자서요?"

"오리 사용자를 우습게 보지 마."

"우습게 본 적 없습니다. 그러면 제가 조금 도와드리면 어떨까요?"

"도와?"

"눈앞을 멀게 할 수 있으니까요."

그 말에 잠시 베라무드가 위를 보았다가 팔로 젠틀하게 창문을 가리키며 말했다.

"부디."

아르카나가 작게 주문을 외우자 안에서 소란이 일어났다.

"뭐야!"

"갑자기 깜깜해!"

"어떻게 된 거야!"

순식간에 안이 혼란에 휩싸였다. 베라무드는 아르카나에게 여기서 기다리라고 손짓하고 방 안으로 들어갔다. 아르카나는 벽에 기대어 서서 안에서 나는 비명 소리를 들었다. 그리고 잠시 후 베라무드가 피 묻은 고글을 올리며 창문으로 고개를 내밀고 말했다.

"들어와. 피 냄새에 토하지 않을 거라면."

아르카나는 "인간이나 짐승이나 피 냄새가 별로 다르지 않더군요." 하고는 집 안으로 들어섰다. 곳곳에 어안이 벙벙한 얼굴로 죽은 시체가 쓰러져 있었다. 베라무드는 검을 닦고 안쪽 방으로 들어갔다.

"누구지? 뭐야? 어떻게 된 거야? 게 누구 없느냐!"

침대 위에서 황망한 얼굴로 루디날이 팔을 뻗어 이곳저곳을 짚으며 소리 치고 있었다. 확실히 얼굴은 열이 올라 붉은 얼굴에 눈 밑에는 그늘이 져 있어서, 상태가 좋아 보이지는 않았다.

"언제까지 안 보이는 거야?"

베라무드의 물음에 아르카나가 "이제 곧 보일 겁니다." 하는데 루디날이 멈칫했다.

"베라무드?"

"이런, 제 목소리를 알아들으신다니 황공하다고 해야 하는 겁니까?"

베라무드가 빈정거렸다. 루디날이 잠시 후 눈을 깜박이다가 베라무드를 멍하니 바라보았다.

"베라무드?"

"네, 본인입니다."

"그, 그럴 리가— 넌 떨어져서 죽었는데—"

"안 죽었습니다."

베라무드가 이를 드러내며 덧붙였다.

"공교롭게도 말이죠."

"맙소사, 살아 있었구나……!"

루디날의 얼굴이 밝아졌다. 그 표정에 베라무드는 팔짱을 꼈다.

"설마 지금 네가 살아 있어서 기쁘다, 같은 말을 하시려는 건 아니겠죠?"

"그, 실수였어. 베라무드, 난 진짜 일이 이렇게 심각하게 될 거라고는 생각을 못 했어."

루디날의 말에 베라무드의 얼굴이 굳었다.

"몰랐다고요?"

루디날이 횡설수설하듯 이야기하기 시작했다.

"난 그냥, 형님이 조금 곤란해지셨으면 하고, 질투를 해서— 너랑 형님이 너무 가까운 것도 같았고……."

"그래서 제가 건너는 다리 줄을 끊으셨군요."

"그래……. 계속 그걸 후회했어……. 하, 하지만 넌 이렇게 살아 있고—"

루디날의 얼굴이 밝아졌다.

"내가 조금 실수를 하기는 했지만—"

"전 살아 있지만, 황자님을 호위한 다른 사람들은 전부 죽었지요."

"그건…… 내가 죽인 게 아니고……."

루디날의 말에 베라무드는 얼빠진 얼굴을 했고 아르카나는 웃음을 터트렸다. 아르카나가 서늘하게 웃으며 말했다.

"과연. 직접 자신의 손으로 저지르지 않은 건 내가 저지르지 않았다, 입니까?"

"넌 누구냐? 무엄하다!"

루디날의 외침을 무시하고 아르카나가 베라무드를 바라보았다.

"어떻게 하실 겁니까?"

"일단 자세한 이야기를 좀 들어봐야겠지?"

베라무드가 그렇게 말하고 의자를 끌어다가 침대 옆에 놓고 털썩 앉았다.

"그래서, 폐하의 사주였나요?"

루디날이 얼굴을 문지르며 말했다.

"그게…… 아바마마는 그냥 균형을 좀 되찾고 싶으셨던 것뿐이야. 북부나 서부 귀족들을 지나치게 풀어 놓으면 안 되니까……. 내가 그들에게 습격당했다고 하면 일단은 얌전해질 테니까……. 그리고 아바마마는 형님이 날 구하기 위해서 널 보낼지도 모른다고 하셨어. 난— 그래, 솔직히 널 질투했어. 하지만 네가 절벽에서 떨어지는 걸 보자 이게 아니라는 걸 깨달았어. 미안해, 베라무드! 내가 잘못했어."

"고작…… 고작 그런 것 때문에……."

베라무드는 신음처럼 중얼거렸다. 그는 죽어 간 병사와 시종과 기사들을 떠올렸다.

그리고 시그리드.

"나에게는 심각한 문제였어."

"다른 사람의 목숨보다 말입니까?"

"그들을 처리한다고 했지만, 정말로 죽일 거라고는 생각 못 했어! 나도 무서웠다고!"

루디날이 소리쳤다.

"생각 못 하신 겁니까? 안 하신 겁니까? 솔직히 그들이 죽은 장면을 본 게 충격이시지, 그들에게 미안한 감정을 가지고 있기는 하십니까? 어차피 황족의 앞에서는 전부 소모품일 뿐일 테니까 말입니다."

아르카나가 날카롭게 말했다. 그의 녹색 눈이 형형하게 빛났다. 루디날이 움찔하며 베라무드에게 물었다.

"저자는 대체 누구길래―"

"저도 그의 의견에 동감입니다."

베라무드가 자리에서 일어났다. 그가 아르카나에게 나가자고 손짓했다. 방을 나온 두 사람은 시체들을 바라보았다. 베라무드가 말했다.

"한심하군."

"황자가? 아니면 자신이?"

"둘 다. 루디날은 마음이 약하지만, 그 약한 게 좋은 점이라고 생각했거든."

"그게 자기 합리화로 가기 전까지는 말이죠."

"그래. 서부와 북부를 잡기 위해서라니, 그게 어떤 일을 일으킬지 몰랐던 건가? 서부 귀족을 향한 숙청이 될 거라는 걸? 게다가 자기 형이 그 서부 귀족과 손을 잡고 있잖아?"

"어린아이의 불장난 같은 거지요. 그게 어떤 큰일을 불러일으킬 줄 모르는. 그걸 저렇게 다 큰 성인이 하고 있다는 것에서부터 이미 제정신이 아닌 것 같지만 말입니다."

그러며 아르카나가 베라무드를 바라보고 물었다.

"제가 죽여 드릴까요?"

"뭐?"

"친한 사이라면 죽이기 어려우실 테니까요. 지금이라면 전 꽤 즐겁게 저 사람을 죽일 수 있을 것 같습니다."

"아직 사람 죽여 본 적 없지?"

아르카나가 딱딱한 목소리로 말했다.

"그게 문제가 됩니까?"

"아니, 그럼 굳이 죽일 필요는 없잖아? 난 이게 업이지만, 뭐랄까― 살인이란 건 별로 권하고 싶은 작업은 아니라서."

"이 시체들을 만든 사람의 말이라고 하기엔 어렵네요."

베라무드가 어깨를 으쓱했다.

"그럼 이제 어떻게 되는 겁니까? 저 사람을 데리고 돌아가서, 형제끼리의 눈물겨운 상봉을 좀 하고, 황족이라는 이유로 '실수'를 덮어 줍니까?"

아르카나의 말에 베라무드가 잠시 침묵하다가 말했다.

"차라리 야망이었다면 좋았을 거야. 내가 황제가 될 거야, 라든가. 아니면 적어도 자신이 저지른 일의 무게는 알고 있다거나. 그것도 아니면 지략가여서 형을 곤경에 처하게 하고 자신이 그걸 발판으로 일어날 생각이었다든가, 아니면 폐하의 감언이설에 완전히 속아 넘어간 바보라든가."

"전부 아니죠."

"그래, 전부 아니지. 너무 시시해 빠진 이유 아냐? 우리 모두를 그 위험에 빠트렸던 게 고작― 그냥 형을 좀 곤경에 빠트려 보고 싶어서. 그럴 의도는 아니었어. 같은 소리라니― 기가 차는군."

"얼마나 많은 사람들이 '그렇게 큰일이 되지는 않겠지', '내가 딱히 나쁜 일 하는 것도 아니고', '그냥 쟤가 좀 곤란해졌으면 해서' 같은 이유로 큰일을 저지르는지 안다면 놀라시겠군요."

"병신 같아."

"동감입니다."

"좋아. 데리고 돌아가자."

베라무드가 벽에서 몸을 떼며 말했다.

"황궁으로요?"

"그래. 그리고 자기가 저지른 일의 대가를 치르게 해야지."

"그게 어떤 대가인지 궁금하네요."

"일단은—"

베라무드가 방문을 열고 안으로 들어갔다. 루디날이 불안한 얼굴로 베라무드를 올려다보았다. 베라무드가 "실례하겠습니다." 하고 그의 멱살을 움켜잡고 그대로 얼굴을 후려쳤다. 루디날이 얼굴을 붙잡고 비명을 질렀다. 베라무드의 손가락 사이로 피가 흐르는 것이 보였다. 코뼈가 부러졌다던가 이가 나갔다던가, 아니면 둘 다일 것이다. 베라무드가 가볍게 손을 털고 말했다.

"한 방 먼저 먹이고."

시그리드는 검은색 제복을 입은 자신을 이리저리 비춰 보았다. 가슴에는 금색 검 모양의 브로치가 달려 있었는데 조장이라는 뜻이었다.

'들어가자마자 조장이라.'

그녀가 그 조의 유일한 마스터이니 당연한 일이었다. 그리고 어차피 그녀가 해야 할 일은 계급이 높을수록 하기가 더 편한 일이다.

그 위에 세트인 긴 검은색 롱코트를 걸치고 시그리드는 밖으로 나갔다. 그녀를 배웅하기 위해 현관까지 따라간 세리아가 머뭇거리며 말했다.

"저기, 시그리드 님……."

"응?"

시그리드가 그녀를 돌아보자 세리아가 진지한 얼굴로 말했다.

"아뇨, 다녀오시면 말씀드릴게요."

"심각한 일이야?"

"아니, 그런 건 아니에요. 그야 심각하기는 하지만, 문제가 일어났다거나 그런 건 아니고요."

"알았어."

시그리드는 고개를 끄덕이고 집을 나섰다.

먼저 황궁의 친위대실로 향한 그녀는 아침 점호를 끝내고 딱히 내려온 명령이 없는 것을 다시금 확인했다. 시그리드가 모리스와 알케르토에게 물었다.

"항상 이런 거야? 딱히 일도 없이 대기?"

"그래."

"우리에게도 뭔가 일이 좀 맡겨졌으면 좋겠는데 말야. 월급은 많이 받아서 좋지만, 쓸모없어진 기분이야."

알케르토가 어깨를 으쓱하며 말했다.

'월급…….'

시그리드가 속으로 중얼거리고 알케르토에게 물었다.

"가족들은? 다 괜찮아?"

"어? 응."

알케르토가 어깨를 으쓱해 보이고 웃었다.

"친위대 봉급을 받게 되면 아마 이사도 하고, 좀 더 다른 일도 가능할 거야."

"그렇구나……."

시그리드는 고개를 끄덕였다. 갑자기 마음이 무거워졌다. 친위대가 해체되면 여기 있는 사람들은 어디로 가게 되는 걸까?

'아냐, 그래도 그런 일이 일어나는 것보다는 나아.'

그녀는 마음속으로 고개를 저었다.

"그럼 난 가 볼게."

"조장님, 같이 가지?"

알케르토가 히죽 웃으며 말했다. 시그리드가 놀라 그를 돌아보았다.

"같이?"

"그래. 어차피 여기 있어 봐야 뭐, 할 일도 없는데. 오늘도 삼황자님 호위하러 가는 거지?"

"으응."

"그럼 가자. 갈 거지?"

알케르토가 모리스를 돌아보며 하는 말에 모리스는 고개를 끄덕였다. 시그리드는 괜찮을까? 싶었지만 일단 고개를 끄덕이고는 말했다.

"혹시 황자님이 싫어하신다면 바로 퇴장이야."

"그건 어쩔 수 없지."

알케르토가 고개를 끄덕였다.

그렇게 셋이서 도착하자 아웬은 시그리드의 품에 찰싹 붙어 두 남자를 경계의 눈으로 바라보았다.

"이 두 사람은 뭐야?"

"제 조원인 알케르토와 모리스입니다."

"조원?"

갸웃하고 아웬이 그녀의 옷을 만지작거리며 말했다.

"그렇구나. 시그리드도 아흐트슈비에츠에 들어갔구나……."

아웬의 표정이 썩 좋아 보이지 않아, 시그리드는 의아해졌다.

"황자님?"

"아냐."

아웬은 고개를 저었다. 대신 그는 고개를 치켜들며 말했다.

"시그리드가 가르쳐 준 대로 아침에 운동했어!"

"괜찮으셨습니까?"

"좀 어지럽기는 했지만, 괜찮았어."

"다행입니다."

시그리드가 싱긋 웃었다.

"이제 가정교사 오니까, 수업 끝나고 나면 또 검 가르쳐 줘야 해?"

"네."

시그리드는 정중히 대답했고 곧 가정교사가 오자 아웬은 손을 놓았다. 수업을 받는 그의 뒤에 서서 시그리드는 여전히 신기한 기분으로 수업을 들었다. 그때 알케르토가 그녀 쪽으로 상체를 기울여 속삭였다.

"어떻게 한 거야?"

"뭘?"

"황자님 말야. 완전히 너 좋아하시잖아?"

"글쎄."

시그리드는 어깨를 으쓱해 보였다.

수업이 끝나고 나자 아웬은 옷까지 갈아입었다.

"시녀에게 만들게 했어."

움직이기 편한 옷이었다. 팔꿈치와 소매를 덧대어 단단히 한 것이 눈에 띄었다.

"훌륭합니다."

"이제 가르쳐 줘!"

"네."

넷은 쫄래쫄래 정원으로 나갔다.

시그리드는 예전처럼 기본 훈련을 시켰다. 숨을 헐떡이며 아웬이 물었다.

"검은 언제 잡을 수 있는 거야?"

"적어도 황자님이 무게 있는 검을 들고 휘두를 수 있을 때까지만요."

"지금도 휘두를 수 있는데."

"네, 하지만 바른 자세로 휘두르실 수 있는 횟수는 얼마 되지 않을 겁니다. 단순히 휘두르는 것만으로는 의미가 없고요."

시그리드의 말에 아웬은 곰곰이 생각하다가 고개를 끄덕였다.

"알았어. 하지만 재미없어."

"네, 하지만 저와 처음 했던 때보다는 나아지셨습니다. 잘하게 되시면, 즐거우실 겁니다. 매일 몇 개씩 가능했는지 적어 보십시오. 금방 늘어나실 테니까요."

"응."

그는 작게 고개를 끄덕였다. 아웬이 힐끗 모리스와 알케르토를 보고 물었다.

"거기, 너희 둘도 마스터냐?"

"아닙니다."

모리스와 알케르토가 정중하게 대답하자 아웬은 눈을 찡그렸다.

"뭐야, 둘 다 형편없네."

시그리드가 웃고 말했다.

"하지만 두 사람 다 검을 든 황자님을 상대할 수 있을 겁니다."

"진짜? 진짜냐?"

시그리드를 향해 물었다가 모리스와 알케르토를 향해 다시 묻는다. 알케르토는 고개를 끄덕이며 답했다.

"물론입니다. 황자님."

"어느 정도는 말입니다."

"그럼 해 볼래!"

아웬의 말에 알케르토가 눈썹을 치켜올렸다가 고개를 숙였다.

"알겠습니다."

잠시 후 시종에게 말해서 목검을 가져오게 한 아웬이 목검을 양손으로 잡고 휘둘러보았다. 알케르토가 피식 웃으며 말했다.

"살살 하십시오, 황자님."

"이얍!!"

시작 신호도 없이 아웬은 검을 휘둘렀다. 하지만 어린애가 막무가내로 휘두르는 검에 맞을 리가 없었다. 알케르토는 이리저리 피했고 아웬은 있는 힘껏 검을 휘둘렀다. 시그리드가 고개를 기울이고 그 광경을 바라보았다. 모리스가 그녀에게 속삭였다.

"저러다가 알케르토가 미끄러지기라도 하면 망신인데."

"설마. 그래도 하체가 예전보다 훨씬 좋아졌는걸?"

"열심히 했거든."

"그래 보여."

시그리드가 고개를 끄덕였다.

"아—!"

다음 순간 아웬이 힘껏 휘두른 목검이 그의 손에서 미끄러졌다. 공교롭게도 검은 시그리드에게 정면으로 날아갔다.

"시리!"

놀란 알케르토가 소리쳤다. 시그리드가 고개를 살짝 기울여 피하며 날아온 검을 한 손으로 턱 붙잡았다. 아웬이 입을 벌리고 그 광경을 보았다.

"이제 제가 왜 팔의 힘을 키우셔야 한다고 말했는지 아시겠지요."

시그리드가 목검을 빙글 돌려 손잡이를 아웬에게 내밀며 말했고 아웬은 초롱초롱한 눈으로 그녀를 바라보며 검을 받아 들었다. 아웬이 검을 들고 씩 웃으며 다시 알케르토를 보았다.

"한 판 더 할래!"

"얼마든지요, 황자님."

알케르토가 웃었다.

붙임성이 좋고, 동생들을 잔뜩 거느린 그는 금방 아웬과 친숙해졌다. 저녁에 그들이 교대를 할 때 아웬은 시그리드 말고도 알케르토에게도 인사를 했다.

알케르토가 황자궁을 나오며 말했다.

"귀여우신 분인데?"

"그래?"

시그리드가 '귀여운가?' 하고 생각하는데 알케르토가 고개를 끄덕였다.

"응, 천둥벌거숭이 같은 내 이복동생들보다 훨씬 더."

모리스가 쓰게 웃으며 말했다.

"어째 나만 따돌림 당한 기분인걸."

"오, 어쩌냐 모리스. 우리 둘이 황자님의 총애를 독차지해서."

알케르토가 히죽거리며 모리스를 놀렸다. 모리스가 일부러 한숨을 크게 내쉬었다.

"그러게."

친위대실로 돌아가 별일 없는 것을 확인하고, 시그리드는 약간의 초조감을 느꼈다.

'아냐, 이제 잠입한 지 사흘째인걸. 벌써부터 단서가 떨어지기를 바라면 안 되지.'

그녀는 스스로를 달랬다. 모리스가 말했다.

"같이 저녁 먹을래?"

"어? 아니, 미안. 저녁 약속이 있어서."

"누구랑? 애인이랑?"

알케르토가 불쑥 물어 와서 시그리드는 고개를 저었다.

"아니, 황태자비 전하의 초대를 받아서."

"저녁에?"

"응."

"그럼 어쩔 수 없네."

알케르토가 어깨를 으쓱했다. 모리스가 이어 말했다.

"그럼 다음에."

"응, 다음에."

인사를 하고 시그리드를 에리얼의 궁으로 향했다. 그녀의 궁은 출입이 철저하게 통제되고 있었지만, 시그리드는 쉽게 안으로 들어갈 수 있었다.

'여자라고 쉽게 생각하는 거 아닌가. 보안 효율은 괜찮은 건가?'

시그리드는 눈을 가늘게 뜨고 그런 생각을 하며 안으로 들어갔다.

"오랜만에 뵙습니다, 황태자비마마."

시그리드가 무릎을 꿇으며 인사하자 에리얼은 손을 흔들었다.

"괜찮으니 어서 일어나게."

시그리드는 천천히 자리에서 일어났다. 에리얼은 편한 옷을 입고 소파에 기대듯 앉아 있었는데 배가 홀쭉해진 것이 신기하기까지 했다.

"친위대에 들어갔다고 하더니, 사실이었군."

"네, 그렇습니다."

"근위대 제복이 더 잘 어울리는 것 같은데."

"그런가요?"

제복이 어울리고 어울리지 않고는 생각해 본 적이 없는지라 그녀는 자신의 옷을 내려다보고 갸웃했다.

"삼 황자와 사이가 좋다고 들었네만."

사이가 좋다고 해야 하나 하고 시그리드는 잠깐 고민하다가 대답했다.

"나쁘지는 않습니다."

그 말에 에리얼이 눈을 깜박이더니 웃었다.

"꽤 정치적인 대답을 할 줄 알게 되었군."

"정치적입니까?"

"아닌가?"

"잘 모르겠군요."

"아하, 또."

에리얼이 집게손가락으로 그녀를 가리키며 말했다.

"긍정적 검토, 나쁘지는 않다, 모르겠다, 이 건은 우선 보류하고. 이런 것들이 정치적인 단어지."

"그렇군요."

신기하게 생각하며 시그리드는 고개를 끄덕였다. 에리얼이 웃으며 손을 뻗어 자리를 권했다.

"앉게나."

시그리드는 얌전히 자리에 앉았다. 에리얼이 그녀를 힐긋 보고는 물었다.

"삼 황자를 감당하는 건 자네뿐이라고 들었네. 하지만 황후께서는 그다지 자네를 좋아하지 않으시지."

"몰랐습니다."

시그리드가 눈을 깜박이며 물었다.

"저와 만난 적도 거의 없으신데 말입니까?"

"자네를 만나고 나서 삼 황자가 공부도 시작하고, 검술도 시작하고, 지나친 장난도 그만뒀다고 하더군."

"네, 하지만……."

그러면 보통 좋아해야 하는 것이 아닐까?

의문이 가득한 얼굴의 시그리드를 보고 에리얼은 가볍게 웃었다.

"내 딸이, 만약에 아들이었다면. 난 지금보다 더 긴장하고 있을 거네. 이유는 알겠나?"

시그리드는 잠시 생각하고 곧 대답할 수 있었다.

"계승권 때문인가요?"

"그래. 내 아이의 라이벌은 누구일까?"

"루디날과 아웬 황자겠지요."

"그래, 하지만 내 아이는 딸이고……. 만약 지금 세리오스가 죽는다면, 꽤 지리멸렬한 계승권 다툼에 들어가겠지. 자, 그러면 자신의 아들을 계승권을 쥔 상대로 보는 아버지는, 어떤 아들을 가장 좋아할까? 유능한? 무능한?"

"무능한 아들을—"

말하다가 시그리드는 깨달았다.

"그러니까 삼 황자가 무능하게 되도록 방치하고 있다는 말입니까? 황후마마께서?"

"난 그렇게 말하지 않았네."

시그리드가 살짝 눈을 내리깔며 말했다.

"그것도 정치적인 표현입니까?"

"자네는 좋은 학생이군. 글쎄. 내 생각에 '그것'의 옳고 그름을 말할 수는 없네. 황후마마는 나와는 다른 위치에 서 계시니까. 그분에게는 그분의 방식이 있는 거지."

"저는…… 그분이 황자님을 무시하고 계신다는 느낌을 받았습니다."

"그런가?"

"네. 저는, 저는 고아라서 언제나 맞이해 주는 다정한 손길이라든가, 달래 주는 말이라든가, 아낌없는 애정 같은 건 모릅니다."

시그리드는 살짝 미소 지었다.

"하지만 음, 어렸을 때는 항상 상상했던 것 같습니다. 잘 기억이 나지는 않지만요. 그리고 겪지 못해 모른다고 해도 충분히 알 수 있습니다. 그게 중요하다는 것을요. 그러니까 한 발 물러서서 황자님을 밀어내는 듯한 그런 행동이 황자님을 상처 입힌다는 것쯤은 압니다."

시그리드는 뭐라고 해야 할까 말을 골랐다.

"전 황후마마의 방식에는 찬성할 수가 없습니다."

"그런가? 난 이해할 수 있네."

에리얼의 말에 시그리드는 고개를 들었다.

"누가 자기 자식을 죽이고 싶겠는가?"

"……."

시그리드는 대답할 수 없었다. 에리얼이 툭툭 팔걸이를 두들기며 말했다.

"그 말은 황후마마에게도 폐하는 상당한 위협으로 다가온다는 말이겠지……."

"자기 아들을 죽이려고 하는 사람은 제정신으로 느껴지지 않겠지요."

그 말에 에리얼이 소리 내어 웃고 "글쎄." 하고 덧붙였다.

"의외로, 아니 의외일까? 권력자란 편집증적이라네. 흔하지는 않지만, 없는 일은 아니지."

그 말에 시그리드는 '하긴.' 하고 고개를 끄덕였다.

'불로불사를 바라기까지 하니까.'

그걸 생각하면 아들을 죽이려 드는 것 역시 어느 정도 이해를 할 수 있다.

'이상하지.'

예전에는 그토록 애처롭게 보이는, 자신밖에 믿을 곳이 없는 분이라고 생각했는데……

자신의 어리석음에 웃음마저 나올 지경이었다.

보고 싶은 것을 보고, 듣고 싶은 것을 듣고, 마음대로 마음속에서 상상을 부풀려 갔다.

"시그리드."

에리얼의 부름에 시그리드는 정신을 차렸다.

"네, 비전하."

"아윈을 잘 부탁하네. 그리고 내가 한 번 만나 보고도 싶군. 할 수 있다면 비밀리에."

"노력은 해 보겠습니다만……"

"아, 억지로 끌고 오라는 이야기는 아냐."

"네. 하지만 왜 만나고 싶으신지 물어도 되겠습니까?"

어머나? 하고 에리얼이 되물었다.

"자네는 생각보다 그를 좋아하는군."

"편애해 주는 상대를 싫어하기는 어렵죠."

시그리드의 말에 에리얼이 우아하게 웃었다.

"난 우호적인 관계를 만들고 싶은 것뿐이네."

"알겠습니다."

시그리드는 고개를 끄덕였다. 에리얼이 물었다.

"자, 그러면— 내 아이를 보겠나?"

그 말에 시그리드가 눈을 동그랗게 떴다. 에리얼이 시녀에게 손짓하자 곧 안에서 유모가 아이를 안고 나왔다.

"이름을 붙이려면 백일이 지나야 하니, 우리는 그냥 아가라고만 부르고 있다네."

시그리드가 신기하게 아이를 들여다보았다.

"작네요."

"그렇지?"

"전하를 닮았습니다. 비전하도요."

신기함이 잔뜩 묻어나는 어조라 에리얼은 '당연하지' 하고 타박을 주는 대신에 "그렇지." 하고 웃고 말았다.

"자네 이름을 붙일지도 몰라."

"예에—?!"

시그리드가 정말로 놀라 펄쩍 뛰었다. 에리얼이 어머나? 하고 말했다.

"하지만 여성 마스터이지 않은가? 자네만큼 튼튼한 아이로 자라길 바라니까 말야. 게다가 어감도 나쁘지 않아. 시그리드. 시그리드."

"저, 저는 감히 그런 걸 감당하지 못합니다. 황공무지합니다."

저도 모르게 횡설수설하는 시그리드를 보고 에리얼은 쿡쿡거렸다.

"알았네. 하여간 내 뜻은 전했네."

"네, 비전하."

간신히 진정한 시그리드는 가슴에 손을 대고 허리를 숙여 인사했다. 퇴실을 할까 하다가 문득 그녀는 마리쉐즈가 기억났다.

"저, 비전하 외람되지만 한 가지 부탁이 있사온데."

"무언가?"

"비전하의 살롱에 제 친구를 초대해 주셨으면 합니다만."

"자네와 동행하는 친구는 언제나 환영일세."

"관대함에 감사드립니다."

시그리드는 진심으로 깊게 인사하고 물러 나왔다.

'마리쉐즈가 좋아하겠지.'

흐뭇하게 웃으며 그녀는 태자비궁을 나왔다. 나오기 전에 경비병의 로테이션을 한 번 살피는 수고를 마다하지 않았고 말이다.

'딱히 구멍은 없어 보이는데? 다행이다.'

시그리드는 만족스럽게 궁을 빠져나왔다.

'세리아가 기다리고 있겠다고 했으니까 얼른 가야겠다.'

그녀는 걸음을 빨리했다.

'무슨 일일까? 문제는 아니라고 했지만⋯⋯. 아르카나 문제인가? 하긴 그도 이제 마법사니까 슬슬 집을 나가려고 하는 걸까?'

친구지만 타인이니 어쩌면 당연한 것이지만, 그사이에 둘에게 정이 든 시그리드는 아쉽게 느껴졌다.

'남매나 자매가 있다면 이런 게 아닐까 했었는데— 아닌가, 내가 좋은 부분만 취하고 있어서 그런 걸까? 두 사람은 얹혀서 사

니까 불편할 수도 있었겠지. 내가 친구니까 그런 건 신경 쓰지 말라고 하지만, 사람은 각각 다른 거니까.'

마리쉐즈가 들었다면 손뼉을 치며 감탄했을 생각을 하며 시그리드는 마구간에서 에코를 찾아 나와 가볍게 올라타 박차를 가했다.

시그리드가 집에 도착하자 세리아는 예상외의 편한 얼굴로 그녀를 맞이했다.

"오셨어요, 시그리드 님."

"아, 으응."

"저녁은 아직이시죠?"

"응."

"그럼 씻고 오세요, 저녁 준비해 놓을게요."

"할 이야기는ㅡ"

"식사 끝나고 나서 할게요."

세리아가 싱긋 웃으며 말했다. 저럴 때는 왜인지 아르카나와 판박이처럼 느껴졌다. 시그리드는 옷을 갈아입고 가볍게 세수하고 나서 식당으로 내려갔다. 언제나처럼 소박하지만 따뜻한 음식들이 차려져 있었고 시그리드는 천천히 저녁을 먹었다.

식사를 끝내고 나자 세리아가 식탁에 앉았다.

"저녁은 어떠셨나요?"

"응? 맛있었어."

"정말인가요?"

세리아가 진지하게 물어 와 시그리드 역시 진지하게 마주 보고 대답했다.

"응."

세리아가 푹 한숨을 내쉬며 말했다.

"그런가요……."

맛있었다고 말했는데도 왜인지 실망시킨 것 같아, 시그리드는 당황하며 물었다.

"왜? 무슨 문제라도 있는 거야?"

"평소보다 힘을 뺀 식사였어요."

"어? 그래?"

"네, 아니 시험하거나 이상한 걸 넣은 건 아니고요. 그게 아니라, 그, 시그리드 님은 뭐든 맛있다고 해 주시니까 진짜로 맛있는지 아닌지 모르겠어서……."

시그리드의 표정이 묘해졌다.

"그래서 힘을 뺀 식사를 내보니까, 내가 뭐든지 잘 먹는 타입이었다?"

그 말에 세리아의 얼굴이 자신의 머리카락만큼이나 빨개졌다. 시그리드가 그걸 보고 손을 저었다.

"아니, 뭐라고 하는 건 아니지만, 음. 그런 시험은 이상한걸? 내 미각이 세심하지 않다는 건 알아. 그걸 알고 싶었던 거야?"

"아뇨, 그게 아니라— 저는 요리를 더 잘하게 되고 싶어요. 전에도 말씀드렸다시피 셰프가 꿈이고요. 사실은 저도 요리가 좋거나 즐거운지 잘 몰랐어요. 하지만 시그리드 님이 워낙 즐겁게 먹어 주시고, 저도 요리하는 걸 즐겁게 생각하게 됐어요."

"응, 그래서 나도 할 수 있는 거면 도와주고 싶어."

"네, 그러셨죠. 아르카나는, 오빠는 걱정이 많아요. 항상 절 자기 로브 안에 싸고돌면서, 부모님 노릇을 하려고 하죠. 물론 저도 오빠가 왜 그러는지는 알아요. 하지만 저도 이제 성인이고— 독립할 때가 되었어요."

"음……. 그래서?"

"훌륭한 요리사 밑에서 연습을 하고 싶어요. 추천장을 써 주시면 감사하겠습니다!"

세리아가 허리를 숙였다. 시그리드가 그녀의 어깨를 잡아 일으키며 말했다.

"세리아가 원한다면 추천장은 물론 써 줄 거야. 원하는 곳이 있어?"

"네, 루나틸 공작가의 요리장이 아주 유명한 사람이에요! 제가 본 책도 그 사람이 쓴 거고요. 물론 공작가의 부엌에 들어가려면 설거지부터 시작해야겠지만, 그래도 괜찮아요."

"루나틸 공작가……."

시그리드는 저도 모르게 중얼거렸다.

우연이라면 우연이라고 해야 할까?

"음, 알았어. 일단 내가 알아볼게. 루나틸 공작가라고 하면 나도 아는 사람이 있거든."

"정말요?"

"응. 내 상관이야."

"그렇군요……. 하지만 분명히 오빠가 반대할 거예요. 그래도 써 주시는 거죠?"

세리아가 물어서 시그리드는 잠시 망설이다가 고개를 끄덕였다.

"알았어."

"네!"

시그리드가 알았다고 한 이상, 이야기는 번복되지 않을 것이다. 그런 믿음이 있어서 세리아는 안심했다. 시그리드가 피식 웃으며 말했다.

"그래서 입맛이 까다롭지 않은 나는 전혀 향상심이 드는 상대가 아니었단 거군."

"그게, 물론 시그리드 님은 좋은 분이세요, 좋은 분이시지만ㅡ"

"미식가는 아니지."

"네에……."

"그렇게 주눅 들 필요 없어. 나도 뭔지 아니까. 대련을 할 때는 나보다 위인 상대와 붙어 보고 싶은 거지. 내가 얼마나 잘하게 됐는지 알고 싶으니까."

"그거예요."

세리아가 고개를 끄덕였다. 시그리드가 고개를 저으며 말했다.

"하지만 세리아가 떠난다고 하니까 외로운걸. 적어도 아르카나가 돌아올 때까지는 있는 거지?"

"물론이에요. 아마 거기로 가려면 오빠랑 한바탕해야 할걸요."

세리아가 어깨를 으쓱했다. 그녀가 주근깨투성이인 콧잔등을 찡그렸다. 아르카나가 자신을 과보호하는 이유는 안다. 자신 역시 그 품이 편하니까 불편함을 감수했다.

하지만 지금은 다르다.

꿈이 있고, 목표가 있고, 달려 나가야 할 길이 있다.

세리아는 반짝이는 눈으로 눈앞에서 고개를 갸웃거리며 '아르카나와 언쟁이라…….' 하고 중얼거리는 시그리드를 바라보았다. 그녀는 상상도 못 하는 것 같지만, 시그리드는 세리아의 롤모델이었다.

능력 있고, 그 능력을 펼치며 자신의 길을 가는 여성.

그러면서도 빼기거나 잘난 척하지 않는다. 겸손하지도 않지만 그냥 자연스러운 자신감이 있었다. 절대적인 실력에서 나오는 자신감 말이다.

"세리아는 가족이나 마찬가지니까."

시그리드가 그녀를 바라보고 웃었다. 그 말에 세리아는 눈을 동그랗게 떴다. 시그리드가 그녀의 표정을 보고 콧잔등을 찡그렸다.

"아니야……?"

"아뇨, 그, 그렇게 생각하시는 줄은 몰랐어요."

"아르카나도 세리아도 둘 다 가족 같아. 음, 난 가족이 없었으니까 사실은 잘 모르지만, 있다면 이런 느낌이 아닐까 하고."

"그럼, 저기, 그러니까, 그― 언니라고 불러도 될까……

요……?"

주저주저하며 묻자 시그리드는 흔쾌히 고개를 끄덕였다.

"좋아."

"언니!"

"응?"

세리아가 활짝 웃었다. 시그리드는 그 웃음에 이끌려 저도 모르게 웃었다.

'베라무드가 돌아오면 한번 물어봐야겠다.'

시그리드는 그렇게 생각하며 힐끗 달력을 바라보았다.

'돌아오려면 얼마나 시간이 걸리려나……? 한 달은 걸릴까?'

하지만 시그리드의 예상보다도 훨씬 일찍, 정확히 5일 후 둘은 돌아왔다.

4 장
계약 연애

이제 아웬과 함께 노는 일(?)의 절반쯤은 알케르토가 대신하고 있었다.

알케르토는 아웬과의 접촉도 거리낌 없어서 아웬을 들어 올려서 빙글빙글 돌린다든가, 나무 타는 법을 가르쳐 준다든가 하는— 황자를 대우하는 것 같지 않은 일들을 했다.

물론 아웬은 그런 알케르토를 더 좋아하게 되었다. 알케르토와 시그리드를 양옆에 끼고 의기양양해하며 노는 시간을 즐겼다.

모리스는 한숨을 내쉬며 보초를 섰고 말이다.

저녁에 일이 끝나 섭섭해하는 아웬을 두고 나오며 알케르토가 말했다.

"황자님이 저런 분이신 줄은 몰랐어. 그냥 내 동생들과 다르지 않은걸."

"그래?"

시그리드가 물어 와 알케르토는 고개를 끄덕였다. 그런가, 하고 시그리드는 평균적인 아이를 생각하려고 애썼으나 힘들었다. 모리스가 말했다.

"그리고 난 분명히 미운털이고 말이지."

"에이, 그건 아니지."

알케르토가 모리스를 툭 치며 말해 시그리드도 동의했다.

"맞아. 그냥 관심이 없으신 거지."

"시그, 그건 위로가 아냐."

"아, 그런가?"

"응."

알케르토가 고개를 깊숙이 끄덕였다. 시그리드가 '그럼 뭐라고 하는 게 좋을까?' 하다가 시선을 돌렸다. 멈칫 시그리드가 멈춰 서자 두 남자 역시 따라서 멈춰 섰다.

"시그?"

모리스가 의아해 묻자 시그리드는 다시 좀 더 빠른 걸음으로 걷기 시작했고 '어어.' 하며 둘은 그 뒤를 따라 걸었다.

"베라무드!"

그녀의 외침에 길 끝의 나무 뒤에서 모습을 감추고 있던 베라무드가 슬쩍 모습을 드러냈다.

"어떻게 알았어?"

"모르는 게 이상합니다!"

그 말에 알케르토는 "아니, 난 몰랐는데." 하고 중얼거렸다. 마지막에는 달리다시피 해서 베라무드의 앞에 도착한 시그리드가 그를 위아래로 살폈다. 베라무드가 웃었다.

"사지 멀쩡, 오감 멀쩡합니다."

"다행이에요."

시그리드가 한숨을 내쉬며 물었다.

"아르카나는요?"

"아르카나도."

"언제 오신 겁니까?"

"좀 전에. 봐, 옷도 못 갈아입고 왔잖아."

그 말에 시그리드가 살짝 웃으며 말했다.

"더우시겠네요."

북부용 옷차림이 지금 수도 날씨에는 더워 보였다.

"조금?"

싱긋 웃고 베라무드가 그녀의 손을 잡았다. 시그리드는 왜인지 손을 빼고 싶은 부끄러운 기분을 느끼며 뒤를 돌아보았다.

"음, 셋이서 만난 적은 없었죠? 이쪽은 베라무드, 이쪽은 모리스랑 알케르토."

셋은 데면데면하게 인사를 나눴다. 그 어색함은 시그리드도 쉽게 알 수 있는 것이었다. 그녀가 가볍게 헛기침을 하고 말했다.

"어, 난 베라무드랑 이야기 좀 하다가 갈게. 먼저 가."

"알았어."

알케르토는 고개를 끄덕였고 모리스는 베라무드를 뚫어져라 바라보다가 시그리드에게 미소 지어 보였다.

"그래. 내일 보자."

"응, 내일 봐."

손을 흔들어 배웅하고 두 사람이 시야에서 사라지자마자 베라무드는 조심스럽게 손을 뻗어서 그녀를 안았다. 느릿한 포옹이라 시그리드는 피하려면 얼마든지 피할 수 있었지만 피하지 않았다.

연인이니까.

시그리드를 품에 안고 베라무드는 만족스러운 한숨을 내쉬었다. 그의 품에서 시그리드는 어떻게 하면 좋은 걸까? 고민하다가 살짝 고개를 그의 가슴에 기대어 보았다.

'아, 좋은 냄새.'

베라무드에게서 뭔가 좋은 냄새가 났다. 아마 체취일 텐데 이게 좋게 느껴지는구나, 하고 그녀는 잠시 그에게 기대고 있었다.

"일찍 왔네요."

"생각보다 더 빨리 발견했거든."

베라무드는 대답하며 살짝 그녀를 밀어냈다. 부드러운 움직임이었지만 시그리드는 '어라.' 하고 그를 올려다보았다.

포옹은 간질간질하지만 따끈따끈 기분 좋았고, 떨어지고 싶지가 않았다. 아쉬움이 살짝 생겼다. 베라무드가 말했다.

"걸으면서 이야기하자."

"아, 네."

머뭇머뭇하다가 시그리드가 손을 뻗어 조심스럽게 그의 손을 쥐었다. 베라무드가 그녀를 돌아보고 활짝 웃었다. 거기에 시그리드는 기분이 좋아져서 물었다.

"그래서 이제 이렇게 돌아다녀도 괜찮은 거예요?"

"응, 일단은. 그나저나 저 두 사람도 친위대였어?"

"네, 저도 놀랐습니다."

베라무드가 "으음―" 하고 그녀의 옷차림을 노골적으로 살피고는 투덜거렸다.

"푸른색이 더 잘 어울려."

근위대 제복이 더 잘 어울린다는 말에 시그리드는 "그런가요?" 하고 자신의 옷을 살폈다. 그렇게 말하니 그런 거 같기도 하다.

"아, 맞아."

시그리드가 그의 손을 놓았다.

"시리?"

"우리 사귀는 거 알려지면 안 돼요."

"왜?"

"전 친위대에 잠입 중이니까요."

"아."

베라무드는 고개를 들었다가 "제길." 하고 이를 갈았다. 그가 투덜거렸다.

"애인이랑 마음대로 만날 수도 없다니 이건 너무한 거 아냐?"

"잠입이 끝날 때까지만 기다리면 돼요."

"그사이에 삼 개월이 다 지나가겠다고."

꿍얼거리던 베라무드는 푹 한숨을 내쉬며 후드를 뒤집어썼다. 그가 물었다.

"언제 비번이야?"

"네?"

"비번. 전에 데이트 한 번 빚졌었잖아?"

"아, 네, 네. 비번이— 이틀 후입니다."

"좋아, 그러면 그날 데이트니까 비워 둬."

"네."

"내가 마차 보낼게."

"알겠습니다."

"좋아."

그가 그녀의 손을 잡아당기며 허리를 숙여 손등에 키스했다.

"그럼 그날 보자고, 내 아가씨."

그리고 그는 관목 숲의 그늘 속으로 녹아들듯 사라졌다. 그가 사라진 곳을 보다가 시그리드는 자신의 손등을 들여다보았다. 그의 입술이 뜨거웠다.

'데이트라……'

뭘 입고 나가면 될까?

시그리드는 꿍꿍거리며 고민했다. 그러나 결론은 쉽게 나왔다.

'마리쉐즈와 의논하자.'

딱히 그녀 외에는 옷으로 의논할 만한 사람이 없었다. 어쨌든, 패션의 최첨단을 걷는 것은 마리쉐즈였던 것이다.

'그러고 보니 아르카나는 집에 가 있겠구나.'

생각하니 저절로 발걸음이 빨라졌다.

집에 돌아가기 전에 시그리드는 과자 가게에 들러서 비싸고 작은 롤 케이크를 하나 샀다.

'셋이서 같이 먹어야지.'

세리아가 좋아하겠지, 아르카나도 단 걸 좋아하는 것 같았고.

즐겁게 시그리드는 저택 대문으로 들어섰고, 현관문을 열기도 전에 안에서 언성이 오가는 것을 들었다. 시그리드는 당황해 문을 열었다.

"아르카나?"

그녀가 등장하자 말싸움은 뚝 멈췄다. 아르카나의 눈썹은 한껏 치켜 올라가 있었고, 세리아의 얼굴은 분노로 빨개져 있었다.

"왔어?"

"오셨어요?"

"어— 응. 두 사람 다 괜찮아?"

안으로 들어가며 묻자 세리아가 날카롭게 말했다.

"안 괜찮아요."

"당연히 안 괜찮겠지. 그런 엉뚱한 소리를 하고 있으니까."

아르카나 역시 날 선 목소리였다. 세리아가 그를 휙 돌아보며 말했다.

"엉뚱한 소리라고요? 언니에게 물어보세요! 추천장을 써 주기로 하셨으니까요!"

그 말에 시그리드는 어라? 하고 세리아를 보았다가 아르카나를 보았다. 아르카나가 성큼 다가오며 물었다.

"무슨 소리야? 추천장이라니?"

"그게—"

"설마 너까지 세리아의 바보 같은 계획에 동참하는 건 아니라고 해 줘. 다른 집으로 요리사 수행을 가겠다니, 그것도 대귀족의 집에. 무슨 일이 일어날지 너무 뻔하잖아?"

"그게—"

"뭐가 뻔해? 오빠는 내가 그렇게 바보로 보여?"

"바보 같은 소리를 하는데 바보로 보지!"

"하지—"

"아, 오빠는 마법사라서 머리가 좋고, 난 평범해서 머리가 나쁘고? 오, 그것 참 대단하신 이분법이네. 그러면 언니도 기사니 머리가 텅텅이겠네?"

"난—"

"다른 사람을 비하하는 이야기는 그만둬. 네가 무슨 소리를 했는지는 모르겠는데, 네 계획을 알고 나면 시리도 당연히 반대하지."

"아르—"

"언니는 내 계획을 듣고 찬성해 줬어! 정신을 차려야 할 건 오빠야!"

"찬성?!"

"그래!"

"시그리드!"

"언니?!"

두 사람이 동시에 시그리드를 돌아보았다. 시그리드는 '아, 간신히 이야기할 타이밍인 건가?' 하고 두 사람을 번갈아 보았다가 말했다.

"아르카나, 세리아는 요리사가 되고 싶대."

"그래, 되라고 해. 내가 재료비도 대 줄 수 있고, 얼마든지 요리해도 괜찮아. 언제 되지 말라고 했어?"

"음, 책으로 배우는 건 한계가 있고, 다른 사람에게 배우고 싶다고 하잖아."

"그럼 내가 그 요리사를 고용하지."

아르카나의 말에 세리아는 입을 벌렸고 시그리드는 갸웃하며 말했다.

"그러고 나면 다른 곳에 취업해도 되는 거야?"

"왜 취업해야 하는데? 세리아가 하고 싶은 대로 배우다가 좋은 남자 만나서 결혼하면 돼."

"말도 안 돼! 내 앞날을 왜 오빠 마음대로 결정하는 건데!"

"내가 네 보호자니까!"

"그게 무슨 상관이야!"

"널 위해서 최선의 선택을 해 주겠다는 거지."

"오빠를 위한 최선의 선택이 아니라?"

"세리아!"

"하여간 난 갈 거야! 시그리드 언니가 추천장을 써 주기로 했으니까!"

소리친 세리아는 양손으로 팍 아르카나의 가슴을 밀치더니 후다닥 이 층으로 올라가 버렸다. 아르카나는 황망하게 그녀의 뒷모습을 보았다가 시그리드에게로 휙 시선을 돌렸다.

"시그리드, 너 저 애의 말 들어줄 거 아니지?"

"아르카나, 일단 내 말을 들어 봐."

"들을 필요도 없어. 넌 내 친구잖아."

으르렁거리며 하는 말에 시그리드는 천장을 한 번 보았다가 다시 그를 보며 말했다.

"친구니까 하는 말이야."

"너도 알잖아, 세리아가 나에게 어떤 존재인지."

"알지. 하지만 그렇다고 해서 평생 네 울타리 안에 가둬 둘 수는 없잖아."

"왜 없어?"

"어— 아르카나? 일단 세리아는 성인이고, 그녀도 그녀의 꿈이 있고 목표가 있어."

"거기에 협조를 하지 않겠다는 게 아니잖아. 하고 싶으면 해도 된다고."

"하지만 내 손바닥 안에서 말이지."

"그래."

아르카나가 단호하게 대답했다. 시그리드는 황망한 눈으로 그를 바라보았다. 물론 그가 가족을 전부 눈앞에서 잃고, 여동생

을 매우 아낀다는 것은 알지만 설마 이 정도의 반응을 보일 거라
고는 생각도 못 했다.

"아르카나, 그건 보호가 아니라 사육이야."

"시그리드 앙케르트나!"

아르카나의 목소리에 분노가 묻어 나왔다. 시그리드는 움찔
했지만 물러나지 않았다. 소중한 누군가와 이렇게 싸워 보는 건
처음이었다. 그녀는 떨리는 마음을 애써 숨기며 말했다.

"세리아가 위험한 일을 하겠다는 것도 아니잖아. 거기서 숙식
하지 않고, 그냥 출퇴근처럼 해도 되고 말야."

"충분히 위험한 일이야."

"아르카나— 어, 넌 마법사니까 뭐 보호 마법이나 그런 걸 걸
어 줄 수도 있지 않아? 그러면 그렇게 하면 되잖아."

시그리드는 어떻게든 타협점을 찾으려 애썼다. 이미 그녀는
세리아에게 약속을 했고, 타당한 이유가 없는 이상 아르카나에
게 밀려서 그 약속을 파기할 수는 없었다.

"그런 건 없어."

"그래?"

"마법은 만능이 아냐. 그래, 세리아가 위기를 느끼면 탈출할
수 있는 마법 도구 정도는 쥐여 줄 수 있겠지. 하지만 갑자기 뒤
에서 덮치면? 기절시키거나 납치하거나—"

"……그런 일은 거의 일어나지 않을 것 같은데?"

심지어 그게 루나틸 공작가에서?

시그리드는 잘 상상이 가지 않았다. 아르카나가 위압적으로

시그리드에게 다가서며 말했다.

"나도 부모님이 사냥당하는 걸 목격할 거라고는 상상도 못 했지."

시그리드는 움찔하지도 않고 물러나지도 않았다. 그녀는 대신 숨을 내쉬며 "아르카나……." 하고 작게 그의 이름을 불렀다.

"세리아는 괜찮을 거야. 세리아가 가고 싶어 하는 곳이 루나틸 공작가거든, 너도 그때 만났었지? 그러니까—"

"그럼 더 안 되지."

"어째서?"

"지금 황태자 편이잖아. 황제가 이기면 전부 쓸려 갈 텐데, 거기에 세리아가 끼게 할 수는 없지."

"그런 일은 내가 일어나게 하지 않을 거야."

시그리드가 단호하게 말했다.

황제가 이긴다는 건, 빈민가를 불태운다는 말이고, 그녀는 그 일이 다시 일어나게 둘 수는 없었다. 그게 예전 삶에 대한 유일한 속죄 방법인 것처럼 느껴졌다. 아르카나가 우울하게 그녀를 내려다보며 말했다.

"어느 누구도 백 퍼센트의 확신을 가질 수는 없어."

"그래, 하지만 내가 살아 있는 한은 아니야."

"왜, 안 되면 황제 암살이라도 하게?"

시그리드는 대답하지 않고 물끄러미 그를 보았고 아르카나는 기가 찬 한숨 소리를 내며 얼굴을 문질렀다.

"맙소사, 시리, 내가 너까지 가둬 두게는 하지 마."

"아, 넌 날 못 가둬 놔."

시그리드가 툭툭 자신의 검을 두들기며 말하자 아르카나는 신음을 내뱉었다. 시그리드가 어깨를 으쓱하며 응접실로 통하는 문을 가리켰다.

"안으로 들어가서 앉아서 이야기해, 앉아서. 나도 옷 좀 갈아입고 올게."

"그래."

그가 깊은 한숨을 내쉬었다. 2층으로 올라가려다가 시그리드가 몸을 돌렸다.

"참, 그리고 아르카나."

그가 대답 없이 그녀를 바라보았다. 시그리드가 씩 웃었다.

"무사히 다녀와 줘서 고마워. 어서 와."

아르카나는 저도 모르게 웃었다.

"그래, 다녀왔어."

시그리드는 가볍게 발소리를 내며 이 층으로 올라갔고 아르카나는 열이 식어 '마실 거나 만들자.' 하고 부엌으로 향했다. 시그리드가 옷을 갈아입고 아래로 내려왔을 때 아르카나는 차 두 잔을 만들어 응접실에 앉아 있었다.

"따뜻한 거, 괜찮지?"

"응."

시그리드가 고개를 끄덕이고 맞은편에 앉았다. 아르카나가 한숨을 내쉬며 물었다.

"내가 심한 것 같아?"

"일반적이지는 않지만, 일반을 네 상황에 대입할 수는 없으니까."

"루나틸 공작가라고?"

"응, 거기 요리장이 세리아가 존경하는 사람인가 보던데?"

"남자야?"

"그건 모르겠고."

그 말에 입속으로 아르카나가 다시 투덜거렸다. 그가 머리를 긁고는 푹 소파에 기댔다.

"베라무드를 봤을 때 그렇게 루나틸 공작가가 나빠 보이지는 않았어."

"그렇지?"

"아, 지금 남자친구라고 편드는 거야?"

"어디까지나 객관성에서 말하는 거야. 그리고—"

"그리고?"

시그리드가 한숨과 함께 말했다.

"남자친구라고 해도 잘 실감이 안 나는걸."

"그래?"

"으응……."

시그리드는 고개를 기울였다. 아르카나가 잠시 그녀를 바라보다가 물었다.

"그럼 잠입 수사는? 잘돼 가?"

"아니, 전혀. 친위대가 하는 일이 없어. 뭘 시켜야지 어떻게든 파고들 텐데. 아니, 마법 물품이나 그런 걸 찾을 수 있는 방법은 없는 거야?"

"서치 마법이 있기는 한데, 이건 잘못하면 상대방에게 내 위치를 들킬 수도 있어서……."

"그거 아쉬운걸……."

아르카나는 잠시 고민했다. 여러 가지 마법 이론들이 그의 머릿속을 휙휙 지나가며 조합되었다가 분해되었다가 다시 재조합되었다.

"아예 방법이 없는 건 아닌데……."

"뭔데?"

시그리드가 상체를 불쑥 내밀었다. 아르카나가 끙 하고 말했다.

"마력에 반응하게 만드는 거야."

"마력에?"

"그래, 예를 들면— 마력에 반응해서 색이 파래지는 구슬 같은 거. 하지만 이런 건 근처에 마력 농도가 강해야지만 반응하니까……."

"만들어 줘. 없는 것보다야 훨씬 나으니까."

"그래, 하지만 꼭 마력 있는 물건이 있으리라는 법도 없고……."

"그래도. 아무런 단서 없이 찾는 것도 어렵잖아?"

"그렇지, 안 그래도 얼음탑에 협력을 요청해 놨어."

"정말?"

"응. 스승님이 게으름만 피우시지 않는다면, 불사 마법에 대해 조사해서 보내 주실 거야. 그럼 그걸 통해서 어떤 방식으로 일이 진행되는지 예측할 거야. 즉, 역추적이 가능하겠지."

"그렇다면 그나마 다행이네. 단서가 전혀 없어서 좀 막막했거든."

시그리드가 푹 한숨을 내쉬고 차를 마셨다. 그러다 그녀가 장난스러운 미소를 띠우고 물었다.

"그런데 아까 말야, 무슨 수로 요리장을 고용하겠다는 거야? 그 사람 비쌀 텐데."

"아, 맞다. 황태자에게 보상받았어."

"정말?"

시그리드가 눈을 동그랗게 떠 아르카나는 유쾌하게 고개를 끄덕였다.

"잘됐다."

시그리드가 활짝 웃었다. 아르카나가 다리를 꼬았다.

"얼마 받았냐고는 안 물어봐?"

"음— 얼마 받았어?"

"황금 한 상자."

"그거 굉장한걸? 근데 무겁겠다."

시그리드의 반응에 아르카나는 웃음을 터트렸다.

"그래, 껴안고 물에 빠지면 절대로 올라오지 못할 것 같기는 해. 내 힘으로는 옮기는 게 무리더라."

"아, 힘이 필요하면 말해. 내가 옮겨 줄 수 있어."

"기꺼이 부탁하지. 하여간 처음으로 돈을 벌었겠다, 선물을 돌릴까 하는데, 뭐 받고 싶은 거 있어?"

"받고 싶은 거? 글쎄, 딱히 없는걸."

갑옷도 새것을 받았고, 검도 베라무드가 사 줬고, 집도 있고, 말도 있고, 옷도 충분하다. 딱히 더 필요한 게 없었다.

"으음, 없다니 까다로운 사람이네. 일단 알았어."

아르카나가 고개를 끄덕였다. 시그리드가 잔을 내려놓으며 물었다.

"그래서? 우리 이야기는 잘 끝난 거지?"

"세리아 일은 일단 보류."

"아르카나."

"좀 더 생각해 보고 결정할 거야. 그때까지는 너도 추천장을 써 주지 마."

"그게 언제가 될 줄 알고?"

"그럼 이 주일간 생각해 볼게. 그 정도면?"

"좋아."

합당하다, 하고 시그리드는 고개를 끄덕였다. 아르카나는 그 사이에 좀 더 자세히 공작가에 대해서 알아봐야겠다고 생각했다.

*   *   *

마리쉐즈가 어머어머어머를 연발하고는 다시 크게 말했다.

"데이트으? 루나틸 경이랑?!"

"응."

시그리드가 고개를 끄덕였다. 마리쉐즈가 바싹 그녀의 옆자리로 옮겨 앉으며 물었다.

"어때? 잘해 줘? 막 사랑에 빠진 것 같아? 빛나고 그래?"

빛.

시그리드는 고개를 저었다. 베라무드가 빛나 보이거나 하지는 않는다.

시그리드의 반응에 마리쉐즈는 '그런가.' 하고 안타까운 얼굴로 한숨을 푹푹 내쉬었다가 고개를 들었다.

"그래서 데이트 때 입고 갈 옷을 골라 달라 이거지? 하지만 사실 고를 옷도 없잖아. 네 드레스라고 해 봐야……."

"응."

"데이트가 언제라고?"

"내일."

"하루 만에 드레스를 만들어 낼 수는 없어……."

"그러니까 도움을 청하고 있는 거잖아."

"흠."

마리쉐즈가 턱을 괴었다. 이쯤 되면 자존심의 문제다. 그녀의 머릿속이 핑글핑글 돌아갔다.

'드레스를 빌려줄 수도 없어. 내 드레스를 빌려주면 깡똥할 거란 말야.'

시그리드는 자신보다 키도 크고, 팔다리도 기니까. 그렇다면 기존의 드레스를 고쳐야 한다는 말인데, 그것 역시 쉬운 건 아니었다.

"좋아! 내 옷을 일단 입어 보자!"

마리쉐즈가 자리에서 벌떡 일어났다. 시그리드도 얼결에 따라서 일어났다. 마리쉐즈가 몇 번 그녀의 옷을 시그리드에게 입혀 보았지만, 영 아니었다.

마리쉐즈는 장식이 화려하고, 레이스가 잔뜩 달린 귀여운 옷들을 좋아했는데 시그리드에게는 그것들이 미묘하게 어울리지 않았다.

"흐으으음~~"

턱을 괴고 마리쉐즈는 시그리드를 보다가 "잠깐만." 하고는 밖으로 나갔다. 시그리드는 슬립 차림으로 어색하게 자신이 옷 입는 걸 도와준 두 명의 시녀를 바라보았다. 두 사람이 잡아당긴 코르셋 덕분에 마리쉐즈의 옷에 허리도 딱 맞았다.

숨을 쉬기가 어려웠지만 말이다.

'오러 사용자도 아닌데 어떻게 그런 힘으로 당기는 걸까.'

시그리드는 속으로 감탄하며 거울 속에서 잘록해진 자신의 허리를 보았다. 잠시 후 빠르지만 우아하게 걸으며 마리쉐즈가 들어왔다. 시그리드가 몇 번 마음속으로 그 걸음걸이를 흉내 내 보는데 마리쉐즈가 옷을 시녀에게 내밀었다.

"큰언니가 남겨 두고 간 건데, 이게 잘 어울릴 것 같아."

짙은 적포도주 빛깔의 드레스였는데 아무런 문양도 없었다. 목가에 녹색으로 러플이 달려 있고, 소매 부분은 청록색이었다.

"옛날 드레스지만, 손을 좀 보면 될 것 같고……. 소매가 짧네,

여기에는 내 레이스 있지? 그거 가져다가 대면 될 것 같은데."

그 말에 시그리드에게 드레스를 입히던 시녀 중 한 명이 얼른 안으로 들어가서 레이스를 가지고 왔다. 넓이가 한 뼘 정도 되는 섬세한 레이스였다. 그걸 소매에 핀으로 꽂아 보니 길이가 적당했다.

"이걸 고정하는 건 하룻밤이면 되니까. 그거랑 이거 목둘레의 러플은 다 떼어 버리고—"

그 말에 시녀가 얼른 러플을 드레스 안쪽으로 집어넣었다.

"천 장식 끈 가져와 봐. 전에 산 거. 그거 목둘레에 대 봐. 어, 아니다. 그냥 목걸이나 브로치를 하는 게 낫겠다. 하지만 치마 길이는 맞네. 이걸로 하면 되겠는데. 내일까지 수선해 놓을게. 그리고 머리랑 화장은 어떻게 할 거야?"

"어……. 적당히……?"

"여기서 자고 가."

"어?"

"마차 보내온다고 했지? 우리 집으로 데리러 오라고 연락하면 되지. 머리랑 화장은 전혀 못하잖아. 네 집에 맡길 만한 시녀가 있는 것도 아니고. 자, 솔직하게 고맙다고 하면 돼."

"고마워."

"좋아."

마리쉐즈가 고개를 까닥했다. 시녀들이 옷에 핀을 꽂아서 시그리드에게 맞추고 얼른 마리쉐즈의 말에 따라 장식을 달기 위해서 침방으로 사라졌다. 오늘 여럿이서 새벽까지 일을 해야 할

터였다.

"언니분 옷인데 빌려도 괜찮아?"

"괜찮아, 어차피 시집가면서 버리고 간 옷인데 뭐."

'버린 옷을 주는 건가, 마음이 편하군.' 하고 시그리드는 "그럼 다행이고." 하고 고개를 끄덕였다.

"결혼하셨구나."

"응, 두 언니는 이~미 결혼했고, 아직까지 결혼하지 않은 나는 집안의 골칫거리지."

마리쉐즈가 싱긋 웃었다. 시그리드는 의아해져서 말했다.

"결혼을 안 하는 게 골칫거리야?"

"그래, 약혼자도 없이 말야. 나도 이제 슬슬 노처녀라고?"

마리쉐즈가 허리에 손을 얹으며 말했다.

"하지만 역시 사랑이 하고 싶은걸. 가슴이 두근거리고 콩딱거리고, 세상이 다 반짝거리고, 그 사람밖에 안 보이고, 웃는 것만 봐도 배부른 그런 거!"

마리쉐즈의 말에 시그리드는 멍하니 입을 벌렸다.

'웃는 거만 보고 배가 부른 건 불가능하지.'

그런 게 있다면, 사람이 굶어 죽지도 않을 것이다. 하지만 사랑, 사랑이라. 시그리드는 베라무드가 자신을 그렇게 보고 있단 말인가! 하고 깨달아 눈을 깜박거렸다.

위 속이 꼬이는 것 같다. 아닌가? 위 안에서 뭔가가 폴짝폴짝 뛰는 것 같기도 하고.

"시리?"

"응? 아니, 아무것도 아냐."

"하여간 모처럼 데이트니까, 즐겨!"

마리쉐즈가 시그리드의 어깨를 잡았다. 남의 돈 쓰는 것만큼 이나 남의 연애사 역시 흥미진진한 것. 마리쉐즈는 대리만족 겸 해서 실컷 즐기기로 마음먹었다.

"그럼 저녁때까지 차라도 한잔할까? 햇빛 잘 드는 장소가 있 어."

"응."

시그리드는 고개를 끄덕였다. 둘이 방을 나오다가 복도를 지 나는 남자애와 마주쳤다. 이제 십 대 중후반일까?

"아, 앙케르트나 경이시죠?"

그가 재빠르게 인사를 하며 선망의 눈으로 시그리드를 보았 다. 마리쉐즈가 "푸─" 하고 손을 젓고는 말했다.

"시리, 이쪽은 젖먹이니까 신경 안 써도 돼. 누나 이야기하는 데 들어오지 마."

"누나!"

남자애의 얼굴이 새빨개졌다. 그가 당장이라도 마리쉐즈에게 뛰어올라 목을 조를 것 같아 시그리드는 긴장했다. 이를 득득 갈 던 소년은 시그리드를 보며 말했다.

"율리스라고 합니다."

죽어 가는 목소리여서 시그리드는 얼른 마주 인사를 했다.

"시그리드 앙케르트나라고 합니다. 마리쉐즈의 동생분이시군 요. 반갑습니다."

"네, 반갑습니다! 마스터서서 항상 뵙고 싶었습니다. 누나 검술도 봐주신다고 그러셨고—"

"그래, 그래. 만나서 반갑다, 응응. 가자 시리."

마리쉐즈가 저리 가라는 손짓을 하며 시그리드를 잡아끌었다. 율리스가 뒤에서 '아오, 진짜 저것도 누나라고.' 하고 투덜거리는 소리가 들렸으나 마리쉐즈는 무시했다.

"괜찮아?"

시그리드가 오히려 물어 마리쉐즈가 "괜찮아, 괜찮아." 하고 손을 저었다. 그녀가 안내해 준 티룸은 새로 인테리어를 했는지 파스텔 톤 색조로 산뜻한 분위기를 자랑하고 있었다. 차를 마시고 수다를 떨고, 친구의 가족과 함께 식사라니, 긴장된다! 하고 있는데 마리쉐즈는 그냥 자신의 방으로 따로 식사를 시켰다.

시그리드는 저도 모르게 조금 안도했다. 저녁에 같이 또 잠옷 입고 수다를 떨려나 기대했으나 돌아온 것은 가차 없는,

"늦게 자면 피부에 안 좋으니까 얼른 자! 게다가 내일은 일찍 일어나야 한다고."

였다.

시그리드는 시무룩하게 잠자리에 들었다. 자신의 침대도 좋다고 생각했는데, 이 침구는 훨씬 더 매끄럽고 푹신했다.

'구름 속에 누운 것 같아.'

시그리드는 스르륵 잠이 들었다.

다음 날 그녀는 새벽같이 훈련 시간에 맞춰서 일어났지만 놀랍게도 마리쉐즈 역시 그때 일어났다.

"그럼 준비하자."

비누로만 깨끗이, 라는 시그리드의 청결 관념은 마리쉐즈의 온갖 용품 앞에서 무너졌다. 몽글몽글한 거품과 달콤한 향기에 휩싸여서 시그리드는 기분 좋은 향기가 나게 닦여졌다.

그리고 나서 눈 밑이 어두컴컴한 시녀들이 가져온 드레스가 등장했다. 시그리드는 눈을 동그랗게 떴다. 도저히 어제와 같은 드레스라고는 믿어지지가 않았다.

"자, 숨을 내뱉으세요."

시녀들이 코르셋 줄을 잡으며 하는 말에 시그리드는 숨을 내뱉으며 허리를 쭉 폈다. 있는 힘껏 시녀들이 줄을 잡아당겼다. 여러 번 반복해서 조이고 나서 재빠르게 줄을 묶고 그 위에 치마를 입힌 후, 상의를 걸쳤다.

시그리드가 작게 헐떡였다.

"이거 밥은 먹을 수 있는 거야?"

"데이트 때는 조금만 먹는 거야."

"그런 거야?"

"응."

마리쉐즈가 손가락을 딱딱 튕기며 스툴에 앉으라고 시그리드를 재촉했다. 시그리드가 자리에 앉자 머리를 말리려고 한참을 고생한 끝에 머리를 다 말리고, 정교하게 땋아 올리기 시작했다. 시녀들이 만드는 스타일은 전부 예뻐 보였으나, 마리쉐즈의 눈에는 차지 않는지 몇 번이나 다시 머리를 만들었다.

그사이 가볍게 버터와 잼을 바른 토스트가 아침으로 들어왔고 시그리드는 허겁지겁 토스트를 먹고 차를 마셨다.

코르셋 때문에 잘 소화되지 않는 것 같았다. 마침내 마리쉐즈가 "좋아." 하고 말하자 시녀들은 진이 빠진 듯이 숨을 작게 내쉬며 물러났다. 그러고 나서 화장을 하고 액세서리를 달자 시그리드는 거울을 보고 눈을 동그랗게 떴다.

"어— 이렇게 보니까 나 미인인 것 같아."

"미인 맞잖아?"

마리쉐즈가 만족스러운 얼굴로 거울 안에서 나란히 미소 지었다. 시그리드가 자리에서 일어나 마리쉐즈의 손을 꼭 잡았다.

"고마워!"

"별말씀을. 자, 부채도 빌려줄게. 잃어버리면 안 돼?"

"응."

시그리드가 긴장하며 화려한 부채를 받아 들었다. 그때 시종이 들어와 마차가 들어왔음을 알렸다.

"가자."

"응."

시그리드는 심장이 두근거리는 걸 느끼며 마리쉐즈의 뒤를 따라갔다. 드레스를 입고 자락을 밟지 않도록 집중하는 것에도 상당한 주의력이 필요했다.

조심스럽게 발판을 밟고 마차에 오르자 마리쉐즈가 주먹을 쥐어 보였다.

"재미있게 놀아."

"응, 고마워!"

"저녁에 와서 화장 지우고 가."

"응."

시종이 마차 문을 닫자 마차는 경쾌하게 출발했다. 시그리드는 얼굴을 만지려다가 아, 하고 손을 내렸다. 손에 낀 것은 새하얀 실크 장갑이고, 얼굴은 화장을 했다.

안 만지는 게 좋겠지.

시그리드는 드레스를 걷어 올렸다. 허벅지 바깥쪽에 벨트로 고정한 단검이 눈에 들어왔다. 검이 없으면 허전하다고 주장해서 어쩔 수 없이 마리쉐즈가 타협한 것이었다.

'드레스에 검대를 맬 수는 없어. 매면 안 돼!'

하며 말이다. 하지만 이렇게 안쪽에 있어서야 쓰기도 어렵겠네, 하고 시그리드는 다시 드레스를 내렸다.

'데이트라면 같이 이야기하고 밥 먹고……?'

로웬그린이 보여 준 로맨스 소설에서는 손도 잡고 하던데. 책의 마지막은 항상 결혼식이었다.

'결혼.'

한 번도 생각해 본 적이 없는 단어라 시그리드는 금방 그 단어를 흘려버렸다. 어디까지 마차가 가려나? 하고 마차 창문을 여는데 마차가 멈춰 섰다.

'도착한 건가?'

덜컹 마차 문이 열리고 시그리드는 베라무드와 눈이 마주쳤다. 그가 눈을 휘둥그레 떴다.

1초.

2초.

3초.

"……시리……?"

"네, 안녕하세요."

갑자기 어색해져서 시그리드가 꾸벅 인사했다. 그 모습을 보고 베라무드가 숨을 길게 토해 내고는 말했다.

"아, 기절하는 줄 알았다. 마차에 여신이 타고 있는 줄 알았다고."

그가 가볍게 마차에 올라타며 마차 문을 닫았다. 그렇게 말하는 그도 평소와 달리 사복이었고 쫙 빼입은 모양새였다. 손에 들고 있는 지팡이가 눈에 띄었다.

"베라무드도 오늘 멋져요."

"고마워. 하지만 시리만큼은 못한걸. 와, 빛이 나는데."

빛.

시그리드의 귀가 쫑긋했다. 그렇구나, 베라무드가 날 사랑하는 게 맞구나.

시그리드는 입술을 가볍게 혀로 축이고 말했다.

"마리쉐즈가 도와준 거예요."

"응, 백작가로 마차를 보내라기에 그런가 했어. 기쁜데."

"뭐가요?"

"예쁘게 입어 줘서."

베라무드가 싱긋 웃었다. 솔직히 말하면 시그리드가 제복을 입고 나오거나―데이트에는 정복이죠, 하며― 아니면 셔츠에 바지 차림으로 나올 것도 각오했다.

그런데 이렇게 꾸며서 입고 나와 주니 저절로 기분이 좋아지는 것이었다.

'적어도 예쁘게 보이고 싶다고는 생각해 주는 거니까.'

시그리드는 그의 말을 이해하지는 못했지만 그가 예쁘다고 하는 게 싫지는 않았다. 게다가 자신에게 그런 소리를 해 주는 건 베라무드가 유일하고 말이다.

약간의 즐거움도 없다고 한다면 그건 거짓말일 것이다.

베라무드가 너무나도 뚫어지게 자신을 바라봐서 시그리드는 저도 모르게 눈싸움하듯 그의 눈을 똑바로 보았다. 항상 보지만 역시나, 양쪽 눈 색이 다른 건 신기하다.

"특이하지?"

베라무드가 물어 시그리드는 아, 하고 고개를 끄덕였다.

"네, 예쁩니다."

"엇—"

놀란 듯 베라무드는 눈을 살짝 벌렸다가 웃었다.

"그래? 마음에 들어?"

"네."

"좋은걸~ 눈 색이 다른 보람이 있네."

눈 이야기가 나온 참에 시그리드는 전부터 궁금했던 걸 묻기로 했다.

"베라무드, 눈 말이에요. 오러가 보이는 거죠? 어떻게 보여요?"

"보인다고 해야 하나? 평소에는 별다를 바가 없고, 자세하게 본다고 하면 아지랑이 같은 게 보이기는 해. 하지만 음, 말로는 설명해 주기가 어려운 감각이네."

"부러워요!"

시그리는 한숨을 푹 쉬었다. 그게 보인다면 오러를 다루기가 얼마나 편할까? 베라무드는 턱을 괴며 쿡쿡 웃었다.

"지금도 잘하잖아?"

"그래도요."

시그리드는 아쉬워하며 그를 부러운 눈길로 다시 보았다. 베라무드가 물었다.

"어디 가냐는 건 안 물어봐?"

"어디로 가나요?"

"근처 호숫가로 가서 산책하고, 점심 먹고, 뱃놀이. 어때?"

"좋습니다."

산책이라, 이런 구두를 신고 괜찮을까? 했던 시그리드는 더 큰 문제에 봉착하게 되었다. 호수를 끼고 형성된 공원에서 베라무드가 준비한 것은 말이었던 것이다.

"승마군요."

"응, 말 타는 거 좋아하지 않아? 걷는 건 발 아프고 지루할 수도 있으니까."

"그렇습니다만……."

묘한 얼굴로 시그리드가 고삐를 붙잡았다. 베라무드는 그제야 눈치챘다.

"옆 안장 타 본 적 없구나."

"네."

"드레스 입고 탄 적 없구나."

"네."

"그럼 일단 여기에다가 허벅지를 고정하고—"

베라무드는 안장을 가리키며 설명하다가 말을 멈췄다. 경청하던 시그리드가 의아한 얼굴로 그를 돌아보자 그가 말했다.

"아니, 난 오늘 옆 안장 강의를 하면서 시간을 보내지 않을 거야."

"그럼 걸을까요?"

"아니."

베라무드가 말을 가지고 왔던 시종에게 손짓했다.

"안장을 다 내리게."

시종이 의아해하면서도 안장을 풀기 시작했다. 시그리드가 물었다.

"어떻게 하시려고요?"

"같이 탈 거야."

"아."

그러면 말이 불쌍하다 싶었지만, 베라무드의 말을 보고 시그리드는 그 말을 접었다. 둘을 태워도 너끈할 거마였다. 베라무드가 먼저 시그리드를 번쩍 들어 말에 올리고, 이어 자신도 올라탔다. 그가 물었다.

"괜찮아?"

"네."

"허리 잡을게."

"네."

베라무드는 그녀의 허리를 조심스럽게 붙잡고 저도 모르게 히죽 웃었다.

산책로는 잘 정비되어 있었고 속력을 높이는 사람도 없었기 때문에 승마는 느긋했다. 날씨가 따뜻해져서 산책을 나온 사람들이 종종 보였지만 아직 황량했기 때문에 볼 것은 없어서 그렇게 사람이 많지 않았다. 한 마리의 말을 두 사람이 타고 달리는 모습은 보기에는 다정한 연인 같았지만, 주고받는 대화를 들으면 전혀 아니었다.

"그러니까 나라면 먼저 손목을 노리겠다는 거지."

"아니죠, 오히려 덩치가 큰 상대니까 안쪽을 노려서 일격 필살을 해야죠."

"그러려면 너무 안쪽으로 들어가야 하는데?"

"몸집이 작은 저니까 가능한 거지요."

"너 그렇게 안 작아."

"충분히 작아요. 우툴루는 저보다 사십은 더 클걸요?"

그녀가 자신의 손을 들어 머리 한참 위로 가늠했다. 즉, 둘이서 미하스 우툴루를 ―온건하게 말하자면―이기는 방법을 논의하고 있었던 것이다.

"하여간 허를 찌르는 거라면 저번에 이미 한 번 했잖아. 두 번은 안 통할걸."

"그건 그러네요."

"그리고 정면 돌파만이 이기는 방법은 아냐. 허를 찌르고, 시선을 돌리고, 움직임을 흔들고— 그게 중요한 거라고."

"음— 그럴 수도 있겠네요."

시그리드는 순순히 고개를 끄덕였다. 자신이 검을 써 온 것은 고작 십여 년이고 앞으로 더더욱 검술을 연마하다 보면 또 다음 계단을, 그리고 또 다음 계단을 오르게 될 것이다.

지금 알고 있는 사실이 전부는 아니다.

시그리드는 그것을 잘 알고 있었다.

호숫가에 다다르자 아직 차가운 바람이 불어와 시그리드는 어깨를 움츠렸다. 이 드레스는 결코 겨울용이 아니었고, 따뜻하지도 않았다.

"얍."

뒤에서 베라무드가 자신의 망토와 함께 그녀를 끌어안았다. 놀란 시그리드가 뒤를 돌아보았다.

"베라무드!"

"왜? 춥잖아? 따뜻하지?"

"하지만, 이건—"

그의 가슴과 닿은 등이 순식간에 뜨거워진다. 이건 성희롱인가? 때릴까? 하지만 연인 사이인데? 베라무드가 조심스럽게 말했다.

"싫으면 망토만 줄게."

"그—"

고개를 들었다가 시그리드는 고개를 떨구며 정면을 보았다. 그녀가 작게 말했다.

"싫지는 않습니다."

자신을 안은 팔에 순간 힘이 들어갔다가 빠졌다. 시그리드는 더는 뒤를 돌아볼 수가 없어서 정면의 호수만 바라보았다.

대부분의 얼음이 녹았지만 군데군데 아직도 얼음이 끼어 있는 곳이 있었다. 멀리 선착장이 있었고, 새하얀 보트들이 나란히 서 있었다.

베라무드는 호수가 아니라 시그리드의 뒤통수를 바라보았다. 은색 머리카락을 보면 그날 밤의 일이 생생하게 기억났다.

손가락 사이로 부드럽게 넘어가던 머리카락의 감촉. 그리고 올린 것만 봐서는 아무도 상상 못 할 길이. 틀어 올린 머리 옆으로 나온 귀 끝이 발그레해져 있어서 베라무드는 당장에 시그리드의 얼굴을 들여다보고 싶었지만 참았다.

'천천히, 천천히.'

베라무드는 주변의 시선을 살폈다. 자신과 시그리드가 가깝다ー연인이다, 라는 것을 알게 되면 황제는 결코 그녀를 자신의 일에 가까이 끌어들이지 않을 것이다. 황제가 그녀를 첩자로 외심하는 일도 없을 것이다.

첩자라면 이렇게 대놓고 베라무드 루나틸과 데이트하지 않을 테니까.

황제가 시리를 멀리하면 시리가 정보를 캐기 위한 일을 하지 않아도 되고, 위험한 일도 없겠지.

한참 시그리드의 체온을 음미하던 베라무드는 아쉽게 포옹을 풀며 말했다.

"그럼 이제 식사하러 갈까?"

"네!"

저도 모르게 시그리드는 크게 대답했다. 베라무드는 "배 많이 고파?" 하고 물었고 시그리드는 고개를 끄덕였다.

"아침에 토스트 먹은 게 전부예요."

"하하, 그럼 얼른 가야겠네."

베라무드가 웃으며 그녀를 말에 올려주기 전에 시그리드가 등자를 밟고 올라탔다. 그녀가 손을 내밀며 씩 웃었다.

"타는 거 도와 드릴까요?"

"사양할게."

베라무드도 웃으며 얼른 말에 올라탔다. 아까보다 더 빠른 속도로 가볍게 말이 달리자 시그리드는 불안해졌다. 고정된 등자가 없어서 위아래로 많이 흔들리자, 그녀는 저도 모르게 베라무드의 팔을 잡았다. 당연히 말의 속도는 더 올라갔다. 베라무드가 그녀의 허리를 잡은 팔에 힘을 주며 말했다.

"안 떨어트려."

"그야 그렇지만— 베라무드!"

말이 이제 달리기 시작했다. 아무리 시그리드라도 달리는 말에서 떨어지고 싶지는 않았다. 그녀는 그에게 바싹 붙어 눈을 휘둥그레 떴다. 승마는 좋아하지만, 이렇게 남에게 모든 걸 맡기는 건? 전혀 다른 일이었다. 보통이라면 등자를 단단히 딛고, 허벅지에 힘을 주고, 부드럽게 움직이면 된다.

하지만 지금은 어설프게 걸터앉은 상황이었고 그녀는 균형을 잡는 게 떨어지지 않기 위해 할 수 있는 전부였다. 매끄러운 드레스도, 매끄러운 말 등도 다 불안했다. 베라무드가 그녀의 귓가에 속삭였다.

"시리, 그냥 앞을 봐. 괜찮아, 내게 맡기고 남이 고삐 쥔 말을 타는 재미를 누려 봐."

그제서야 시그리드는 고개를 정면으로 돌렸다. 그리고 힐끗 뒤를 돌아보았다. 조금 무게중심을 이동해 보았지만 그의 팔은 단단했다. 안심한 시그리드는 그제야 이리저리 시선을 돌렸고 말에 앉아서 달리며 옆 보고 가기, 뒤 보고 가기라는, 평소에는 즐길 수 없는 것을 즐기기 시작했다. 그들이 공원 끝에 도달했을 때는 상당한 속력이 붙은 후였다. 빠르게 달려 지나가자 맞은편에서 승마하던 남자가 화를 냈다.

"미친 것들 같으니! 살살 달려!"

"이크."

베라무드가 그제야 말의 속도를 줄였다. 시그리드가 고개를 들어 둘은 서로의 얼굴을 마주 보았다가 웃음을 터트렸다. 바람을 맞아서 발그레해진 얼굴로 시그리드가 말했다.

"정말로 정신 나간 것처럼 보였을 겁니다. 공원에서 전력 질주라뇨. 그것도 안장도 안 채운 말에 두 사람이 앉아서!"

"응, 그렇지."

상상하니 우스워 베라무드도 웃음을 참느라 지그시 입술을 깨물었다. 시그리드가 다시 웃음을 터트렸다. 베라무드가 입구에서 말을 멈춰 세우고 내리며 물었다.

"그렇게 우스워?"

"아뇨, 그게 아니라—"

그녀의 주홍색 눈이 반짝반짝 빛났다.

"일탈이라는 게 의외로 즐겁구나, 하는 생각이 들어서 말입니다."

"아, 원래 몰래 먹는 음식이 맛있고, 다들 공부할 때 땡땡이치는 게 재미있는 거지."

베라무드가 그녀를 말에서 내려주며 말했다. 시그리드가 진지하게 답했다.

"전 한 번도 그런 적은 없었는데요."

"그러면 인생의 즐거움 중 하나를 놓치신 거네요. 길티플레져라는 게 달콤한 거랍니다."

"나중에 후회할 줄 알면서도 말인가요?"

"딱히 남에게 폐를 끼치는 건 아니잖아?"

베라무드가 고삐를 기다리던 시종에게 넘기며 눈을 찡긋했다. 시그리드는 그 말에 잠시 생각하다가 씩 웃으며 말했다.

"아까 맞은편에서 오던 분만 빼면요."

"내 승마 실력이면 그 속도로도 찻간 사이를 달리는 게 가능하거든?"

"말도 안 돼요!"

"그만큼 그분은 위험하지 않았다는 말이지. 자— 그럼 이제 점심을 먹으러 갑시다. 아가씨."

그가 싱긋 웃으며 손을 내밀었다. 시그리드는 망설임 없이 그 손을 마주 잡았다. 어쩐지 심장이 위 속에서 뛰고 있는 것 같다.

'배가 많이 고픈가.'

시그리드는 가슴께를 어루만졌다. 마리쉐즈가 빌려준 목걸이 펜던트가 서늘해서 기분 좋았다. 자신의 체온이 평소보다 높아서 그렇다는 걸, 그녀는 눈치채지 못했다.

베라무드가 고른 식당은 편안하지만 격조 높고, 부드러운 느낌이지만 자세히 보면 모든 것이 다 최고급인, 그러나 결코 그걸 화려함으로 티를 내지 않는 식당이었다. 잠시 기다리다가 시그리드가 속삭였다.

"여기 메뉴판은 안 나와요?"

"응, 내가 미리 다 주문했어."

"그랬군요."

다행이다, 하고 시그리드의 어깨가 늘어졌다. 아무래도 이런 곳에서의 주문은 익숙지 않은 데다가 요리 이름도 어려워서 항상 헷갈렸다.

미리 주문해 준 그에게 감사할 지경이었다.

"괜찮지? 혹시 싫어하거나 그런 거 있어?"

"아뇨, 없습니다. 네, 괜찮아요."

시그리드는 씩씩하게 대답했다. 잠시 후 식기가 차례로 놓이고 우아하게 플레이팅 된 접시가 하나씩 나오기 시작했다.

시그리드는 힐끗 베라무드를 보며 그를 따라 음식을 먹기 시작했다. 배가 고파서 접시에 나오는 한 입 거리 음식들은 순식간에 사라졌다.

'코르셋 풀고 싶다.'

간절하게 생각하며 그녀는 숨을 얕게 뱉었다. 드디어 메인 요리가 나왔을 때는 코르셋 때문인지 속이 거북할 지경이었다. 그래도 먹지 않을 수가 없어, 시그리드는 두툼한 스테이크를 싹 비웠다.

'맛있다!'

고기가 좋은 걸까? 아니면 소스가?

집에서 먹던 것과는 달랐다. 세리아가 말하는 것이 이런 거였구나, 하다가 그녀는 그제야 세라아의 부탁이 생각났다.

"참, 베라무드."

"응?"

"루나틸 공작가의 요리장이 유명한 사람이라고 들었는데요."

"아, 샘? 응, 엄청 깐깐한 인간이야. 맛은 있지만. 왜?"

"아뇨, 저희 집에서 일하는 제 여동생 같은 아이가 있는데ー 아르카나의 친동생이에요ー 그 애가 그 밑에서 공부하고 싶다고 하더라고요."

"오?"

"그래서 제가 추천장을 써 주기로 하기는 했는데……."

"요리는 잘해?"

"전 잘하는 것 같아요. 하지만 제가 섬세한 미각의 소유자가 아니다 보니까……."

"일단 형에게 물어는 볼게."

선뜻 베라무드가 대답해서 시그리드는 휴 하고 숨을 내쉬었다.

"네, 그 정도면 충분해요."

"별말씀을. 연인의 부탁이라면야 가뿐하지."

연인, 연인, 연인.

시그리드는 혀 위에서 그 단어를 굴려 보았다.

눈앞의 사람과 자신이.

아무래도 이해가 되지 않았다. 베라무드는 사람의 시선을 확 끄는 능력이 있었다. 다른 사람들보다 키도 훌쩍 크고, 무도회장에 들어서는 순간, 여자들을 술렁이게 하는 그런 능력자였다. 쉽게 웃고, 쉽게 웃게 하고, 쉽게, 쉽게 하는 그런 사람.

"베라무드."

"응?"

"어째서 제가 좋은 거예요?"

베라무드의 칼질이 멈칫했다. 힐끗 바라본 시그리드는 여상한 얼굴을 하고 있었고, 질문도 아무렇지도 않게 던진 것처럼 보였다. 하지만 그의 촉은 지금이 아주아주 중요한 시점이라고 알리고 있었다.

"왜? 좋아하면 안 돼?"

오히려 되묻자 시그리드는 스테이크를 포크로 찌르며 말했다.

"하지만 저 말고도 얼마든지 고를 수 있잖아요?"

"하지만 시그리드는 시그리드뿐이잖아. 난 시리가 좋아. 고지식한 것도 좋고, 딱딱한 것도 좋고, 의외로 감정이 얼굴에 다 드러나는 것도 좋고, 검술에 열중하는 것도 좋고, 대련할 때 눈이 반짝반짝하는 것도 좋아. 친구를 소중히 하는 것도 좋고, 그냥 네가 좋아. 널 사랑해."

그가 싱긋 웃으며 마지막 말을 내뱉자마자 시그리드는 휙 고개를 내렸다. 부끄럽다. 아니 왜 말은 베라무드가 하는데 듣는 자신이 부끄러워야 하는 걸까?

'게다가 얼굴에 감정이 드러난다고?'

그건 또 처음 듣는 이야기였다. 시그리드는 얼른 고기를 입 안에 집어넣었다. 씹고 있는 사이에는 대화할 필요가 없으니까. 방금까지는 맛있었는데, 지금은 맛을 잘 모르겠다.

한참 뒤에야 힐끗 그를 훔쳐보자 베라무드는 여유 있게 식사 중이었다.

그게 또 묘하게 얄미웠다.

시그리드는 묵묵히 스테이크를 먹었고, 베라무드 역시 그녀와 속도를 맞추느라 평소보다 페이스가 더 빨랐다. 후식으로 나온 달콤한 과일주까지 마시고 나서 두 사람은 자리에서 일어났다. 가게를 들어온 지 얼마 되지 않아서였다.

"이런."

베라무드가 하늘을 보았다. 시그리드도 덩달아 고개를 들었다.

하늘이 그사이에 흐려져 있었다. 습기 찬 무거운 공기가 느껴졌다. 베라무드가 혀를 찼다. 뱃놀이를 하려고 했는데 날씨가 이래서야 흥이 나겠는가?

'다른 데로 가야 하나?'

그가 고민하는데 시그리드가 물었다.

"배 타러 안 갈 건가요?"

"어?"

베라무드가 놀라서 그녀를 돌아보자 시그리드가 자신의 옷자락을 손가락에 감았다가 놓으며 말했다.

"다음 코스 말이에요."

작게 말하는 그녀의 음성을 듣자 베라무드 머릿속의 생각들이 날아갔다.

호수에서 배 타다가 비가 오면 큰일인데, 라든가. 해가 없고 바람이 불어서 배 타면 추워질 것 같은데, 라든가. 비바람 불면 호수 표면이 흔들려서 배가 좀 위험할지도, 같은 생각들이 단숨에 날아갔다.

그런 말을 꺼내서 시그리드의 마음이 바뀌게 하고 싶지도 않았다.

"가자."

씩 웃으며 그가 말했다.

사람들은 흐려진 하늘과 강해진 바람에 불안하게 위를 힐끗거리며 걸음을 빨리했다. 보트 선착장에는 두 사람밖에 없었다. 시그리드가 조심스럽게 배 위에 앉으며 말했다.

"배를 타는 건 처음이에요."

"정말?"

"네, 마리쉐즈가 노 젓는 건 싫다고 해서 안 탔거든요."

그 말에 베라무드가 웃으며 자리에 앉아 노를 잡았다. 시그리드가 하늘을 보고 말했다.

"양산이 필요 없어서 좋네요."

그러며 그녀가 어색하게 부채를 펼쳤다.

촤르륵.

경쾌한 소리를 내며 부드럽게 부채가 펼쳐졌다. 그 소리가 좋아 시그리드는 접었다 폈다를 몇 번이나 반복했다.

"재미있어?"

"네? 아, 아뇨 그냥."

베라무드의 물음에 시그리드는 재빠르게 부채질을 하며 시선을 내리깔았다가 다시 올렸다. 마리쉐즈를 흉내 내 볼까 했지만 잘 되지 않는다.

마리쉐즈는 부채를 펼치고 느릿하게 속눈썹을 깜박이면서 고개를 기울이고 눈꼬리를 접어 웃는 걸 잘했다. 그 웃음을 보는 어떤 남자든 '이 여자가 나에게 호감이 있어!' 하고 느끼게 만드는 그런 웃음이었다.

몇 번 머릿속으로 떠올려 보았지만 자신이 하는 건 무리고, 어울리지도 않아 시그리드는 그만뒀다. 시그리드는 호수로 시선을 내렸다.

"아직 물이 탁하네요."

"이제 봄이니까. 여름이면 꽤 맑아. 물고기가 움직이는 것도 보이고."

"그렇군요."

시그리드가 수면을 향해서 손을 뻗었다가 곧 자신이 낀 장갑을 보고 손을 거뒀다. 그러다가 그녀는 다시 손을 뻗었다. 수면에 비친 손 모양을 이리저리 바꾸어 가는 시그리드를 보고 있으니 베라무드는 아무래도 좋다는 생각이 들었다.

'귀엽다.'

어쩜 저렇게 귀여울까?

할 때는 하고, 야무져 보이고, 두말할 것 없는 능력자이면서도 묘한 부분에서 허당이고, 또 저렇게 무방비하게 귀여웠다. 이제 양손까지 동원해서 그림자놀이 하듯 수면에 자신의 손을 비추는 걸 보며 그는 입술을 깨물었다. 웃어 버리면 분명히 그만두겠지.

툭―

시그리드는 수면에 파문이 이는 걸 보고 고개를 들었다.

투툭―

이마 위로 빗방울이 떨어졌다.

"이런."

베라무드 역시 하늘을 보다가 눈꺼풀 위에 빗방울을 맞았다. 꽤나 커다랗다.

"돌아가자."

"네―"

베라무드가 힘차게 노를 젓기 시작한 순간 비가 쏴아― 쏟아지기 시작했다. 수면에 빗방울이 튀어 물안개처럼 피어올랐다.

"꺅—?!"

저도 모르게 시그리드는 비명을 질렀고 베라무드는 "이런." 하고 노 젓는 속도를 빨리했다. 시그리드가 당황해서 말했다.

"이, 이 옷 빌린 건데요!"

"내가 물어 줄게."

"하지만—"

"괜찮을 거야."

베라무드가 부드럽게 그녀를 달랬다. 그가 빠르게 노를 젓자 배는 쭉쭉 순식간에 앞으로 나아갔다. 멀리서 보면 누가 배를 끈으로 잡아당기나 싶을 정도의 속도였다. 눈을 뜨기가 어려울 정도로 비가 쏟아져서 선착장에 배를 대고 베라무드가 먼저 내렸다. 시그리드는 자리에서 일어나다가 드레스가 온몸에 휘감겨 비틀거렸다. 베라무드가 보트로 돌아와 그녀를 안아 올렸다.

"베라무드!"

당황해 그녀가 소리 지르자 베라무드가 말했다.

"그 옷 입고 걷는 것보다는 내가 안는 게 더 나아."

시그리드는 그 말에 발버둥을 멈췄다. 베라무드가 후다닥 달려서 근처에서 대기하고 있던 마차에 올라탔다. 시그리드를 마차 시트에 내려놓자 그녀가 자리에서 일어나 엉거주춤하게 섰다.

"왜?"

"시트 젖잖아요."

한눈에도 비싸 보이는데, 하는 시그리드를 눈을 가늘게 뜨고 보다가 베라무드는 자리에 털썩 앉았다.

"자, 됐지? 앉아. 이미 젖었으니까."

그가 그녀를 잡아끌어 자신의 옆자리에 앉혔다. 시그리드는 앉아서 멍하니 자신의 옷을 바라보았다. 물에 젖은 생쥐 꼴이었다.

"이, 이제 어쩌죠?"

시그리드가 입술을 떨며 물었다. 베라무드가 그녀의 얼굴을 어루만졌다. 그의 손이 기분 좋을 만큼 따뜻하게 느껴졌다.

"우리 집으로 가자. 너 그렇게 젖은 채로 어딜 보내겠어? 감기 걸려."

"그, 그냥 절 집에 내려다 주시면."

"우리 집이 더 가까워."

베라무드가 마차 창을 열고 "집으로." 하고 말하자 마차가 곧 출발했다.

"괜찮아? 많이 추워?"

"괜찮습니다."

말은 괜찮다고 하지만 입술이 파랗게 질려 가는 게 보였다. 오러 사용자라고 해도 한기를 막을 수는 없는 거다. 베라무드는 자신의 옷을 벗기 시작했다. 처음에는 젖은 망토를 벗는구나 했는데, 그가 재킷을 벗고 셔츠까지 벗기 시작하자 시그리드는 당황했다.

'그, 그래 젖은 옷은 전부 벗는 게 효율적이지.'

애써 그렇게 생각하며 시그리드는 진정하려 노력했다. 남자의 반나체야 많이 봐 왔고, 별거 아니다.

별거 아니어야 하는데.

베라무드가 시그리드를 푹 안았다. 그야말로 놀라 시그리드는 비명도 지르지 못하고 입만 벌렸다. 심장이 튀어나올 뻔했다.

"베, 베라무드?"

"차가워."

"그, 그야 젖었으니까요? 절 놓으시면 괜찮으실 겁니다."

"얼굴도 차갑고."

그가 입술로 가볍게 그녀의 관자놀이를 눌렀다. 시그리드는 상황 파악을 하려고 애썼다.

어, 그러니까.

그러니까.

'날 따뜻하게 해 주려는 행위구나.'

이론적으로 시그리드는 결론을 내렸다. 그런데 참을 수가 없었다. 닿은 부위가 따뜻한 게 아니라 뜨거운 것 같았다. 젖은 얇은 옷감 너머로 체온이며 몸의 단단함이며 너무 뚜렷하게 느껴졌다.

심장이 뛰는 소리가 그에게 들릴 것 같았다.

"베라무드!"

결국 시그리드가 그를 홱 밀쳐 냈다. 숨을 몰아쉬며 그녀가 놀란 얼굴의 그에게 말했다.

"이, 이건 아닌 것 같습니다."

목소리도 어투도 저절로 딱딱해졌다. 상사에게 하듯 말하는 그녀를 보고 베라무드는 "알았어." 하고 순순히 손을 들었다.

그가 떨어지자 오히려 아까보다 더 추워진 것 같았다.

감정이 휘몰아치는데 이게 뭔지 알 수가 없었다. 반응도 할 수 없었다. 어떻게 해야 이걸 제어할 수 있을지도 모르겠고, 왜 이런지도 모르겠다.

시그리드의 입에서 저절로 말이 튀어나왔다.

"저, 내려 주십시오."

"어? 무슨 말을 하는 거야?"

"바, 밖에 비 그쳤잖습니까?"

그 말에 베라무드가 눈을 찡그리며 창문을 밀어 열자 정말로 비가 그쳐 있었다. 어느샌가 시그리드의 어투도 딱딱해져 있었다.

"여기서 내리면 금방 잉글렛 백작가니까 내려 주십시오."

"무슨 말도 안 되는 소리를—"

베라무드가 중얼거리자 시그리드는 팔을 뻗어 마차 문고리를 잡았다. 덜컹 하고 문이 반쯤 열리자 베라무드가 기겁하고 그녀를 잡아끌며 문을 닫았다.

"너 미쳤어?!"

안에서 소란이 일며 문이 열리는 소리가 나자 마부가 당황한 듯 마차를 멈춰 세우며 물었다.

"주인님?"

이때다 하고 시그리드가 마차 문을 열며 베라무드를 뿌리치고 뛰쳐나갔다.

"시그리드!"

"저, 그러니까, 그, 오늘 고마웠습니다. 감사합니다!"

언뜻 본 그의 얼굴이 딱딱해서 쿵 하고 가슴이 내려앉은 기분이었다. 시그리드는 뒤로 주춤거리며 물러나다가 그대로 토끼처럼 뛰어 달아나 버렸다. 그녀를 따라 잡으려던 베라무드는 자신이 상의를 벗은 상태라는 걸 깨닫고 혀를 찼다.

이 상태로 시그리드를 쫓아 대로를 달리면 무슨 소문이 날지 뻔하다.

'제길—!'

입 안으로 욕설을 내뱉고 그는 마차를 주먹으로 내리쳤다.

*   *   *

마리쉐즈는 로웬그린과 함께 시그리드를 기다리고 있었다.

분명히 재미있는 이야기를 들고 올 테니까 둘이서 실컷 놀려주고 캐내자고 하면서 말이다. 하지만 집사가 알려 온 것은 홀딱 젖고 진흙투성이가 된 시그리드의 등장이었다.

두 사람은 당황했지만 애써 침착한 얼굴을 하며 욕탕을 준비시켰다. 시그리드는 보기에도 추워 보였다. 무슨 일이냐고 묻는 것은 나중으로 하고 입술이 이제 보랏빛이 된 그녀를 뜨거운 탕에 밀어 넣었다.

밖에서 기다리며 마리쉐즈는 초조해졌다.

"어떻게 된 걸까? 역시 베라무드 그 자식 성추행범이라서 막 시그리드를 억지로 하려고 한 거 아냐?"

"시그리드는 오러 사용자잖아."

"그래도 여자잖아! 당황하면 어떻게 될 수도 있고……. 맞아! 그리고 베라무드도 오러 사용자잖아! 어떻게 하지? 시그리드가 혹시 잘못된 거면 어떻게 해."

마리쉐즈의 군청색 눈에 금방 눈물이 가득 고였다. 로웬그린의 얼굴도 어두워졌다.

방금까지 솜사탕처럼 달콤한 이야기를 하려고 기다리고 있었는데, 차갑고 얼은 진흙이 들이밀어진 기분이었다.

"어쨌든 일단 침착하자. 시그리드의 이야기를 듣고 움직여야 해."

로웬그린이 낮은 목소리로 말했다. 마리쉐즈는 고개를 끄덕였다. 로웬그린이 손수건을 그녀에게 내밀며 말했다.

"울지 마. 아직 모르는 거잖아. 네가 울면 어떻게 해?"

"응."

연신 눈물을 닦아 내며 마리쉐즈는 결의를 다졌다.

잠시 후, 뜨거운 물의 온기를 빌려 반그레한 뺨을 한 시그리드가 욕실에서 나왔다. 그녀의 표정이 어두워서 둘은 봄이지만 잔뜩 피워 놓은 벽난로 앞에 시그리드를 데려다 앉히고 따뜻한 꿀차를 들려 주었다.

손안에서 뜨거운 찻잔을 굴리며 시그리드는 한참 잔을 바라보았다. 마리쉐즈는 엉덩이를 들썩거렸지만 로웬그린의 눈총을 받고 얌전히 자리에 눌러 앉았다.

한참 후, 시그리드가 고개를 들었다.

"마리쉐즈, 미안해…… 드레스는 내가 변상할게. 가격을 말해
줘."

"응? 아냐, 아냐, 아냐, 괜찮아. 어차피 다들 안 입어서 버릴 드
레스였는걸!"

"그래도…… 예쁘게 고쳐 줬는데."

"으으응, 진짜로 괜찮아!"

몇 번이나 마리쉐즈는 같은 말을 반복하며 시그리드를 안심
시켰다. 시그리드는 "다행이다." 하고 중얼거리며 차를 마셨다.
몸 안에도 온기가 돌기 시작하자 살 것 같았다.

"……왜…… 혼자서 온 거야?"

마리쉐즈가 조심스럽게 질문을 던졌다. 시그리드는 "아." 하
고 힘없이 웃어 보였다.

"중간에 내가 마차에서 내렸어."

"마차에서?"

"으응─"

"무슨 일이 있었던 거야?"

"어? 아니, 그냥……."

시그리드는 뭐라고 해야 할지 알 수가 없었다. 그녀가 말을 머
뭇거리자 로웬그린과 마리쉐즈의 얼굴이 더욱 심각해졌다. 로
웬그린이 손을 뻗어 시그리드의 허벅지에 손을 올리며 낮게 물
었다.

"베라무드 루나틸이 너에게 나쁜 짓을 했니?"

그 말에 시그리드는 화들짝 놀랐다. 잔을 떨어트릴 뻔한 그녀는 격렬하게 고개를 저었다.

"아냐, 아냐! 그게, 그러니까―!"

시그리드의 반응이 너무 강렬해서 두 사람이 깜짝 놀랐다.

"시리? 괜찮아?"

마리쉐즈의 물음에 시그리드는 고개를 끄덕였다가 웃었다.

"아니, 안 괜찮은 것 같아. 너무 과장해서 세상에서 가장 바보 짓을 한 것 같은 기분이 들어. 내가 대체 왜 그랬을까?"

남녀가 섞인 기사단 생활을 하다 보면 저 정도에는 익숙하기 마련이다. 물론 베라무드가 자신을 끌어안는 것까지 하기는 했지만, 온기를 주려는 행위였을 뿐이었다. 그런데 마차에서 뛰어내리다니.

스스로가 믿기지 않았다.

머리가 식은 지금 생각하니 베라무드가 자신을 미친 여자라고 생각하고, 화났을 거라는 생각이 들었다. 마지막으로 언뜻 본 얼굴도 화가 나 보였다.

"어떻게 된 거야?"

로웬그린이 물어 시그리드는 한숨을 내쉬고 말했다.

"그게, 베라무드를 만나서 데이트를 했어."

"응, 그건 알아. 어디어디 갔어?"

"처음에는 호수 공원에서 승마를 했어. 그리고 식당에서 밥을 먹고, 보트를 탔는데 비가 온 거야."

"그래서 젖은 거야?"

마리쉐즈의 물음에 시그리드는 고개를 끄덕였다. 그녀가 빠르게 이어 말했다.

"그래서 베라무드가 마차에 타서 자기 집으로 가자고 하는 거야. 그런데 내가 추워하니까 자기 옷을 벗고 날 끌어안았어."

"아."

"저런."

두 여자의 눈이 가늘어졌다. 귀부인에게 그런 짓을 했으면 뺨을 맞아야 하는 짓이다. 시그리드가 이어 말했다.

"그래서, 그래서 놀라서 마차에서 뛰어내려서 도망친 거야."

그녀의 말이 끝나자 침묵이 맴돌았다. 마리쉐즈는 의아한 기분이 되었다.

도망? 시그리드가?

"베라무드를 한 대 때려 주지 그랬어! 전에 그랬던 것처럼!"

마리쉐즈가 빽 목소리를 높이자 시그리드가 우물거리더니 말했다.

"성희롱……인가?"

"이지! 기분 나빴잖아!"

마리쉐즈가 씩씩거렸다. 그녀가 자리에서 일어나 벽난롯가를 왔다 갔다 하기 시작했다. 불쏘시개가 눈에 들어와 '저걸로 그 자식을 그냥!' 하고 꿍얼거리는데 로웬그린이 시그리드에게 물었다.

"시리, 데이트는 즐거웠니?"

뭐가 즐거워? 하고 소리 지르려던 마리쉐즈는 시그리드의 얼굴을 보고 입을 다물었다. 시그리드는 고개를 끄덕였다.

"왜 도망친 거야?"

이어 묻는 목소리는 부드러웠다. 시그리드는 눈을 들어 로웬그린의 갈색 눈을 바라보았다.

"나도…… 모르겠어. 심장이 너무 뛰어서, 심장 뛰는 소리가 들릴 것 같아서. 모르겠어. 로웬그린, 이게 뭘까?"

"세상에―"

마리쉐즈가 털썩 소파에 앉았다. 시그리드가 의아한 눈으로 그녀를 바라보았다. 로웬그린이 한숨을 푹 내쉬며 손가락을 들었다.

"첫째로 베라무드가 선을 넘었어. 그가 무슨 생각을 했는지는 모르겠지만 상의를 벗어? 단둘이 마차에 있는데? 그건 옳지 않아."

그 말에 시그리드가 눈을 깜박였다. 마리쉐즈 역시 동의해 고개를 끄덕였다.

"그건 사과를 꼭 받아야 해."

이어 로웬그린이 묘한 표정을 하고 말했다.

"그리고, 음, 그게 발화점이 되었네. 시그리드, 베라무드 루나틸이 좋아?"

시그리드는 마치 '시그리드, 오믈렛은 진주야.' 같은 말도 안 되는 소리를 들은 듯한 멍청한 표정으로 로웬그린을 보았다.

좋아?

베라무드가 좋냐고?

좋아.

좋―

다음 순간 단숨에 시그리드는 얼굴이 화끈거려 오는 걸 느꼈다. 입을 벌렸지만 바람 빠지는 소리만 나왔다. 마리쉐즈가 한숨을 내쉬고 천장을 보며 말했다.

"시그리드는 얼굴이 진짜 솔직하다니까."

"뭘 감출 수가 없지."

로웬그린이 고개를 끄덕였다. 그 말을 베라무드에게도 들은 기억이 나서 시그리드는 저도 모르게 되물었다.

"내가?"

"응."

"몰랐어?"

마리쉐즈와 로웬그린이 번갈아 대답했다. 마리쉐즈가 미소 지으며 말했다.

"시리는 좋고 싫은 게 얼굴에서 딱 나타나거든."

"맞아. 즐거우면 즐겁다는 걸 알 수 있고, 싫으면 싫다는 걸 알 수 있지. 검을 잡으면 얼굴이 확 밝아지는걸."

"쓴 차를 마시면 으엑 하는 얼굴이고."

"내가 어려운 인문서를 던져 주면 뭐라고 말할 수 없는 얼굴이지."

"단지―"

"단―"

두 사람이 서로 얼굴을 마주 보았다가 시그리드를 보았다.

"우리랑 있을 때만."

둘의 목소리가 겹쳐졌다. 시그리드는 눈을 동그랗게 떴다가 자신의 얼굴을 더듬어 보았다.

"그래?"

"응."

마리쉐즈가 고개를 끄덕였다.

과거의─돌아오기 전에 시그리드가 겪었던 감정이라고는 충성심과 황제가 칭찬했을 때의 기쁨뿐이었다.

슬픔, 고통, 외로움, 미움, 행복, 설렘, 즐거움─

모든 감정들은 그녀에게 억제되어 있었고, 플러스적인 감정을 누린 적도 없었다. 하지만 이번은 다르다. 돌아온 후에 그녀는 조금씩, 조금씩 감정을 받아들였다.

친구들과 노는 즐거움도 우스운 이야기를 하며 깔깔거리는 것도, 전부 처음이었고 당연히 그걸 어떻게 조절해야 할지도 몰랐다. 그러니 그 모든 게 백지 위에 그려진 것처럼 얼굴에 고스란히 나타났던 것이다.

처음에는 감정을 나타내는 것도 어색했지만, 지금은 익숙해졌다. 그리고 언제나 그런 감정들은 편안했다.

하지만 이건 좀 달랐다.

자신의 마음대로 잘되지가 않았다. 솔직히 좋다기보다는 약간의 두려움까지 느껴졌다.

시그리드는 머뭇거리다가 말했다.

"하지만 베라무드의 얼굴에서 빛이 나지는 않았는걸."

그 말에 마리쉐즈는 웃음을 터트렸고, 로웬그린이 킥킥거리며 말했다.

"그건 그냥 비유야, 시리. 말이 그렇다는 거지."

"그런 거야……?"

시그리드가 얼빠진 목소리로 되물었고 마리쉐즈는 고개를 끄덕였다.

바보가 된 기분이라 시그리드는 어깨를 움츠렸다. 그녀가 시선을 벽난로로 던졌다. 날씨가 따뜻한 봄인데도 장작이 한 아름 들어가 타오르고 있는 게 보였다.

친구들의 마음 씀씀이가 느껴져 시그리드는 희미하게 미소 지었다.

"그럼 이제 어떻게 해야 하는 걸까?"

시그리드가 작게 말했다. 마리쉐즈가 눈을 반짝이며 양손을 꼭 붙잡고 말했다.

"그야 당연히 사귀는 거지! 계약 연애가 아니라 진짜 연애가 되는 거 아니겠어?"

"진짜 연애……."

시그리드는 생소한 단어를 되뇌였다. 자신의 인생과는 한 가닥의 인연도 없는 단어라고 생각했는데.

"연애."

다시금 입 안으로 중얼거리자 시그리드의 양 뺨이 홧홧 타올랐다. 그걸 보니 로웬그린과 마리쉐즈가 되려 부끄러운 기분이었다.

"으아아, 로맨스 소설 같아."

마리쉐즈가 양팔로 자신의 몸을 감싸며 부르르 떨었다. 로웬그린이 웃음 섞인 목소리로 놀리듯 물었다.

"베라무드가 좋아?"

"조, 좋은 것 같아……."

거기에 시그리드가 이번에는 좀 더 확실하게 목소리를 내어 대답했다. 그 모습을 보자 마리쉐즈는 턱을 괴며 한숨을 내쉬었다.

"괜찮은 건가? 우리 귀엽고 순진한 시리에게 저 음흉한 남자가? 가당키나 한 건가?"

"음흉……."

시그리드는 잠시 생각에 잠겼다.

하지만 베라무드는 자신이 싫다고 하면 항상 그만뒀었다. 예전에 얻어맞은 이후로(?)—자신이 불쾌감을 확실히 드러낸 이후로 성희롱적인 말을 한 적도 없었고 그런 행위를 하지도 않았다.

로웬그린이 "그러고 보니" 하고 말했다.

"뭐, 벗고 안아 줬다는 것도 연인 사이라고 생각하면 희롱이 아니기는 하네."

"어라? 그러네."

마리쉐즈가 눈을 깜박이며 대답했다. 연인이 벌벌 떨고 있으니, 그랬던 거라고 생각하면 나쁘지 않은 상황이었다.

"아냐, 아냐, 그래도 평범한 연애가 아니라 계약 연애였잖아.

너무 나간 거야."

마리쉐즈가 이어 입을 내밀며 단호하게 말했고, 로웬그린은 '그것도 그래' 하고 그녀의 편을 들어 주었다. 시그리드가 머뭇거리며 말했다.

"그런데 베라무드가 화가 났으면 어쩌지? 이걸로 계약이 끝난다거나…… 하면……."

말하다 시그리드가 미간을 찌푸렸다.

"이상해."

"이상해?"

마리쉐즈가 "뭐가?" 하고 물었다. 시그리드는 초조감을 느끼며 찻잔을 연신 만지작거렸다.

"그냥 이대로 끝나면 마음이 편해질 것 같은데, 그러면 또 싫을 것 같아. 두 가지 모순된 마음이 있으니까 이상해."

"그러니까 곁에 있고도 싶은데, 후다닥 멀리 도망치고도 싶다?"

"바로 그거야."

시그리드가 고개를 끄덕였다. 로웬그린이 고개를 끄덕이며 말했다.

"시그리드는 이제 막 감정의 새싹이 자란 것 정도니까— 혼란스럽기도 하고 그렇겠지. 베라무드와도 어느 정도 거리를 두는 게 좋을지도 모르겠고. 그편이 네가 편하다면 말야. 거리를 유지하는 거지. 그런데 언제 좋아진 거야?"

"나도 모르겠어."

어느 순간이라고 딱 집어 말하기가 어려웠다. '절친이 되었다, 가까워졌다.' 하고 생각했다. 베라무드가 고백했을 때는 당황스러웠다. 그리고 오늘 데이트를 하면서는 생각보다도 더 즐겁다고 생각했다.

"시리가 베라무드랑 데이트할 옷을 골라 달라고 할 때부터 알아봤어."

마리쉐즈가 선견지명이 있었던 양 고개를 끄덕였다.

"그래?"

시그리드가 그녀를 보자 마리쉐즈가 손가락으로 지휘하듯 하며 말했다.

"그야 예쁘게 보이고 싶다고 생각하는 상대라면 호감이 있는 게 당연하잖아?"

"아."

스스로 깨달음을 얻어 시그리드는 짧게 탄성을 내뱉었다. 그녀가 한숨을 푹 쉬었다.

"그래도 역시 모르겠어. 하지만 베라무드랑 멀어지는 건 싫어. 그러니까―"

"그럼 그냥 솔직하게 말해."

로웬그린이 어깨를 으쓱했다.

"자기도 선을 넘었다는 걸 아니까, 화내지 않을 거야. 그리고 시리가 솔직하게 말했는데도 화를 낸다면, 글쎄? 난 그 남자를 추천하지 않겠어."

로웬그린이 뒷말을 강하게 덧붙였다.

마리쉐즈가 어깨를 늘어트리며 말했다.

"아, 괜히 걱정했어. 괜히 울었어. 뭐야~ 정말."

"그러게."

로웬그린이 동의했다. 마리쉐즈가 자리에서 일어나며 말했다.

"어차피 이렇게 된 거, 실컷 수다 떨자. 로위~ 자고 갈 거지?"

"응."

"시그리드도 갈아입을 옷 줄게."

"고마워."

시그리드가 잔을 내려놓고 자리에서 일어났다. 마리쉐즈는 설렁줄을 잡아당겨 침실을 준비하게 한 뒤 다과를 마련했다.

셋은 밤새워서 수다를 떨었다. 둘 사이에 껴서 웃으며 시그리드는 마음이 진정되었다. 안정되고 나니 확실히 자신의 마음도 들여다볼 수 있었다.

'좋아……라.'

각자 침대로 돌아가! 불편해! 하고 비명을 지르며 깔깔거리다가 결국 셋은 한 침대에서 잠들었다. 한 침대라고 해도 여섯이 누워도 될 만한 큰 침대라서 큰 불편함은 없었다. 어둠 속에 누워서 시그리드는 하나씩 되짚었다.

'내가 베라무드를 이성으로 생각하는 건 사실이야.'

남자를 좋아하게 되다니.

진짜 이상한 기분이었다. 연애니 사랑이니 그런 거랑은 평생 엮일 일이 없을 거라고 생각했는데. 당연히 그것들은 배제되었고, 시그리드의 머릿속 어디에도 존재하지 않았다.

그가 고백하기 전에는 누군가가 자신을 여자로 본다는 것 역시 상상도 못 했고.

자신 역시 누군가를 남자로 보게 될 줄은 몰랐다.

심장이 작게 두근거린다.

시그리드는 이불을 끌어올리며 눈을 감았다.

'내일 베라무드와 제대로 이야기해야지…….'

*   *   *

"안녕."

"휴일 잘 보냈어?"

"응."

가벼운 인사를 나누며 시그리드는 친위대실로 들어섰다. 알케르토가 인사를 나누다 빤히 그녀의 얼굴을 바라보았다.

"왜?"

"아니, 뭔가 좀 바뀐 것 같은데."

"바뀌어?"

"응— 어딘지 분위기가 좀 변했어……. 뭐라고 할까? 더 예뻐졌네?"

알케르토가 턱을 괴고 고민하다가 뱉은 말에 시그리드는 피식 웃었다.

"고마워. 모리스는?"

"아직— 아, 왔다."

시그리드가 고개를 돌렸다. 문을 열고 들어오던 그가 시그리드와 눈이 마주쳐 인사하려다 멈칫했다.

"안녕, 모리스."

"안녕."

그가 낮은 목소리로 인사했다. 평소와 같은 부드러운 목소리가 아니라 시그리드는 의아해졌다.

"무슨 일 있어?"

"아니, 딱히."

"하지만 기분 안 좋아 보이는데……."

"난 항상 웃고 있어야 돼?"

"어? 아니, 그건 아니지만……."

날카로운 말에 당황한 시그리드는 한 발 물러났다. 알케르토 역시 당황해 두 사람을 번갈아 보다가 말했다.

"어— 아웬 황자님에게 갈 거지? 얼른 가자."

"으응."

시그리드는 대답하고 고개를 끄덕였다. 그때 알리타가 문을 열고 들어와 시그리드를 찾았다.

"앙케르트나 경."

"네."

"폐하께서 찾으시네."

"지금 말입니까?"

"바로. 시종이 안내해 줄 걸세."

"알겠습니다."

시그리드가 고개를 끄덕였다. 그녀가 두 사람을 돌아보고 말했
다.

"이야기가 어떻게 될지 모르니까, 먼저 황자님께 가 있어."

"알았어."

알케르토가 고개를 끄덕였다. 모리스가 빤히 그녀의 얼굴을
보다가 허리를 숙여 낮게 그녀의 귀에 속삭였다.

"너 완전히 여자 얼굴 하고 있어."

"―!"

놀란 시그리드가 귀를 가리고 고개를 들었다. 모리스가 심술
궂은 미소를 지어 보이고 툭 그녀의 어깨를 두들겼다.

"직장에서는 그런 얼굴 하지 마시죠. 가자."

당황한 시그리드만 남겨 두고 모리스는 알케르토의 팔을 끌
고 친위대실을 나갔다. 시그리드는 얼굴이 화끈거렸다.

"앙케르트나 경?"

알리타가 그녀를 다시 부르자 시그리드는 "네, 넷!" 하고 걸음
을 서둘렀다.

"이쪽입니다."

시종이 정중하게 그녀에게 인사를 하고 앞장섰다. 그 뒤를 따
르면서 시그리드는 입술을 깨물었다.

'아니, 여자 얼굴이라는 건 뭐야? 그야 나는 여자잖아?!'

모리스가 한 말의 뜻이 아예 짐작가지 않는 것은 아니었다. 하
지만 그가 그런 말을 할 거라고는 생각도 못 했다. 문득 시그리

드는 자신이 과거에 욕했던 여기사들을 떠올렸다.

연애하려고 기사단에 들어온 거 아니냐고, 비웃었던…….

'나도 그렇게 보이는 걸까. 비웃음거리가 되려나?'

불안감이 마음속에 차올랐다. 그러나 곧 시그리드는 그 마음을 버렸다. 남의 시선을 신경 써서 결국 어떻게 되었는지 결과를 자신은 보았다.

"이리로."

시종이 점점 더 안쪽으로 그녀를 안내했다. 이쯤 되면 궁의 중심부겠구나, 하고 생각할 때 그의 걸음이 멈췄다.

'아…….'

시그리드는 여기가 어딘지 잘 알고 있었다.

비밀 면담장.

시그리드는 그곳을 그렇게 불렀다. 다른 사람들 앞에서 말하기 어려운 임무를 자신에게 맡길 때, 폐하는 항상 이곳으로 자신을 불렀다.

그녀는 숨을 크게 들이마셨다.

"바로 들어가시면 됩니다."

시종이 허리를 숙이며 말했다. 시그리드는 노크나 인기척 없이 문을 열었다. 창문 하나 없는 방 안에는 은은한 촛불 랜턴이 흔들리고 있었다. 그녀가 안으로 들어서니 문이 저절로 닫혔다.

"어서 오게. 이리로."

시그리드는 방 가운데로 걸어가 한쪽 무릎을 꿇고 황제에게 인사를 했다.

"폐하를 뵙습니다."

"앙케르트나 경, 자네는 내게 충성을 다하는가?"

"네, 폐하. 저는 황실에 충성을 다합니다."

"난 자네가 아흐트슈비에츠에 들어왔을 때부터 의심스러웠지. 의심을 하지 않는 게 이상하지 않은가? 하지만 너무 뻔히 보여서 그대를 입대시켰던 거네."

시그리드의 목울대가 꿀꺽 넘어갔다. 하지만 방은 어둡고, 그녀가 무릎을 꿇고 있었기에 서 있는 황제에게는 그게 보이지 않았다. 황제는 긴 옷자락을 끌고 천천히 자리로 돌아가 앉았다. 그녀와 다섯 걸음쯤 떨어진 곳에 의자가 놓여 있었다. 황제는 팔걸이에 팔꿈치를 괴고 손가락 끝을 붙이며 말했다.

"이건 첩자일까? 아니면 정말로 그냥 덜떨어진 기사인가? 그렇게 생각하게 하려는 수작인가? 내가 그녀를― 처리해야 할까?"

"첩자라니 무슨 말씀을 하시는 건지―"

"쉿―!"

황제가 날카롭게 말해 시그리드는 입을 다물었다.

"그리고 어제 자네가 루나틸과 외출했다는 소식을 들었네. 그리고 알았지. 자네가 그냥 멍청이일 뿐이라는 걸 말야."

그 말에 시그리드는 안심을 해야 할지 분노를 해야 할지 알 수가 없었다.

"전 도무지…… 무슨 말씀인지―"

"모르겠지."

황제는 비딱하게 시그리드를 내려다보았다.

이렇게나 중심과 가까이 있으면서도, 이렇게나 정치 감각이 없는 사람이라니. 그녀에게 지인이 없었다면 적당히 써먹을 좋은 말이었을 것이다. 어떻게든 달콤하게 구슬려 보았겠지만, 그녀에게는 성가신 지인이 붙어 있었다.

그래서 황제는 사용법을 바꾸기로 마음먹었다.

구슬리는 것이 아니라—

"앙케르트나 경, 난 요즘 태자가 불온한 움직임을 보이고 있다는 믿을 만한 증거를 입수했다네. 내 둘째 아들이 실종된 것이 거기에 관련이 있다는 것을 말이야. 거기에 대해 아는 게 있나?"

"없습니다."

정말로 루디날이 어떻게 되었는지 그녀는 몰랐다. 베라무드도 아르카나도 말해 주지 않았으니까. 그게 다행이라고, 그녀는 진심으로 생각했다. 아무래도 거짓말에는 익숙하지 않았다.

"그래. 난 그대가 베라무드 루나틸을 통해서 황태자에 대한 모든 것을 알아냈으면 하네. 연인인 자네는 쉽게 알 수 있겠지, 안 그런가?"

"폐하, 저는—"

"그대가 거절한다면 나는 알케르토를 가만두지 않겠네."

—협박하는 것으로.

순간 시그리드는 눈앞이 깜깜해지는 것 같았다.

턱 하고 가슴이 막혔다. 간신히 숨을 뱉자 심장이 그제야 다시 뛰기 시작했다.

"그도 평민이지. 게다가 자네와 마찬가지로 따로 스폰서도 없는데, 딸린 식구들은 많더군."

"……."

시그리드는 대답하지 못했다.

"모리스 데포레스트도 마찬가지지. 자작가에서 잘려 나온 만큼 처리하기 쉬운 사람도 없지."

황제가 웃었다.

"자, 시그리드 앙케르트나. 연인인가, 친구인가?"

시그리드는 입을 열지 못했다. 황제가 "아." 하고 덧붙였다.

"물론 남의 목숨만 가지고 장난치지는 않을 걸세. 인간이란 남을 위해 죽을 수는 없으니 말야. 자네의 목숨도 걸겠네. 루나틸 경의 연인이라고 해도, 난 황제이니 내 손을 피할 수는 없다네."

시그리드는 목이 조이는 것 같았다. 올가미에 고개를 들이민 것처럼, 예상치 못한 상황에 그녀는 당혹했다.

황제는 여유롭게 그녀를 바라보았다.

만약 시그리드가 첩자였어도, 이 계획은 유효할 것이다.

마스터라고 해도 그녀는 여자다.

유리 황제에게 여자란 약해 빠진 존재였다.

강한 남자인 아버지가 돌아가시자마자, 어머니는 어찌했는가?

'바로 젊은 다른 남자를 침대로 끌어들였지.'

쉬운 배신이었다. 아니, 그걸 배신이라고 할 수 있을까?

여자란 본디 그런 것이다. 어머니는 태후였고, 섭정이었다. 그런데도 약해 빠져서 남자에게 의지할 수밖에 없었다.

겉으로는 제국의 권력을 쥔 것처럼 보였을지도 모르나 내면을 들여다보면 전혀 아니었다.

일단 그녀가 의지하고 있는 주변의 남자들이 그녀를 도울 수 없다는 것을 알면, 자신에게 협조할 것이다.

즉, 그녀 근처의 지인—남자—을 협박한 것은 그녀의 목숨을 위협한 것과 마찬가지였다. 그러고 나서 직접적으로 그녀의 목숨을 위협한다면?

'이제는 내게 기댈 수밖에 없지.'

황제는 그렇게 생각하며 시그리드를 보았다.

"알겠습니다."

한참 후 시그리드가 대답했다.

"좋네. 이제 일주일에 한 번씩, 모든 말을— 낱말 하나 빼놓지 않고 이 방에 와서 나에게 알려 주면 되네. 알겠는가?"

"네."

"그럼."

황제가 자리에서 일어나 벽에 붙어 있는 책상으로 향했다. 거기서 그는 잔과 포도주를 꺼냈다. 시그리드는 그게 뭔지 알고 있었다.

알고 있지만, 그녀는 그가 잔에 가득 포도주를 담아 그녀에게 내밀었을 때, 말없이 잔을 깨끗하게 비웠다.

"여기 약이 일곱 개가 있네. 일주일에 한 번씩 나에게 와서 받아 가면 되네."

황제가 작은 주머니를 내밀었다. 시그리드가 그걸 받아 들자 그가 말했다.

"방금 먹은 포도주에는 느린 독이 들어 있으니, 그게 어떻게 고통스럽게 작용하는지 알고 싶다면 약을 좀 늦게 먹어도 좋겠지. 내가 말했지? 자네 목숨을 담보로 잡겠다고."

"네, 폐하."

방금 자신이 독을 먹은 것을 알았다고 하기에는 너무나도 평온한 목소리였다. 황제는 살짝 눈을 찡그렸지만 뭐라고 하지는 않았다.

"이제 자네에게 감시를 붙일 거네. 혹시라도 무슨 일이 생긴다면, 그다음은 자네의 친구들도 그 포도주를 마시게 될걸세."

"……알겠습니다."

"퇴실하게."

"네."

시그리드는 조용히 방에서 물러 나왔다.

방문 앞에서 한참을 그녀는 멍하니 서 있었다.

'이제 어떻게 하지?'

베라무드에게 말해야 하나? 지금 이 상황을? 하지만 만약에 정말로 누군가가 그걸 듣게 된다면? 베라무드와 자신이 은밀하게 만나거나 대화를 한다면 곧바로 보고가 황제에게 들어갈 것이다.

시그리드는 주머니에 받은 약주머니를 쑤셔 넣고 걷기 시작했다. 갑자기 예전에 로웬그린이 했던 질문이 떠올랐다.

　—마리쉐즈의 목숨을 담보로 잡고 모리스를 모함하라고 하면
어떻게 할 거야?

나는 뭐라고 답했지?

　—내가 죽으면 돼.

아, 그랬구나. 그렇게 하면 되는구나.
'하지만 죽고 싶지 않아.'
이제 와서 죽음이 무서워진 걸까? 목숨이 아까워진 걸까? 삶
이 소중해진 걸까?
그랬다.
놀랍도록 겁쟁이가 되어 버려 시그리드는 저도 모르게 웃어
버렸다.
손에 쥔 것이 너무 아까워서, 이제 벌벌 떨게 되었다.
'죽게 하고 싶지 않아.'
그리고 죽고 싶지 않아.
시그리드는 양손을 기도하듯 마주 잡았다.
'감정을 배제하자.'
시그리드 앙케르트나, 넌 이런 거 잘하잖아? 잘할 수 있어.
너도 살고, 알케르토도 모리스도 살리고, 적이 된 황제를 넘어

트리는 방법을 찾아내는 것.

그럼 해야 할 것은 무엇인가?

일단은 자신의 임무를 완수해야 했다.

1. 불사 마법 의식과 관련된 물품을 찾는 것.

그걸 생각하면 지금이 나을지도 모른다. 이 상황이 되었으니 황제가 자신을 좀 더 신뢰하겠지. 적어도 시그리드—그녀의 목숨을 쥐고 있다고 생각하고 있으니 말이다.

2. 베라무드에게 이걸 숨기는 것.

어설프게 전달하려고 하다가 오히려 일을 망칠 수 있다. 입을 다물고 있는 것이 나았다.

'하지만 화내겠지.'

나중에 사실을 알게 되면 배신했다고 생각할지도 모른다.

'그래도 어쩔 수 없어.'

비밀은 혼자 가지고 있을 때가 가장 지키기 쉽다.

3. 정보를 거짓과 진실을 섞어서 전할 것.

황제에게 더 신뢰를 주려면, 진짜 정보를 건네 줘야 했다. 그렇다고 전부 진짜만 준다면 황태자 측에 문제가 생길 것이다.

최대한 핵심 정보가 아닌 선에서 진짜들을 전달하되, 사소한 디테일에서 변화를 줄 것.

마음에 걸리는 것은 딱 하나였다.

베라무드를 속이는 것.

'고백은 그만두자.'

그냥 지금처럼 지내자. 연인이라고 황제 측에서는 착각하고 있으니까— 완전히 착각도 아니기는 하지만— 내 마음은 숨겨 두자.

시그리드는 궁 밖으로 나왔다. 아까까지만 해도 공기가 빛난다고 생각했다. 아침에 웃으면서 마리쉐즈와 로웬그린과 함께 식사를 하고, 친위대실에 들어설 때만 해도 저녁에 베라무드를 만날 생각으로 들떠 있었다.

'그런데 그게 한순간에.'

휙, 하고 사라져 버렸다.

시그리드는 눈을 감고 자신의 몸 상태를 체크했다. 몸을 어떻게 만드는 독인지는 몰라도 아직은 몸 상태가 나쁘지 않았다.

예전에 황제는 이걸 '목줄'이라고 불렀다.

반항적인 자를 다루는 줄이라고 불렀고, 시그리드도 황제가 그것을 사용한다는 걸 알고 있었다.

언젠가 버릴, 배신을 밥 먹듯이 하는 쓰레기 같은 작자들에게.

자신이 겪은 일이 아니라고 완전히 잊고 있었다. 사람의 기억이란 얼마나 제멋대로인가? 피식 웃고 시그리드는 약주머니를 만지작거렸다.

'괜찮아. 괜찮아.'

입속으로 몇 번이나 말하고 시그리드는 아웬에게로 발걸음을 옮겼다. 궁에 도착하기 전부터 웃음소리가 들려왔다.

"잠깐만요, 황자님. 그건 반칙이죠."

"하지만 알케르토가 나보다 더 키가 크잖아! 팔도 길고!"

"그렇다고 그런 걸 휘두르시면—"

뭔가 하고 발걸음을 빨리했다가 시그리드는 피식 웃었다. 아웬이 긴 장대를 창대처럼 휘두르고 있었다. 당연히 어린애가 무겁고 리치가 긴 무기를 들었으니 속도는 느렸고 알케르토는 그걸 여유롭게 피해 내고 있었다.

"황자님께는 맞지 않는 무기인 것 같군요."

시그리드가 말하자 아웬이 활짝 웃으며 그녀를 돌아보았다.

"시그리드!"

그가 장대를 놓고 —이크 하고 알케르토가 쓰러지는 장대를 붙잡았다— 그녀에게 달려왔다. 그가 불안한 얼굴로 물었다.

"아바마마와 이야기는 잘 끝났어? 괜찮아? 내 호위 그만두라고 하셨어?"

"아뇨, 그런 말씀은 하지 않으셨습니다."

시그리드가 싱긋 웃으며 말했다. 위화감을 느낀 건 두 사람이었다.

"시리……?"

알케르토가 조심스럽게 그녀의 이름을 불렀다. 시그리드가 고개를 들었다.

"왜?"

"아니ー"

아침에 봤던 반짝이던 광채가 확 사라져 버렸다. 아무렇지도 않은 얼굴을 하고 있지만, 아무렇지 않을 리가 없었다.

분명히 폐하와 무슨 일이 있었던 것이다.

'하지만 지금 나눌 이야기는 아니지.'

알케르토는 힐끗 아웬의 뒷모습을 바라보며 고개를 저었다.

"아니, 아무것도 아냐."

시그리드는 자신의 허리에 매달린 아웬의 머리를 쓸어 넘겨주며 말했다.

"벌써부터 나와서 검술 연습이십니까?"

"공부 다 했어. 시그리드가 늦은 거잖아."

그 말에 시그리드는 놀랐다.

그 안에서 시간이 별로 흐르지 않은 것 같은데, 생각보다 많은 시간이 지났구나.

"죄송합니다."

"아냐, 어쩔 수 없지."

아웬이 그녀를 놓아주었다. 시그리드가 허리를 숙여 그와 눈을 마주치며 물었다.

"황자님."

"응?"

"황태자비 전하와 만나 보신 적 있습니까?"

"음ー 몇 번?"

"그분께서 황자님을 따로 만나 보고 싶다고 하십니다."

그 말에 아웬의 얼굴이 굳었다.

"싫으시면 안 만나셔도 됩니다."

아웬은 잠시 생각하다가 말했다.

"만나 볼래. 아직 내 조카도 못 봤으니까. 하지만 아바마마나 어마마마가 아시면 화내실 거야."

"그럼 몰래 만나면 되지요."

시그리드가 목소리를 낮추어 속삭이고 허리를 폈다.

"마음대로 해. 일단 지금은 검술 가르쳐 줘! 이제 목검을 휘둘러도 괜찮다고."

"그래도 방금 그건 무리입니다."

시그리드가 아웬의 손에 끌려가며 말했다.

아웬의 호위 겸 그의 검술 훈련이 끝난 후, 호위를 교대하며 셋은 친위대실로 향했다. 가는 길에 알케르토가 모리스를 향해 눈짓을 해 보였다.

모리스가 작게 헛기침을 하고 시그리드를 불렀다.

"시그리드."

"응?"

"아침에 내가 실수했어. 미안해."

"아침에?"

"어. 그런 말을 하는 게 아니었는데. 미안."

모리스의 말에 시그리드는 멍하니 그를 보다가 "아아—" 하고 고개를 저었다.

"아냐. 무슨 말인지 알았으니까."

"아니, 내가 틀렸어."

모리스가 강하게 정정했다. 그가 후 하고 숨을 들이켜며 말했다.

"내가 진짜 바보 같은 소리를 했어."

그 말에 시그리드는 눈을 깜박이고 고개를 끄덕였다.

"알았어."

그게 끝이야?

알케트로는 그런 되물음이 나오려는 걸 꿀꺽 누르고 시그리드를 추궁했다.

"폐하께서 무슨 말씀을 하신 거야? 뭐 있는 거지? 너 상태 안 좋아 보여."

"딱히 별말씀 없으셨는데― 난 괜찮아."

"아니, 안 괜찮아 보여."

알케르토가 그녀의 어깨를 잡아 멈춰 세웠다.

"시그리드 앙케르트나. 무슨 일이야?"

시그리드는 알케르토의 걱정 가득한 얼굴을 보고 망설이다가 말했다.

"폐하께서 개인적인 임무를 좀 맡기셨어. 그리고 내가 그걸 말할 수는 없고. 미안해, 알케르토."

그 말에 알케르토는 입술을 깨물었다가 어깨를 붙잡은 손을 놓았다.

임무라고 하니 캐낼 수도 없고, 어쩔 수도 없는 일이었다.

"어려운 일이야?"

"조금?"

모리스는 아무 말 없이 그녀를 바라보았다.

아침의 그 말은 자신이 생각해도 비겁했다.

모든 사람에게 좋은 사람이 되고 싶다.

그리고 좋은 사람이 되려고 애썼다. 싸우고 싶지도 않고, 다투고 싶지도 않았다. 하지만 링 위에 올라서지도 않고 그런 식으로 말하다니.

질릴 정도로 비겁한 짓이다.

모리스는 그녀에게 뭐라고 변명하고 싶었다.

질투했어. 너에게 그런 얼굴을 하게 만든 사람이 있다는 것 자체가 화가 났어. 짜증이 났어. 그래서 널 상처 입히고 싶었어?

이 얼마나 질 낮은 이야기인가?

모리스는 이마를 문질렀다.

그때 길 앞을 누군가가 가로막고 섰다. 셋은 그게 누군지 쉽게 알 수 있었다.

"잠깐 이야기 좀 할 수 있을까?"

베라무드의 물음에 두 남자는 시그리드를 동시에 내려다보았다. 시그리드는 고개를 숙여 시선을 피했다.

아니, 아니, 아니, 지금은 만나고 싶지 않은데.

모리스가 그녀의 앞을 살짝 가로막으며 말했다.

"지금은 적당한 때가 아닌 것 같군요, 루나틸 경. 다음에 약속을 잡으시는 게 어떠십니까?"

베라무드는 말없이 서 있는 그녀를 보다가 천천히 말했다.

"이제 내가 보기 싫을 정도야?"

그 말에 휙 시그리드가 고개를 들었다. 베라무드가 씁쓸하게 웃고 있었다. 지는 해가 역광으로 비쳐 들어 그녀는 다시 시선을 돌렸다.

"아뇨, 그런 건 아닙니다."

"그럼 얘기해도 돼?"

시그리드는 작게 고개를 끄덕였다. 모리스가 물었다.

"정말 괜찮아? 기다릴까?"

"아냐, 먼저 가. 난 잠깐 이야기하고 금방 따라 갈게."

"……그래."

모리스는 고개를 끄덕였다. 알케르토는 경계의 눈으로 베라무드를 한 번 바라보고는 시그리드의 어깨를 응원하듯 두들긴 후 자리를 떴다.

두 사람이 충분히 멀어지자 베라무드가 한 걸음 다가왔고 시그리드가 한 걸음 물러났다. 그가 우뚝 멈춰 섰다.

"얼른 말씀해 주십시오."

시그리드는 여전히 고개를 들지 못하고 말했다.

큰일이다.

울 것 같았다. 눈물이 나올 것 같았다. 눈시울이 화끈거렸다.

모리스나 알케르토 앞에서는 괜찮았는데, 베라무드의 앞에 서니까 마음이 약해져서 눈물이 나올 것 같았다. 시그리드는 입술을 깨물었다.

"저, 어제는 내가 좀 선을 넘었어. 미안해."

"……괜찮습니다."

그 말에 베라무드가 하 하고 짧게 웃었다.

"얼굴도 안 보여 주면서? 시리, 싫어졌으면 그냥 그렇게 말해 줘."

"싫어지지 않았어요."

시그리드가 다시 말했다. 아까보다 좀 더 힘이 들어간 어조였다. 그녀가 고개를 들고 웃어 보였다.

"정말로 괜찮습니다."

베라무드는 말없이 그녀의 얼굴을 보았다. 그가 그녀 쪽으로 발걸음을 옮기자 시그리드는 움찔했지만 그 자리에 서 있었다. 그가 손을 뻗자 시그리드는 두 번째로 움찔했으나 피하지 않았다. 베라무드가 손마디로 조심스럽게 그녀의 얼굴을 쓸다가 손을 내리며 웃었다.

"나랑 억지로 이럴 필요 없는데? 지금 내가 싫다는 사람 붙잡아 두고 강제로 희롱하고 있는 기분인데?"

"아닙니다."

"아니라고?"

"네."

베라무드가 그녀의 턱을 잡아 들어 올렸다. 시그리드는 눈을 휘둥그레 떴다.

"아니라고?"

그가 다시 물었다. 시그리드는 고개를 끄덕이려다가 그가 잡고 있어서 무리라는 걸 깨달아 입술을 열었다.

"네."

빤히 그녀를 보던 베라무드가 눈을 찌푸렸다.

"시리? 무슨 일 있어?"

날카로웠던 그의 목소리가 단숨에 부드러워졌다. 시그리드는 심장이 덜컥 내려앉는 것 같았다.

"아뇨……."

"시리, 시그리드."

"네."

"널 사랑해. 그러니까 네가 싫어하는 일을 하고 싶지 않아."

베라무드의 말이 그녀의 약해진 마음의 틈 속으로 스며들었다.

툭.

그녀의 눈에서 눈물이 흘러내렸다. 놀란 베라무드가 그녀의 눈가를 훑기도 전에 그녀가 그를 팩 밀어냈다.

"전 괜찮아요, 괜찮습니다. 그냥 눈에 티가 들어가서 그런 거예요."

시그리드가 손바닥으로 눈을 슥슥 문지르고 웃었다.

"그럼 다음에 봐요."

그리고는 베라무드가 부를 틈도 없이 뒷걸음질 치더니 뛰어가 버렸다. 얼떨떨하게 남겨진 베라무드는 잠시 자신의 손을 보았다가 주먹을 쥐었다.

'뭔가 있다.'

뭔가 있는데 그게 뭔지 알 수가 없었다. 초조와 불안이 그의 마음속에 차올랐다.

"제길."

그는 다시 욕을 내뱉었다.

아르카나는 저녁 장을 봐서 돌아가고 있었다. 장을 봤다고 해도 사실은 디저트거리를 산 거지만 말이다.

이걸 들고 가 여동생과 대화를 통해 올바른 결론을 이끌어 낼 생각이었다.

"안녕, 형제."

뒤에서 낮은 목소리가 들려오기 전까지는 말이다.

아르카나는 뒤를 돌아보았다. 후드를 뒤집어쓴 사람이 골목에 서 있었다. 너무나도 쉽게 그는 그녀가 마법사라는 걸 알 수 있었다.

"형제라니, 잘못 본 거 아닌가?"

아르카나가 말하자 후드 안에서 코웃음이 들려왔다.

"우리는 서로를 잘못 볼 수가 없지."

그러며 그녀가 후드를 넘겼다. 눈 밑에 마름모꼴로 생긴 문신이 보였다. 짧게 자른 머리카락은 간신히 귀밑까지 오고 있었다.

"우리는 계속 당신을 지켜보고 있었어."

"나를?"

'우리'라는 단어를 유의해서 마음속에 새겨 두고 아르카나가 물었다.

"그래. 그리고 당신이 우리와 같다고 결론을 내렸지. 안 그런가? 얼음탑에서 냉동되기를 거부한 마법사여?"

"내 힘을 좀 더 보람 있는 곳에 쓰길 원한다는 건, 맞아."

그 말에 그녀의 붉은 입술이 호선을 그렸다.

"그게 그 하급 기사의 밑에서 일하는 거라고 하지는 않겠지?"

"난 그녀에게 은혜를 입었어."

"오— 저런, 맞춰 볼까? 그 개 같은 '봉인 기간' 동안의 일이겠지."

"부정할 수 없군."

"우리는 더 큰일을 할 수 있어. 그리고 너도— 그녀의 집에서 장미나 가꾸는 게 아니라 다른 방식으로 그녀에게 도움을 줄 수 있겠지."

"다른 방식으로?"

"네가 권력을 가지게 되면 말야. 사람을 돕는 방법은 무궁무진하지. 우리는 오래 생각했어. 오래 고민했지. 그리고 단순히 마법만 가지고는— 우리의 꿈을 펼치는 게 무리라고 깨달았어. 돈도, 권력도 아주 중요하지."

"그렇군. 그래서?"

"네가 우리에게 합류하기를 바라네."

"낙오자들에?"

아르카나가 빈정대자 여자가 싯— 하는 뱀 같은 소리를 내며 분노를 표시했다. 아르카나는 미동도 없이 여자를 보았고 그녀가 후드를 다시 쓰며 말했다.

"우리는 낙오자가 아냐. 우리는 선구자지. 그래서 함께할 건가? 아니면 계속 그러고 있을 건가?"

"구체적으로 뭘 하는지 알고 싶은데?"

"우리의 일원이 된다면 알려 주지."

"적어도 이름부터 알려 주고 꼬시지 그래?"

아르카나의 말에 여자는 짧게 웃었다.

"우리는 우리를 선구자라고 부르지. 그리고 난 비비야."

"아르카나."

"알아."

"돈과 권력이라고 했나?"

"그리고 새로운 세상. 고리타분하게 마법사들이 관조 따위나 하고 있지 않은 세상을 위해서 일하고 있지."

"그건 흥미가 생기는데."

"우리는 너를 잘 알아. 아르카나, 차별을 받아 얼음탑에 들어갔으면서도 혁혁한 성과를 올리고 있지. 대마법사가 나온다면 너일 거라는 이야기도 있고."

"어디서 들었는지는 모르겠지만 부정은 하지 않도록 하지."

아르카나의 말에 비비가 히죽 웃었다.

"겸손은 실력이 없는 것들이나 하는 거야."

"그럼 할 말 다 끝난 건가?"

아르카나가 쇼핑백을 들어 보이며 어깨를 으쓱했다.

"가 봐야 해서. 여동생이 기다리거든."

"넌 언제든지 환영받을 거야."

비비가 손끝을 오므렸다가 튕기듯 펴자 손바닥 안에서 연기가 솟구쳐 올라 3개의 숫자가 되었다. 순간 이동용 좌표였다.

"시간이 날 때 찾아가도록 하지."

"빨리 와 줘."

비비가 유혹하듯 속삭였고 그녀의 모습은 곧 사라졌다. 아르카나는 긴장이 풀려 한숨을 삼키고 뒤돌아 걷기 시작했다.

'내 정보를 어디서 들은 걸까?'

얼음탑 내부에 협력자가 있나?

그럴 가능성도 있었다. 아르카나 자신이 낙오자들에 대해 조사하고 있다는 것을 아는 사람은 극소수다. 비비가 자신을 만나러 온 것으로 봐서 그 사람들 사이에서의 협력자는 없는 것 같았다.

'내부의 두더지도 잡아야겠군.'

아르카나는 머리가 아파 오는 것을 느꼈다.

저택에 도착하자 세리아가 마중을 나왔다. 아르카나는 오빠다운 미소를 보이며 쇼핑백을 내밀었다.

"너 좋아하는 거 사 왔어. 시리는 왔어? 같이 먹자."

"손님 왔어."

세리아가 딱딱한 표정으로 말해 아르카나는 저도 모르게 긴장했다.

"손님? 누구?"

"베라무드 루나틸."

"지금 시리랑 같이 있는 거야?"

"아니, 언니는 아직 안 들어왔어. 그리고 그 사람은 오빠 보러 온 거라고 하는데."

"날?"

세리아가 고개를 끄덕였다. 그녀가 불안한 얼굴로 물었다.

"무슨 일 있는 거 아니지?"

"아니야."

싱긋 아르카나가 웃으며 가볍게 세리아의 머리카락을 문질렀다. 평소라면 하지 말라고 버럭 했을 텐데 오늘은 얌전하다. 아르카나는 손을 내리고 말했다.

"이야기하고 있을 테니까 시리가 오면 알려 줘."

"응."

아르카나는 응접실로 들어갔다. 앉아 있던 베라무드가 자리에서 일어났다. 그의 얼굴이 어두워 아르카나는 저도 모르게 물었다.

"시리에게 무슨 일이 있는 겁니까?"

"있는 것 같아."

"그게 무슨……."

있는 거면 있는 거고 아니면 아닌 거지, 있는 것 같아는 또 무슨 소린가?

아르카나는 팔짱을 끼고 비딱하게 섰다.

"무슨 말씀이신지 제대로 말해 보시죠?"

"나도 잘 모르겠어— 그, 어제 데이트하는데 내가 선을 넘었어."

아르카나의 녹색 눈이 가늘어졌다.

"이제 제가 당신을 때려 눕혀도 되겠습니까?"

베라무드가 힘없이 웃고 말했다.

"이미 녹다운 상태야. 그래서 오늘 사과하려고 갔는데, 상태가 이상하더군."

"그야 이상하겠죠."

"나에게는 괜찮다고 말하면서?"

그 말에는 아르카나도 의아해졌다. 그가 팔짱을 풀며 말했다.

"시리가 괜찮다고 그랬다고요?"

"그래, 얼굴이나 행동에서 나타나는 감정은 아닌데, 말로는 계속 괜찮다고 하더니 울면서 가 버렸어."

"그건 그녀답지 않군요."

"그래, 그래서 내가 살짝 알아봤더니— 오늘 폐하께서 그녀를 호출하셨다고 하더군."

"……그것과 연관이 있을 것 같다?"

"아마도. 하지만 그랬다면 말해 줬을 거야. 아니, 말해 줬을 거라고 생각해."

더 이상 확신을 할 수 없다는 어투였다. 아르카나는 고개를 기울이며 물었다.

"시그리드를 의심하십니까?"

"아니. 그래. 모르겠어— 시리가 그렇지 않을 거라는 걸 알아. 하지만 오늘 너무 이상했어. 물론 내가 한 짓 때문에 그럴 수도 있겠지. 아니면 그런 생각을 하는 건 내 오만인가? 내가 그녀에게 영향을 줄 수 있을 거라는 헛생각?"

베라무드가 마른세수를 하며 이 사이로 헛웃음을 터트렸다.

"그리고 더 웃긴 게 뭔 줄 알아? 그런데도 기뻤다는 거야. 그녀가 괜찮다고 해서. 이 빌어먹을 계약 연애를 지속할 수 있다는 게."

비참한 건지 아닌 건지 알 수 없는 식으로 베라무드가 내뱉었다. 아르카나는 한숨을 내쉬었다.

"연애 상담을 하실 거라면 다른 사람을 고르시죠? 귀족 나리의 이야기를 들어 주고 있을 만큼 한가하지 않습니다. 오늘 저택으로 돌아오는데 마법사가 말을 걸더군요."

그 말에 베라무드가 번쩍 고개를 들었다. 그가 목소리를 낮춰 물었다.

"적인?"

아르카나가 주변을 훑어보고 말했다.

"도청 마법은 다행인지 불행인지 없어서 목소리를 낮추지 않으셔도 됩니다. 네, 그리고 그들은 제가 아직 전하에게 협조하고 있는 건 모르는 것 같더군요."

"그래서?"

"만나러 오라고 하기에 알았다고 했습니다."

"진전이군. 하지만 혼자서 가도 괜찮은 건가? 뭔가 백업이 필요하지 않을까?"

"혼자 가지 않으면 믿음을 줄 수도 없겠지요. 제 몸 하나 뺄 재주는 있으니 걱정하지 않으셔도 됩니다."

"그런가."

베라무드는 어깨를 늘어트렸다.

자신은 마스터인데도 어째서 이렇게 무력하게 느껴지는 걸까?

"일단은 시그리드의 상황은 지켜보겠습니다. 그녀는 제게도 소중하니까요. 그러니 그만 나가 주시면 좋겠군요. 제가 당신을 질질 끌어낸 다음 한 방 먹이고 엉덩이를 걷어차기 전에."

베라무드는 어깨를 으쓱해 보였다. 그가 현관문을 나가기 전에 "참." 하고 돌아섰다.

"여동생이 샘에게 요리를 배우고 싶어 한다면서? 괜찮다고 하던데."

아르카나는 눈썹을 치켜 올리고 말했다.

"그 남자에게 제 여동생을 보낼 생각은 없는데요."

"샘은 여자야. 사만다, 우리는 샘이라고 부르지만."

그 말에 아르카나는 놀라 눈을 깜박였다. 베라무드가 픽 웃고 말했다.

"하여간 시리랑 여동생에게 전해 줘."

그가 현관문을 닫고 나갔다. 아르카나는 이마를 문질렀다. 부엌 쪽에서 세리아가 쪼르르 달려 나와 물었다.

"무슨 일이야? 언니에게 무슨 일 생긴 거야?"

"아니, 아직 몰라."

"모른다니―"

"시그리드와 좀 이야기해 봐야 할 것 같아. 그런 얼굴 하지 마,

괜찮아. 괜히 오빠가 마법사인 게 아니고, 시리도 마스터니까."

"응."

그제야 세리아의 얼굴이 좀 펴졌다.

"케이크는 준비해 뒀어. 언니 오면 같이 먹자."

"그래. 다른 하녀들은?"

"벌써 퇴근. 오늘은 점심때까지만 일하니까."

도로 파트타임으로 돌아간 하녀들이었다. 저녁에 난로를 피우거나 물을 덥히는 일은 아르카나가 마법으로 가볍게 해결할 수 있었다. 오히려 하녀들이 있으면 탄과 장작으로 직접 불을 피워야 하니 비효율적이었다.

"아, 그랬지."

아르카나는 고개를 끄덕였다.

"오빠도 참, 똑똑하다면서 이런 건 깜박한다니까."

세리아는 괜히 타박을 주었다. 아르카나가 은근히 물었다.

"그래서 냉전 끝이야?"

그 말에 세리아의 표정이 휙 변했다. 그녀가 쿡 아르카나의 가슴을 찌르며 말했다.

"아냐. 난 꼭 루나틸 가에 들어갈 거야."

"그래……."

아르카나는 묘하게 수긍했고 세리아의 얼굴이 확 밝아졌다.

"정말? 괜찮은 거야?"

"아직 아냐. 내가 집을 구하고 나면 그때야. 출퇴근이 가능하다고 해야지만 보낼 거니까."

샘이 여자라는 걸 알게 되자 마음이 놓인 아르카나였다.

"출퇴근이라니—"

"그게 내 선이야. 그 이상으로는 협상 안 돼."

단호하게 아르카나가 잘라 말했다. 세리아는 기뻐해야 할지 슬퍼해야 할지 알 수가 없었다. 그때 현관문이 열리며 피곤한 얼굴의 시그리드가 들어왔다.

"어서 오세요!"

"어서 와."

"다녀왔어, 둘 다 현관 앞에서 뭐해?"

웃으며 말하고 있지만, 시그리드와 함께 있어 온 두 사람 역시 묘한 것을 알 수 있었다. 세리아가 말했다.

"전 케이크 가지고 나올게요."

세리아가 부엌으로 들어가자마자 아르카나가 양손으로 그녀의 뺨을 붙잡고 으르렁거렸다.

"누구야?"

"어?"

"어떤 새끼야?"

"뭐가?"

"누가 너 울렸냐고."

"티 나……? 나아졌다고 생각했는데."

아르카나는 한숨을 내쉬고 그녀의 눈 위를 손바닥으로 덮었다. 시그리드는 눈가가 시원해지는 걸 느꼈다. 화끈거리는 게 가라앉았다.

"무슨 일이야?"

눈을 가린 채 아르카나가 물었다. 시그리드는 입을 벌렸다가 다물었다.

"나에게도 말 못 할 일이야?"

"폐하께서……."

"응."

"내가 베라무드에게 정보를 빼 오지 않으면 알케르토와 모리스를 해치겠다고 하셨어."

"……."

"베라무드에게는 비밀로 할 거야. 모두에게 다."

"그리고 어쩌려고?"

아르카나의 목소리는 흔들림이 없었다. 비난이나 걱정, 양쪽 다 그의 목소리에서 드러나지 않았고 시그리드는 거기에 안도하며 말했다.

"내 임무를 완수해야지. 마법 도구든 뭐든 증거를 찾아서 넘기고, 폐하를 실각시키면, 끝나는 거잖아. 안 그래?"

"그래."

대답하고 아르카나가 손을 내리며 그 팔로 그녀의 어깨를 끌어안았다. 폭 하고 그의 어깨에 기대게 되어 시그리드는 당황했다가 웃으며 뺨을 그의 어깨에 대었다. 아르카나에게는 다른 사람과 전혀 다른 편안함이 있었다.

기댈 수 있는 상대란 좋은 거라고 시그리드는 생각했다.

"크흠~"

충분히 부엌에서 시간을 두고 나온 세리아는 안고 있는 두 사람을 보고 헛기침을 했다. 시그리드가 웃으며 팔을 내밀었다.

"세리아도 이리 와. 안아 줄게."

"네?"

"이리, 이리."

시그리드가 웃으며 손짓하자 세리아는 얼른 달려가 시그리드를 푹 안았다. 셋이서 그렇게 끌어안고 있다가 세리아가 손을 떼며 말했다.

"케이크랑 차 준비했어요, 씻고 오세요. 두 사람 다."

"알았어."

"그래."

시그리드는 위층으로 올라갔고 아르카나는 일 층의 자기 방으로 향했다. 방으로 돌아가 로브를 벗으며 아르카나는 아까 비비가 보여 주었던 좌표를 떠올렸다.

'내일 당장 찾아가 봐야겠군.'

그리고 이 사실을 베라무드에게 알려야 할까? 아니면 비밀로 해야 할까?

아르카나는 잠시 망설였다. 시그리드는 비밀로 하고 싶다고 했지만, 그녀가 말한 것이 전부가 아닐 거라는 생각이 들었다. 무언가가 더 있다고 감이 말하고 있었다.

'뭘까?'

물론 시그리드에게 친구가 매우 중요하다는 건 아르카나도 잘 알았다. 그녀는 자신을 비롯해 그들 중 한 명을 위해서라도 기꺼이 죽음을 무릅쓸 것이다.

그 협박은 치졸하지만, 시그리드에게 이 이상 잘 먹히는 협박은 없을 것이다.

'하지만 대부분의 사람들은 그렇지 않아.'

친구를 위해 죽는 사람은 없다. 친구를 위해 죽는 사람의 이름이 여기저기서 회자되는 것은 그런 사람이 드물기 때문이다.

이야기가 이야깃거리가 되는 이유는 그런 일이 드물게 일어나니까.

그렇다면 보통은 협박할 때 어떻게 하는가?

'가족? 하지만 시리는 가족이 없어. 연인?'

이건 가능성이 있다.

지금 시그리드의 연인이라면 베라무드. 베라무드의 목숨을 가지고 협박이라⋯⋯.

'먹힐 가능성이 거의 없지 않나?'

공작가의 둘째에, 황태자의 유력한 측근, 게다가 본인 역시 마스터인 데다가 세 손가락 안에 드는 실력자다.

'그러면 본인⋯⋯?'

본인의 목숨을 가지고 협박할 수도 있다. 하지만 그것 때문에 울까?

아르카나는 시그리드가 베라무드를 좋아한다고 자각했다는 걸 전혀 몰랐고, 그러니 혼선이 올 수밖에 없었다.

'그것 때문에 울지는 않겠지만, 하여간 황제 새끼가 시그리드를 죽이겠다고 협박했을 가능성은 높군.'

뭔가 그가 밑밥을 깔았을지도 모른다. 그게 뭔지 알아내려면 황제에게 접근할 수 있는 사람에게 알려야겠지.

'베라무드에게 알리는 수밖에.'

시그리드에게는 미안하지만, 어쩔 수 없는 선택이다.

아르카나는 한숨을 내쉬었다.

베라무드는 아르카나의 이야기를 가만히 듣고 있었다.

어둠 속이라 아르카나는 그의 표정을 잘 알 수가 없었다.

한밤중에 갑자기 침대 곁에서 나타난 인기척에 놀라 검을 휘두를 뻔했던 베라무드는 그때의 놀람이 싹 가라앉는 걸 느꼈다.

"그랬군."

"황제가 뭔가로 시그리드를 조종하고 있습니다."

"친구들의 목숨으로, 인가? 그리고 내게 정보를 빼내라…….
왜 시리가 내게 이걸 말하지 않았을까?"

"들킬까 봐? 눈이나 귀가 여기저기 있을 테고, 당신과 시리가 만날 때는 반드시 따라갈 테니까요."

"그리고 싫은데 굳이 만나는 연기를 해야 하니 말이지."

냉소에 젖은 목소리로 베라무드가 말했다.

이제야 시그리드의 모순된 행동이 이해가 갔다. 평소라면 분명히 그녀는 자신에게 단호하게 거절의 행동을 했겠지. 하지만 친구들의 목숨이 달려 있으니 거절하지 못했던 거다.

"하."

베라무드가 짧게 한숨 쉬듯 웃었다. 아르카나는 팔짱을 끼고 비딱하게 벽에 기대어 섰다.

"그래서요?"

아르카나가 물었다. 베라무드가 얼굴을 문지르며 물었다.

"그래서 뭐?"

"앞으로 어떻게 할 건지 묻고 있는 겁니다만?"

"앞으로, 앞으로—"

생각을 하듯 몇 번 베라무드가 그 말을 반복했고 아르카나가 짜증 섞인 목소리로 말했다.

"시리에게는 물론 아는 걸 비밀로 할 거고, 역으로 정보를 내보낼 수도 있겠죠."

"어, 그렇지."

"루디날은요?"

"협조하기로 했어."

"그 모든 목숨 값을 치를 만한 협조입니까? 아니면 역시나 살인자라도 동생이다, 라는 건가요?"

"양쪽 다겠지."

"어떤 협조인지 꼭 듣고 싶지 말입니다."

"추궁하고 싶은 거면 세리오스에게 가서 해."

베라무드가 피곤한 어투로 말했다. 좋지 않은 소식과 그 소식을 가져온 사람을 분리해야 한다는 건 알지만, 그래도 그의 기분은 썩 나아지지 않았다.

"태자 전하를 추궁이라, 뭐 제 평생에 둘도 없을 일이겠네요."

"루디날은 죄 값을 치를 거야. 일이 끝나고 나면."

베라무드의 말에 아르카나는 살짝 눈을 내리깔고 말했다.

"그러기를 바랍니다."

베라무드가 의자에서 일어났다.

"그리고 오늘부터는 찾아오지 않는 게 좋겠어."

"이유는요?"

"내일 네가 그 마법사들을 만나면 네 일거수일투족 모두 감시될 테니까. 이미 감시되고 있는지 모르지. 마법사들은 같은 마법사의 마법을 느끼거나 그러지 않나? 이렇게 마법으로 나타나도 괜찮은 건가?"

"마력의 요동을 느낄 수도 있습니다만, 마스터가 있는 이상은 어렵습니다."

"그래?"

"네, 당신들의 오러는 우리에게 좀 혼선을 주거든요. 그래도 당신 말이 맞죠. 내일부터는 주의하도록 하겠습니다."

"그래, 연락을 정기적으로 할 필요는 없으니까."

"제가 연락하고 싶을 때 제 방식대로 하죠."

아르카나가 어깨를 으쓱하며 하는 말에 마법사의 방식이란 무엇일까, 베라무드는 궁금해졌지만 호기심은 호기심으로 남겨 두기로 했다.

"알았네."

"그럼 전 이만."

"아, 아르카나."

"예."

"알려 줘서 고마워."

그게 결코 좋은 이야기는 아니었어도.

"당신을 위한 게 아니니까요."

얄밉게 말하고 아르카나는 그 자리에서 사라졌다. 이건 언제 봐도 신기하다. 멍하니 그가 사라진 공간을 보다가 베라무드는 침대로 돌아가 털썩 자리에 앉았다.

"후—"

길게 숨을 내뱉고 그는 생각에 잠겼다.

'이 일은 비밀로 하는 게 좋겠군.'

더 알려져 봐야 좋을 것도 없는 이야기다. 세리오스에게도 비밀로 하고, 사소하지만 진짜인 정보를 그녀에게 흘려줘야겠다고 그는 생각했다.

그런 일들로 황제의 신임을 얻으면 시그리드는 더 깊숙하게 접근하기 쉽겠지.

'더 깊게 들어가지 않기를 바랐는데.'

베라무드는 쓸쓸하게 웃었다.

'하긴, 그녀가 내 뜻대로 된 적이 있던가?'

한 번도 없지.

단 한 번도.

'아— 타격이 큰데.'

양손으로 얼굴을 감싸고 그는 한참을 어둠 속에 앉아 있었다.

'술이나 한잔해야겠군.'

결국 그는 일어나 초를 켰다.

5 장
흔들림

아웬은 쭈뼛거리며 상대를 보았다가 손을 뻗어 시그리드의 손을 잡았다. 그 모습을 보고 에리얼은 싱긋 웃으며 다정하게 말했다.

"뵙게 되어 반가워요, 도련님."

"왜 보자고 한 거예요?"

시선은 마주치지 못하면서 말은 또랑하게 나온다.

"그냥 뵙고 싶어서요. 우리 서로 이야기도 나눠 본 적 없잖아요. 그러다 보니 서로 잘 알지도 못하고요."

"알 필요가 있나요?"

"어머? 제 남편의 동생인걸요? 한 가족이니까요."

에리얼의 말에 아웬은 비죽 냉소를 머금었다.

"혈족 간의 상잔이 가장 많은 게 황족이라는 건 아세요?"

그 말에 에리얼은 자리에서 일어나 허리를 쭉 폈다. 어린애를 대하는 듯한 어르는 말투와 달래는 동작은 그만두었다.

"저는 당신과 그러고 싶지 않습니다."

단호하게 그녀가 말했다. 아웬은 그 말에 놀란 듯 에리얼을 보았다가 물었다.

"왜죠?"

"난 그런 게 싫어요."

어린애 같은 말이었지만 잔뜩 찌푸린 콧잔등은 그녀가 거기에 생리적 혐오감을 느끼는 것처럼 보이게 만들었다.

"죽고 죽이고, 형제들끼리 서로 견제하고 그러는 것들이요. 내 말이 너무 바보같이 들릴 거라는 건 이해해요. 하지만 그래도 난 싫어요."

아웬은 그런 그녀를 경계하듯 빤히 보았다. 대답은 없었다. 에리얼도 대답을 기대하지 않은 듯 싱긋 웃으며 말했다.

"자, 그럼 같이 차라도 한잔 어떠신가요?"

힐끗 아웬이 준비된 티 테이블을 건너보았다. 그의 눈이 잠시 삼단 접시에 머무나 싶더니 그가 고개를 끄덕였다.

"좋아요."

"잘됐네요."

에리얼이 말하고는 옷자락을 추슬러 자리에 앉았다. 황태자비궁 정원에 마련된 티 테이블은 그 자체로도 아름다웠다. 아웬이 시그리드에게 속삭였다.

"계속 있을 거지?"

"물론입니다."

시그리드가 그를 위해서 의자를 빼 주었다. 아웬은 입맛을 다시며 화려한 케이크와 쿠키를 바라보았다. 우유와 설탕을 잔뜩 넣은 차를 앞에 두고 시종에게서 케이크를 받아 아웬은 아이답게 간식을 즐기기 시작했다.

그런 그를 바라보다가 시그리드는 생각에 잠겼다.

'요즘 통 베라무드를 만나기가 어려워…….'

무슨 일이 있는 걸까?

자신이 만나러 근위대실까지 찾아간 적도 있는데, 대부분이 비번이었다. 베라무드는 그렇게 보여도 의외로 성실해서 비번이거나 무단으로 결근하는 날은 거의 없었다.

없었는데, 요즘 들어 결근이 자주 눈에 띄었다.

나스에게 물어봐도 딱히 별일이 없다고 할 뿐이었다.

'물론 나스는 친위대인 나에게 그렇게 대답할 수밖에 없겠지만.'

요 일주일 사이 그를 만난 건 한 번 정도였다. 그것도 아주 잠깐.

시그리드는 걱정이 마음속에 차오르는 것을 느꼈다. 전하께서 또 그에게 무거운 임무를 맡기신 거 아닐까? 나 없이 그가 혼자 어디로 임무를 하러 다니는 건가?

'그러다 또 다치면 어떻게 하지?'

지금도 그가 부상당했던 장면이 생생했다.

생각만 해도 가슴속이 옥죄어 왔다.

"—리드? 시그리드?"

생각에 빠져 있던 시그리드는 헛 하고 고개를 들었다.

"네, 비전하."

"무슨 생각을 그렇게 해?"

에리얼이 의아한 얼굴로 물어 시그리드는 고개를 숙였다.

"아뇨, 아무것도 아닙니다. 송구합니다."

"아냐. 같이 차 마시지그래?"

"괜찮습니다."

"그럼 이거 먹어, 맛있어."

아웬이 자신의 접시에 놓인 쿠키를 시그리드에게 건네주었다. 예의가 아니었지만, 호의는 분명했다. 시그리드는 쿠키를 받아 들고 고개를 살짝 숙였다.

"감사합니다."

에리얼이 갸웃했다가 아웬을 보고 말했다.

"황후마마는 요즘 어떠신가요?"

"아프세요."

익숙한 일이라는 듯 아웬이 덤덤하게 대답했다. 에리얼이 눈을 찡그렸다.

"많이 편찮으신가요?"

"으응, 자주 그러시니까, 많이 아프신 건 아닐 거예요."

"원래 사교 활동을 즐기시지 않는 분이기는 했지만, 요즘 들어 더 하다고 생각했더니 편찮으시군요. 안부라도 전해야겠네요."

에리얼이 한숨을 내쉬며 말했다.

탁탁, 과자 가루가 묻은 손을 가볍게 털고 아웬이 말했다.

"조카 보여 줄 수 있어요?"

"어머? 그럼요."

에리얼은 웃으며 시녀에게 손짓해 가까이 오게 했다.

"아이를 데려와."

시녀는 불안한 눈을 했지만, 순순히 고개를 숙였다. 잠시 후 유모가 품에 아이를 들고 나타났다. 에리얼이 받아 들고 아웬을 불렀다.

"이리 오세요, 도련님."

아웬은 머뭇거리며 강보에 싸인 아이를 들여다보았다. 그가 눈을 동그랗게 떴다.

"작아!"

에리얼이 웃음을 터트리며 말했다.

"시그리드와 똑같은 감상이시네요. 그래도 태어났을 때보다 많이 큰 거예요."

"정말요?"

"네, 그럼요. 이렇게 보여도 얼마나 먹보인데요."

부드럽게 아기를 흔들며 에리얼이 속삭이듯 말했다. 아기는 낯선 사람이 있는데도 투정 부리지 않고 파란 눈을 깜박였다.

"예쁘다……."

그가 저도 모르게 손을 뻗었다. 유모는 흠칫했으나 에리얼은 가만히 그의 손길을 지켜보았다. 아웬은 쿡 하고 아이의 뺨을 찔러 보았다.

"부드러워······."

자신의 뺨과는 전혀 다른 느낌이다. 아웬은 저도 모르게 자신의 뺨도 만져 보았다. 에리얼은 몇 번 더 부드럽게 아이를 어르다가 유모에게 넘겼다.

그 광경을 아웬은 부러운 눈으로 바라보았다.

"이름은 아직 안 정한 거죠?"

"네, 하지만 정식으로 정하지만 않았고, 이미 정해 둔 이름이 있기는 해요."

"뭔가요?"

"루시."

"루시."

입 안으로 아웬은 그 이름을 되뇌었다.

"잘 어울려요."

"저도 그렇게 생각해요."

에리얼은 빙그레 웃었다. 아웬이 한 걸음 물러서며 말했다.

"오늘 재미있었어요. 난 이만 가 볼게요."

"어머 벌써요?"

"배부르기도 하고, 수업 시간이 되기도 했고요."

"알겠어요. 다음에 또 뵐 수 있으면 좋겠네요."

에리얼의 말에 아웬이 한쪽 어깨만 으쓱하고 말했다.

"시간 되면요."

그건 다시 만나겠다는 것과 비슷한 말이라 에리얼은 웃으며 자리에서 일어나 그를 배웅했다. 황태자비궁에서 나오자 아웬이 시그리드에게 속삭였다.

"시그리드."

"네."

"나도 저랬을까?"

시그리드는 그 말에 아웬을 내려다보았다.

"어마마마도 날 저렇게 소중하게 바라봤을까?"

"그랬을 겁니다."

"그럼 지금은 왜……. 내가 뭘 잘못한 걸까?"

"아뇨."

시그리드의 대답은 단호했다. 아웬은 어린애답지 않은 한숨을 푹 내쉬었다.

"시그리드는? 부모님이 잘해 주셔?"

"전 고아입니다."

"아—"

아웬이 놀란 듯 탄성을 터트렸다가 고개를 끄덕였다.

"그랬구나."

황자궁으로 오니 기다리고 있던 모리스와 알케르토가 자리에서 일어났다. 둘에게 아웬을 넘겨주고 시그리드가 말했다.

"황자님, 그럼 전 이만 물러가 보겠습니다."

"왜?"

아웬이 눈을 찌푸렸다.

"따로 폐하께 맡은 일이 있어서……. 죄송합니다, 황자님."

황제 폐하의 명이라는데 어쩔 수가 없다. 아웬은 실컷 떼를 써서 그녀를 곤란하게 해 줄까 하다가 그만두었다.

"알았어."

시그리드는 살짝 미소 지으며 고개를 끄덕이고 모리스와 알케르토를 보았다.

"잘 부탁할게."

"맡겨 둬."

알케르토가 씩 웃으며 대답했고 모리스는 걱정스러운 얼굴로 그녀를 보았다가 고개를 끄덕였다. 폐하의 관심이 그에게는 좋지 않게 느껴졌다.

시그리드는 시종의 안내가 필요 없었다. 한 번 온 길을 잊지 않기도 하지만, 여기는 수없이 드나들었던 곳이다.

오늘은 밀실에 도착하니, 폐하가 아니라 다른 사람이 있었다.

'누구지?'

이곳은 기본적으로 조명이 적어 어두운 데다가 상대가 후드를 뒤집어쓰고 있어 신원을 구별하기가 어려웠다.

"시그리드 앙케르트나?"

"……네……."

누군지 모르니 시그리드는 일단 존대를 하기로 했다.

"폐하를 대신해서 왔지. 그대가 들은 정보를 말하게."

시그리드는 중간에 만난 베라무드에게 들었던 작은 정보를 솔직하게 흘렸다.

"그것뿐인가?"

"네, 요즘 그를 만나기가 어려워서……."

"좀 더 노력하지 그러나? 응?"

"……."

시그리드는 대답하지 않고 고개를 숙였다.

"약은……?"

그녀의 물음에 남자는 소매에서 작은 주머니를 꺼냈다.

"이걸 받을 만한 가치가 자네에게 있다고 생각해? 고작 그런 정보를 가지고? 응?"

시그리드는 침묵했다. 남자는 말없이 기다렸다.

정확하게 일주일째다.

시그리드는 서서히 약 기운이 올라오는 것을 느꼈다. 처음에는 위가 아릿하게 아프다가 곧 쥐어짜는 것처럼 통증이 바뀐다. 그녀의 이마에 땀이 옅게 비쳤다.

잠시 후 두통이 밀려들어 왔다. 동시에 배 속의 통증 역시 칼로 찌르는 것처럼 바뀌었다.

"홋―"

그녀는 이를 악물었다. 남자가 다가와 시그리드를 걷어차자 그녀는 속수무책으로 옆으로 쓰러졌다.

"아윽……."

입 안에서 피 맛이 났다. 목구멍에서 피가 역류하고 있었다. 전신이 통증으로 경련하듯 덜덜 떨려 왔다. 남자가 발로 그녀의 머리를 밟았지만, 이미 다른 통증이 너무 강해서 그걸 느낄 여유도 없었다.

"다음에는 좀 더 좋은 정보를 가지고 오면 좋겠군."

그때 밀실 문이 열렸다. 그 빛이 마치 눈을 칼로 후비는 것 같아 시그리드는 짧게 비명을 질렀다.

"뭘 하고 있는 겐가?"

들려온 목소리는 익숙한 것이었다.

"암캐에게 경고를 주는 중이었습니다, 폐하."

"그러다가 죽이겠군."

황제의 말에 남자는 허리를 숙여 보이고는 주머니를 바닥에 떨어트렸다. 시그리드는 손을 뻗어 주머니를 잡았다. 손이, 손가락이 떨려서 주머니를 여는데 시간이 한참 걸렸다. 알약을 바닥에 쏟아 그녀는 한 알을 입 안에 집어넣었다.

천천히 통증이 사그라들었다.

시그리드는 숨을 몰아쉬며 천천히 몸을 일으켰다. 네발로 기듯 일어나 그녀는 알약을 주워 주머니에 넣었다.

"얼굴이 엉망이군."

황제는 그렇게 말하고는 혀를 찼다.

"소중한 정보원이니 죽이면 안 되지."

남자를 타박하며 하는 말에 남자는 "별것도 아닌 정보를 물고 왔으니까요." 하고 낮게 대답했다. 황제가 시그리드를 돌아보며 말했다.

"이쪽은 내 개인적인 측근인 아돌프라네."

아돌프는 소개에 인사는커녕 코웃음만 쳤다.

시그리드는 그 방자한 태도를 왜 황제가 용납하는지 궁금해졌다.

그건 그가 아주 중요한 인물이라는 뜻이리라. 게다가 귀족도 아닌 듯했다. 귀족이 아니고, 황제에게 아주 중요한 인물.

'마법사인가.'

시그리드는 그를 유심히 살폈다. 황제가 말했다.

"작은 정보라도, 큰 흐름을 알 수 있는 정보가 될 수 있지. 앙케르트나 경, 미안하네. 이런 일이 일어난 것은 내 뜻이 아니었네."

"아닙니다, 폐하."

그녀가 무릎을 꿇은 채로 고개를 숙이자 아돌프가 더 크게 코웃음을 쳤다. 명백한 비웃음의 표시였다.

"아돌프!"

황제가 강한 어조로 그를 부르자 아돌프가 말했다.

"죄송합니다, 폐하. 여기 공기가 좀 탁한 것 같군요. 전 이만 물러가도 되겠습니까?"

"나가게."

퇴실 허락에 아돌프는 연극조로 인사를 하고 방을 나갔다. 유리 황제는 혀를 차고 시그리드를 내려다보았다.

'이걸로 독의 효과는 똑똑히 알았겠지.'

자신을 배신할 생각은 못 하리라.

그 꼴을 당하고도 납작하게 엎드린 꼴을 보자니 우습기까지 했다. 심지어 아돌프의 노골적인 도발에도 아무런 반응을 보이지 않았다.

'완전히 기를 꺾었군.'

유리 황제는 속으로 만족스러운 미소를 지었지만 겉으로는 걱정하는 말을 했다.

"몸은 어떤가? 괜찮은가?"

"괜찮습니다."

"오늘은 내 불찰이었네."

시그리드는 대답하지 않았다. 불찰일 리가 없다.

독의 효과를 몸에 새겨 주려는 것이겠지. 저 아돌프라는 작자가 선을 넘었다고 해도, 그 선을 방치한 것은 황제다.

하지만 고통에는 익숙했다.

'폐하의 고문 기술자들에게 익숙해진지라.'

시그리드는 속으로 중얼거렸다.

"앞으로 내게 충성을 다하게, 앙케르트나 경. 믿음이 쌓이면 내가 그 약의 영구 해독제를 주겠네. 그리고 친위대에서 나의 오른팔이 되어 날 위해 싸워 주게나."

"네, 폐하. 황공합니다."

시그리드의 대답은 간결했다.

그 간결함은 황제의 마음에 쏙 들었다. 그녀가 자신을 무서워해서 대답도 잘 하지 못하는 것이라고 생각되었다.

"그만 물러가게."

시그리드는 깊게 허리를 숙여 보이고 밀실을 나왔다.

"읏—"

순간적으로 눈이 따가웠다. 아직도 회복이 덜 되었나 보다.

그녀는 몇 번 눈을 깜박이다가 걷기 시작했다.

'어라?'

걷는데 시녀들이 자신을 보았다가 새파래진 얼굴로 고개를 숙이며 빠르게 지나갔다. 꼭 무서운 걸 본 것처럼.

'얼굴에 뭐가 묻었나?'

슥 얼굴을 닦으니 축축한 것이 묻어 나왔다.

"아."

피를 토하기만 한 줄 알았는데 코피도 터졌나 보다.

'이거 어디서 처리하지.'

시그리드는 당황해 소매로 슥슥 얼굴을 닦고 빠른 걸음으로 궁을 나와 우물가로 향했다. 우물가에서 몇 번 물세수를 하고 고개를 드는데 슥 손수건이 건네져 왔다.

놀라 돌아보니 베라무드였다.

"베라무드."

"닦……. 너 얼굴 왜 이래?"

"아, 조금 피곤했나 봅니다."

시그리드가 고개를 돌리며 말했다.

"피곤하면 눈 실핏줄이 다 터져?"

그가 으르렁거리며 말하자 시그리드는 놀라 눈을 가렸다. 생각보다 더 처참한 꼴인가 보다.

이런 꼴을 그에게 보여 주고 싶지 않았다.

"그, 좀 많이 피곤했나 봐요."

"피곤하면 피도 토하나 보지."

그의 목소리가 딱딱해졌다. 그녀의 턱 아래에도 피가 묻어 있는 게 보였다. 소매도 온통 피투성이다.

"아뇨, 아무것도 아닙니다."

시그리드는 필사적으로 말했다. 그에게는 거짓말을 능숙하게 할 수가 없었다.

단순한 부정 외에는.

그가 손을 뻗자 시그리드가 흠칫했다. 베라무드는 멈추었다가 그녀의 손목을 휙 잡아 내렸다.

"눈 보여 줘."

"베라—"

그가 그녀의 양 뺨을 잡아 고개를 치켜 올렸다.

"눈 아프지는 않아? 잘 보여?"

"네, 괜찮아요. 시야에 이상도 없고요. 조금 따끔거리기는 하지만……."

'심장아 제발 좀 조용히 해라—!'

이런 상황인데도 그와 가까이 있자 심장이 쿵쿵 뛰기 시작했다. 베라무드와 너무 얼굴이 가깝다. 그는 괜찮은 걸까? 난 심장이 터질 것 같은데.

시그리드는 손을 뻗어 그의 가슴을 밀어냈다.

"너, 너무 가깝습니다……."

베라무드는 순순히 밀려났다.

'그래, 가까이 있는 것도, 만지는 것도 싫겠지.'

싫겠지만, 지금 그녀는 자신을 거부할 수 없다. 친구들이 인질로 잡혀 있으니까.

비참한 동시에 이기적인 생각이 떠올랐다.

"왜, 연인 사이인데?"

베라무드는 싱긋 웃으며 그녀의 허리를 감았다. 순식간에 상체가 밀착되어 시그리드는 어디다가 시선을 둬야 할지 알 수가 없었다.

베라무드의 입술이 살며시 그녀의 이마에 떨어졌다. 시그리드는 숨을 삼키고 눈을 꽉 감았다. 그가 작게 웃는 소리가 났다.

이어 꽃잎처럼 가볍게 떨리는 그녀의 눈꺼풀 위에, 그리고 광대뼈에, 뺨에, 차례로 뜨겁고 부드러운 입술이 와 닿았다.

시그리드는 입술을 벌리고 가볍게 숨을 헐떡였다. 그런 그녀를 달래듯 그의 손이 느릿하게 시그리드의 등을 쓸었다.

"시리."

입김이 그녀의 입술에 와 닿았다. 시그리드는 눈을 떠서 그의 얼굴을 확인하고 싶었다. 하지만 동시에 눈을 뜨는 게 무서웠다.

베라무드의 입술이 그녀의 입술 바로 옆을 스치자 결국 참지 못한 것은 시그리드였다.

"베라무드, 잠깐―"

시그리드가 몸을 비틀어 빼내려고 했지만 베라무드는 그녀를 놓아주지 않았다.

"그렇게 싫어?"

"아뇨, 그게 아니라."

"싫다면 싫다고 말해. 그럼 놓아줄 테니까."

비아냥거리는 어조에 시그리드는 놀라 눈을 떴다. 어쩐지 그가 상처받은 듯한 표정을 하고 있었다. 그러나 그것도 한순간, 눈을 깜박이니 곧 평소 같은 웃음을 입꼬리에 달고 있었다.

"연인 사이잖아? 이 정도는 해야지?"

"하, 하지만, 아직 그러니까. 잠깐, 베라무드 이것 좀 놓고."

시그리드가 잡힌 허리와 손목을 빼내려고 했지만 그는 놓아주지 않았다.

"베라무드—!"

"왜?"

그녀가 기가 차 그를 올려다보았다.

예전이라면 그를 걸어차거나 오러를 사용해서 떼어 냈을 것이다. 하지만 지금은 그렇고 싶지 않았다.

"시그리드?"

저쪽에서 목소리가 들려와 시그리드는 저도 모르게 뒤를 돌아보았다.

"모리스?"

단숨에 베라무드의 얼굴이 굳었다. 그건 모리스도 마찬가지였다. 그가 긴 다리로 성큼성큼 걸어와 말했다.

"싫다고 하지 않습니까? 놓아주시죠."

"싫은데?"

"뭐라—"

말하던 모리스의 목소리가 뚝 멈췄다. 모리스가 폭발하듯 베라무드의 멱살을 움켜잡고 단숨에 그를 밀어붙였다.

"이 개새끼가─!"

얼결에 밀려난 시그리드는 놀랐다.

"모리스?"

"네가 시그리드 얼굴을 저렇게 만들었나?"

"아니, 그리고 우리는 연인 사이이니 제삼자는 빠져 주지?"

무표정한 얼굴로 베라무드가 말했다. 하지만 모리스는 물러
나지 않았다.

"그럼 시리 얼굴이 왜 저런데? 그리고 연인 사이라도 강제로
하면 안 되지. 발정 난 새끼야."

모리스답지 않은 언어 선택에 시그리드는 어쩔 줄 몰라 하며
말했다.

"모리스, 난 괜찮아."

"괜찮아? 방금 이 자식에게 억지로 당할 뻔하고 뭐가 괜찮
아?!"

"아니, 아무 일도 아냐. 응?"

"아무 일도 아니라고?"

모리스는 기가 차서 그녀를 돌아보았다.

"아무 일도 아냐?"

이어 차가운 목소리가 베라무드에게서 흘러나왔다. 베라무드
가 자신의 멱살을 잡은 모리스의 손목을 쥐었다.

"이거 놓고 말하지."

"큿─"

우드득하는 소리가 나 모리스는 살짝 눈썹을 찌푸렸다. 억지

로 그의 손목을 떼어 놓으며 베라무드는 그의 손목을 완전히 꺾어 버릴까 하는 유치하고 잔혹한 생각을 했다.

자신은 마스터고 상대는 아니니, 손목뼈가 보일 만큼 으스러트릴 수도 있다.

하지만 그는 시그리드를 보고, 그만두었다.

베라무드가 모리스의 손목을 뿌리치듯 놓았다. 모리스가 다시 그에게 달려들려는 것을 시그리드가 둘 사이에 끼어들어 막았다.

"난 진짜 괜찮아. 모리스."

"네가 그렇다면."

모리스는 한숨을 내쉬고 부드럽게 그녀의 눈가를 쓸었다. 베라무드가 그 손을 탁 쳐냈다.

"베라무드!"

시그리드가 그를 돌아보자 베라무드가 모리스를 향해 말했다.

"난 그녀와 이야기를 끝내야 하니까, 가 보지?"

"더 이상 할 이야기가 없어 보이는데?"

모리스는 물러서지 않았다. 시그리드가 그에게 단호하게 말했다.

"모리스, 고맙지만 잠깐 베라무드와 이야기해야 할 것 같아. 황지님은 어쩌고?"

"명령으로 물 뜨러 온 거야."

"하인을 시키지 그랬어?"

"내가 와서 잘됐지. 안 그랬으면 저 새끼가 무슨 짓을 했을지 모르는데."

"아니, 괜찮았을 거야."

시그리드가 말하자 모리스는 "그래?" 하며 "내가 본 건 아니던데." 하고 말꼬리를 늘렸다가 짧은 머리카락을 쓸어 올리고 말했다.

"알았어. 이야기해. 기다릴게. 저쪽 코너에서. 그럼 된 거지? 이야기 끝나면 어차피 황자님에게 갈 거잖아."

잠시 생각한 시그리드는 나쁘지 않은 타협이라 고개를 끄덕였다. 모리스가 위협적으로 베라무드를 한 번 노려보고는 휙 걸어가 버렸다.

"사이좋네."

베라무드의 말에 시그리드가 그를 돌아보며 말했다.

"친구니까요."

"그놈의 친구."

"베라무드……?"

"왜?"

"안 좋은 일 있어요?"

그녀가 조심스럽게 그를 살폈다. 그러고 보니 눈 밑도 어둡고, 얼굴도 거칠한 것 같고. 평소보다 상태가 안 좋아 보였다.

"넌?"

베라무드가 되물었다.

"넌 안 좋은 일 없어?"

"그다지요……."

"그다지."

그 대답을 입속으로 중얼거리며 베라무드가 그녀의 눈가와 입가를 슥 손등으로 쓸어내렸다.

"차가워."

"방금 세수했으니까요."

변명하면서도 그녀는 자신의 얼굴이 차갑다는 걸 도무지 믿을 수가 없었다. 그가 닿을 때마다 그 자리가 뜨거워지는 것 같은데.

"오늘은 더 이야기하기 어려울 것 같네. 잘 가, 시리."

싱긋 웃으며 베라무드가 말했다. 시그리드는 그와 더 오래 같이 있고 싶다는 생각과 더 이상 그 앞에서 거짓말을 해도 되지 않아서— 떠나게 되어 안도하는 마음이 동시에 들었다. 그녀가 고개를 들고 말했다.

"다음에 봐요."

"다음에."

몸을 돌려 가다가 다시 힐끗 그를 한 번 돌아본 시그리드는 빙긋 웃어 보이고는 총총 뛰듯이 걸어 모리스와 합류했다. 그들이 길을 돌아서 사라지는 것을 지켜보고 베라무드는 한숨을 내쉬며 얼굴을 문질렀다.

세길.

거짓투성이라는 걸 알아도, 사랑스러웠다. 돌아보면서 웃을 때에도 정말 귀여웠다. 억지로 입 맞추면서도 황홀했다.

그는 우물가를 짚고 서서 생각에 잠겼다.

'눈 핏줄이 다 터졌지. 턱에도 피가 묻어 있었지만, 바깥이 다친 것 같지는 않고. 얼굴이 창백했어. 체온도 낮았고……'

결론은 쉽게 도출이 되었다.

'독.'

베라무드는 입술을 짓씹었다.

무엇으로 황제가 시그리드를 조종하고 있는지 알았다. 친구들의 목숨, 그리고 그녀의 목숨.

'개자식.'

황제의 면상을 후려치는 상상을 하며 베라무드는 후욱 숨을 내쉬었다.

입맛이 썼다.

몇 번이나 확인하려고 해도, 역시 결과는 마찬가지.

그녀는 결코 자신을 좋아하지 않았다.

만약 베라무드에게 좀 더 여유가 있었다면, 시그리드를 잘 관찰할 수 있었을 테고, 다른 점을 발견했을 테지만 그에게는 여유가 없었다.

베라무드는 우물을 들여다보다가 몸을 뗐다.

시그리드를 괴롭게 하고 싶지도 않았고, 그렇게 만들고 싶지도 않았다.

'그리고 죽게 만들고 싶지도 않고.'

좀 더 황제의 뒤를 파고들기로 베라무드는 결심했다.

모리스는 걸으며 힐끗힐끗 시그리드를 바라보았다. 시그리드가 물었다.

"물은 가기 전에 부엌에 들러서 받아 가자. 왜 물이 필요한 거야?"

"갑자기 정원에 물을 주고 싶으시다고 하는데, 그냥 날 괴롭히시는 게 아닐까."

모리스의 대답에 시그리드는 피식 웃었다. 모리스가 문득 멈춰 서서 시그리드도 따라 섰다.

"모리스?"

"너 좀 이상해."

"어?"

"아까도 그래, 평소 같았으면 한 대 후려쳤을 텐데, 꼼짝도 못하고 있고. 어떻게 된 거야? 너답지 않아."

"그런가……?"

"그래."

모리스가 팔짱을 끼며 말했다. 시그리드는 잠시 생각에 잠겼다.

확실히 모리스의 말이 맞다.

자신도 잘 알고 있었다. 베라무드 앞에만 가면 자기 자신을 잘 유지할 수가 없다. 그가 없다면 자신은 예전과 다를 것도 없을 것이다.

냉정하게 생각하고, 판단하고, 이런 되도 않는 감정에 휘둘리지도 않을 거고, 자신이 원하는 냉철한 실력주의의 기사가 되겠지.

훌륭한 기사.

베라무드에 대한 것을 툭 잘라 버리면 쉽게 돌아갈 수 있다. 그만이 자신을 자신답지 못하게 만드니까.

'하지만 그러고 싶지 않아.'

하지만 잘라 내는 것이 어려웠다. 그러고 싶지도 않았다.

감정에 휘둘리는 게 옳지 않은 걸까?

사랑을 하면 훌륭한 기사가 못 되는 걸까?

그에게 예쁘게 보이고 싶고, 사랑스럽게 보이고 싶다고 하면 자신은 망가지는 것인가?

결국 그렇고 그런, 기사가 되지 못한 여자 중 하나로 전락하는 걸까?

얼굴을 문지르고 시그리드는 한숨을 내쉬었다.

어차피 베라무드에게 고백할 생각도 없으면서, 마음만은 끊임없이 흔들리다니.

"나도 나를 잘 모르겠어."

시그리드가 쓰게 웃으며 말했다.

"나라면—"

모리스가 작게 말해 그녀가 고개를 들었다.

"나라면 네가 그런 얼굴 하게 하지 않을 텐데."

"모리스?"

"나라면 널 절대—"

말하다 그는 입을 다물었다. 빙그레 평소대로 상냥하게 웃고 모리스가 그녀의 뺨을 쿡 지르며 말했다.

"오늘 넌 퇴근이야."

"어? 하지만—"

"그런 눈을 해서 황자님께 가면 또 질문이 퍼부어질걸. 몸이 안 좋다고 하고 가서 쉬어. 치료사에게 안약을 받든, 눈 찜질을 하든. 알았지?"

"그렇게 심해?"

"엄청 심해. 눈병 걸린 것 같아."

그 말에 시그리드는 '어이쿠.' 하고 고개를 끄덕였다.

"알았어. 미안해, 모리스."

"별말씀을. 친위대장에게는 내가 말할 테니까, 바로 집으로 가."

"응……."

시그리드는 고개를 끄덕였다.

'그렇게 심한가.'

시그리드는 눈가를 꾹꾹 누르며 돌아섰다.

*　　*　　*

아르카나는 의외의 분위기에 놀랐다.

낙오자들—마법사 악당들의 소굴이니 분명히 분위기가 어두 침침할 것이라고 생각했는데 전혀 아니었다. 햇빛이 잘 비치는, 원목으로 지어진 건물 안은 부드럽고 따사로운 분위기였다.

'지하나, 빈민가나, 동굴일 거라고 생각했는데.'

수도 안에 위치한 당당한 주택 건물이었다. 잔뜩 긴장한 게 어이가 없을 정도로 말이다.

'하지만 크림을 얹었다고 해서, 케이크에 독이 들지 않았으리란 법은 없지.'

아르카나는 그렇게 생각하며 휙 주변을 둘러보았다.

달칵.

문이 열리고 아르카나는 들어온 사람과 마주쳤다.

"어머? 빨리 왔네?"

비비였다.

"최대한 빨리 와 달라고 한 건 그쪽이잖아?"

"그야 그랬지만."

그녀가 싱긋 웃었다. 자신의 영역이니만큼 어제보다 훨씬 자신감 있고 자연스러워 보였다.

"생각보다 더 건전한 분위기인데?"

아르카나의 말에 비비가 깔깔 웃었다.

"뭘 생각한 거야? 어두운데 다들 둘러앉아서 후드를 뒤집어쓰고 케케케 사악한 웃음을 흘리는 것?"

"적어도 사람들이 다니는 수도 한복판은 아닐 거라고 생각했지."

"아~ 등잔 밑이 어두운 법이지. 그리고 우리가 왜 숨어야 해?"

비비가 부드럽게 웃었다.

"그리고 우리의 협력자가 누군지 알아?"

"누군데?"

아르카나의 물음에 비비가 다가와 뒤꿈치를 들어 바싹 얼굴을 들이밀었다. 그녀의 새빨간 입술이 소리를 내지 않고 속삭였다.

"황제 폐하."

그녀가 한 걸음 물러나며 그의 반응을 살폈다. 아르카나는 짧게 내뱉었다.

"……놀랍군."

"뭐야? 말도 안 나오는 거야? 나도 처음에는 그랬어. 하지만 황제라고 해도 결국 인간. 우리 마법사보다는 못한 존재야. 우리가 보듬어 주고 아껴 줘야 할 존재지."

그녀가 마치 아기를 안아 어르는 듯한 동작을 하며 빙글 발끝으로 돌았다. 그걸 보며 아르카나는 생각했다.

'미친년.'

하지만 그 머릿속을 알 리 없는 비비는 빙그레 웃으며 팔을 뻗어 문을 가리켰다.

"이쪽으로. 동료들을 소개할게."

방 한 가운데에는 커다란 책상이 있고, 그 책상에는 서류와 두루마리들이 놓여 있었다. 그것들을 눈으로 대충 훑고 그는 비비를 따라 방을 나갔다.

이곳이 이 층이었는지 나가자 복층식 구조가 눈에 들어왔다. 비비가 복도 난간에 기대어 아래를 내려다보며 외쳤다.

"아르카나가 왔어!"

하지만 비비의 환대와 달리 돌아오는 반응은 시답잖았다. 아르카나는 그녀의 옆에 서서 아래를 내려다보았다. 거실에 세 명이 앉아 있었다. 그들이 아르카나를 보고 가벼운 인사를 했고 아르카나는 마주 목례를 했다. 그가 비비에게 물었다.

"이것뿐?"

"음─ 지금 아돌프는 나가고 없네."

"그럼 모두 다섯인가?"

"아니, 너까지 여섯이지."

비비의 말에 아르카나는 "그렇군." 하고 고개를 끄덕였다. 생각보다 수가 적은 건지 많은 건지 알 수가 없었다.

그들의 마법 실력에 따라 다르리라.

하지만 확실히 많은 숫자는 아니었다. 아르카나는 턱짓으로 아래 있는 사람들을 가리키며 물었다.

"소개는?"

"음, 대머리가 알도스고 왜소한 게 자르, 그리고 소파 가운데에 앉아 있는 게 리리야."

"사이가 좋아 보이지는 않는데."

그의 말에 비비가 휙 그를 돌아보았다. 기괴한 빛깔의─ 노랑도 초록도 아닌 눈이 빤히 그를 보았다.

"마법사는 개인주의자들이지, 하지만 우리에게는 우리뿐이야. 우리는 가족 그 이상이야."

"내 말을 취소하지."

"받아들이겠어. 그리고 아르카나 너도 이제 우리와 함께야."

그녀가 방긋 웃었다.

"그래서? 폐하가 원하는 대로 사람을 죽여 주거나 하면 되는 건가?"

그 말에 비비가 난간에 팔꿈치를 괴었다.

"글쎄, 어떨 것 같아?"

"황제의 개인 암살 부대가 되는 거라면 사양하고 싶은데."

"오, 아냐. 우리에게는 더 멋진 계획이 있어."

"멋진 계획?"

아르카나가 뒤로 난간에 기대어 섰다. 비비가 키득거리며 입가에 손을 대고 속삭였다.

"우리가 이 제국을 삼킬 거야."

"……."

아르카나는 그녀를 보았다가 씩 웃었다.

"그거 꼭 어떤 계획인지 듣고 싶군."

"바로는 안 돼. 아돌프가 없으니까."

"그가 대장인가?"

"음― 그렇지. 그가 계획을 세웠고 우리는 따르는 거니까."

"그는 언제 오지?"

"지금 황제와 이야기를 하고 있을 테니까 저녁쯤에?"

"그럼 기다려야겠네."

"그렇지, 하지만 그 전에 보여 주고 싶은 게 있어."

비비가 그의 팔을 잡아끌었다. 아르카나는 순순히 그녀에게 끌려갔다. 비비는 나왔던 방의 옆방으로 들어갔다.

"아."

저도 모르게 아르카나는 감탄사를 내뱉었다. 그 방의 한쪽 벽이 전부 종이로 가득 차 있었다.

"내가 봐도?"

아르카나의 말에 비비는 고개를 끄덕였다.

"물론이지. 보라고 데리고 온 건데."

아르카나는 다가가 수식들을 살펴보았다. 그가 손끝으로 종이를 훑었다.

'수집, 해체, 재조립……. 추출…….'

"수명을 연장하는 마법인가?"

"알겠어?"

"그래."

"하지만 아직 미완이야."

"알아. 고정시키는 방법이 미결이군."

"그래, 추출은 할 수 있어. 하지만 너무 많은 손실이 일어나. 그렇게 해서 수명이라는, 눈에 보이지 않는 불가해한 것을 빼낸다고 해도, 다른 사람에게 넣어서 고정시키는 건 역시 어려워."

비비가 높은 탁자에 앉아 다리를 꼬았다.

'역시 불사는 불가능인 건가?'

불사를 바라지는 않지만, 마법사적인 호기심이 올라왔다.

"이걸로 누구 수명을 연장시켜 주는데?"

아르카나의 질문에 비비가 "누구겠어?" 하고 싱긋 웃었다.

"황제? 게다가 이 수식에 따르면 진짜 비효율적인데. 이렇게 많은 사람을 죽여서 고작 이 정도의 수명 연장이라니. 죽일 사람은 어디서 구하는데?"

"인간은 많아."

비비가 눈을 동그랗게 뜨고 대답했다.

"아주, 많아. 죽어도 별로 티도 않나."

아르카나는 역시나, 자신이 처음에 했던 생각이 맞다는 걸 다시 확인했다.

'미친.'

"그럼 이 고정하는 방법만 끝내면 되겠군."

"그래. 머리를 맞대고, 같이 생각을 해 보는 거지."

비비가 히힛 하고 답지 않게 어린애처럼 웃으며 꼰 다리를 까닥거렸다.

"형제가 생긴 건 기뻐. 우리는 적으니까—"

지나치게 반짝이는 눈으로 그녀가 그를 보았다. 아르카나는 속으로 코웃음을 쳤다.

'형제라니, 세리아와 시그리드가 있는데, 너같이 미친 것까지는 필요 없지.'

"일단 알았어. 돌아갔다가 저녁에 다시 오도록 하지."

"돌아가?"

"집에."

비비가 책상에서 내려왔다. 그녀가 눈을 동그랗게 뜨며 말했다.

"이제 네 집은 여기잖아?"

"그건 아닌데."

"어째서?"

"내 여동생이 기다리고 있거든."

"핏줄은 중요하지 않아. 어차피 우리를 이해할 수 있는 건 우리뿐이야. 그 많은 수식들, 흘러가는 마력, 그것들이 재조립되는 새로운 세계, 반짝이는 빛무리들— 그들은 그걸 몰라."

"그렇겠지. 하지만 내 여동생은 내 책임이야."

아르카나의 말에 비비는 입을 내밀고 팍 그를 밀쳤다.

"마음대로 해."

"저녁에 다시 올게."

달래듯 아르카나가 말했지만, 그녀는 팔짱을 끼고 고개를 팩 돌렸다.

'삐친 동생과 달래는 오빠 롤플레잉이라도 하자는 건가.'

구역질이 났지만, 아르카나는 싱긋 상냥하게 웃었다.

"비비, 그러지 말고~ 응? 날 곤란하게 하지 말아 줘."

"으응— 정 아르카나가 그렇게 말한다면 어쩔 수 없지."

흐으응 하고 힐끗 그를 보고 하는 말에 아르카나는 "고마워." 하고 대답한 뒤 그 장소를 떠났다. 익숙한 정원이 눈에 보이자 살 것 같았다.

'결코 섬세한 계획을 세울 수 있는 것처럼 보이지는 않았어.'

그 비비라는 여자는 어딘가 나사 하나가 빠져 보였다.

'즉, 그 아돌프라는 사람이 주요하다는 거겠지.'

아래층에 있었던 마법사들은 그렇게 대단한 상대는 아닌 것처럼 보였다. 적어도 그의 상대로는 말이다. 그는 온 김에 정원을 둘러보기로 했다.

겨울 동안 월동을 철저하게 한 덕분에 장미들은 이제 싹눈을 내고 있었다. 어떤 가지는 벌써부터 연두색의 잎싹들이 돋아나는 게 보였다. 작년보다 더 볼만해지리라.

흐뭇하게 관목들을 살피는데 한쪽에 설치한 긴 그네 의자에 누가 누워 있는 게 보였다. 멀리서 봐도 누군지 한눈에 알 수 있었다.

흘러내린 은발은 결코 흔한 게 아니니까.

아르카나가 다가가 몸을 숙여 바닥까지 내려간 머리카락을 쥐어 올리며 말했다.

"안 추워?"

"별로."

시그리드가 대답하며 눈을 떴다. 아르카나가 눈을 찡그리자 그녀가 "아." 하고 눈을 가렸다.

"아까 나도 거울 보고 깜짝 놀랐어. 무슨 빨간 잉크 떨어트린 줄 알았으니까. 지금은 나아진 거야."

"머리도 다 풀고, 뭐 하는 거야?"

"그냥, 머리 좀 식히려고."

시그리드의 말에 아르카나가 한숨을 내쉬고 말했다.

"보여 줘."

그 말에 순순히 시그리드는 손을 내렸다. 그가 그녀의 눈을 덮었다가 손을 뗐다. 시그리드가 눈을 깜박이고 말했다.

"이거 너무 익숙해지면 안 될 것 같은데."

"마법은 만능이 아니야. 주의해."

"응."

시그리드는 대답했고 아르카나가 말했다.

"머리 땋아 줄게. 일어나."

"땋을 줄 알아?"

"여동생은 공으로 키운 줄 알아?"

그 말에 시그리드는 킥킥 웃으며 상체를 일으켜 세웠다. 그네 의자가 앞뒤로 흔들렸다. 아르카나가 한쪽 다리를 의자에 올려 흔들리지 않게 하고 그녀의 머리카락을 손빗으로 빗기 시작했다.

시그리드는 작게 신음을 내뱉었다.

아르카나는 자신의 말대로 익숙하게 머리를 나누고, 땋아 내리기 시작했다. 그러는 사이 둘은 서로 한마디도 하지 않았다. 아르카나가 끝까지 머리를 땋아 내린 후 물었다.

"뭐 묶을 건?"

"이거."

시그리드가 푸른 리본을 내밀자 아르카나는 마무리를 했다. 그가 머리끝에 가볍게 입을 맞추어 주고 물었다.

"그래서 무슨 일이야?"

"응?"

"왜 이렇게 우울한 건데?"

시그리드가 그를 돌아보았다가 자세를 고쳐 의자에 푹 앉았다. 아르카나도 편하게 의자에 앉았다. 의자가 앞뒤로 흔들렸다. 그녀가 다리를 까닥이며 말했다.

"그냥…… 베라무드랑 좀 싸웠어……."

"싸워?"

"응— 아니 베라무드랑 모리스가 싸웠다고 해야 하나. 그런데 베라무드 기분이 안 좋아 보여서……."

까닥이던 다리를 의자 위로 모아 끌어안으며 시그리드는 웅크렸다.

"언제나 사이가 좋을 수는 없잖아? 싸우기도 하고 그러는 거지."

"그런가?"

"그래. 얘기로 잘 풀어 봐. 그런데 시리."

"응?"

"연애는 잘되어 가?"

아르카나의 말에 시그리드는 움찔했다. 하, 하고 짧게 한숨을 내쉬나 했더니 곧 메마른 웃음소리가 흘러나왔다.

"글쎄, 모르겠어."

그녀가 무릎에 이마를 얹으며 몸을 둥글게 웅크렸다. 아르카나에게 솔직하게 이야기하고도 싶었지만 말할 수 없었다.

사실, 해독하는 마법이 있냐고도 떠보고 싶었지만, 아르카나는 눈치가 좋으니까 그러면 금방 자신이 중독되었다는 걸 알아챌 것이다.

걱정하게 만들고 싶지 않았다.

아직 크게 문제가 있는 것도 아니고, 정 문제가 생기면 그때 이야기해도 되니까.

"참, 아르카나."

"응?"

"오늘 아돌프라는 마법사를 만났어."

그 말에 아르카나는 놀라 시그리드를 돌아보았다. 그녀가 허리를 펴며 다시 다리를 내렸다. 방금까지의 연약한 모습은 싹 사라진 기사다운 얼굴을 하고 있었다.

"그가 아무래도 마법사들의 수장인 것 같아."

"그렇군. 나도 그렇게 들었어."

"아르카나도? 어떻게?"

"오늘 마법사들을 만나러 갔었거든."

아르카나는 시그리드에게 그간의 이야기를 가볍게 털어놓았다. 시그리드가 놀라 그의 어깨를 짚으며 물었다.

"괜찮았어? 혼자 가서 무슨 일 있었던 거 아냐?"

"아냐, 괜찮았어. 그리고 그래서 말인데, 집을 따로 구해야 할 것 같아. 내가 여기 머물러 있으면 너도 따로 감시당할 확률이 높으니까. 그리고 슬슬 독립할 때도 되었고 말야."

아르카나의 말에 시그리드는 고개를 끄덕였다. 섭섭했지만 생각해 보면 그가 여기 머문 것도 갈 곳이 없어서였다. 황태자에게 충분한 지원을 받고 있으니 그가 따로 살 집을 구하는 것이 당연했다.

"알았어. 집 구하는 데 내가 뭐 도와줄 거 없을까?"

"아니, 딱히 없어. 그리고 시리."

"응?"

"싫은 건 하지 않아도 괜찮아."

그 말에 시그리드는 피식 웃었다. 그녀가 그에게 기대며 말했다.

"내가 아르카나 좋아하는 거 알지?"

"그럼."

아르카나가 미소 지으며 답했다.

"내 기사님."

"내 마법사님."

번갈아 주고받고 둘은 소리 내어 웃었다.

＊　　　＊　　　＊

마리쉐즈는 코르셋을 조이다가 시그리드의 말에 휙 고개를 돌렸다.

"어째서—?!"

그녀가 소리를 냄과 동시에 시녀들이 코르셋을 힘껏 잡아당겼다. 마리쉐즈의 놀랍도록 가느다란 허리를 바라보며 시그리드가 말했다.

"그냥……."

"그냥이 아니지. 아직도 고백을 하지 않다니, 답지 않잖아?"

마리쉐즈가 손으로 자신의 허리를 재어 보고는 만족스러운 얼굴을 했다. 시녀들이 그녀에게 옷을 입히는 동안 시그리드는 옆에 앉아서 그걸 지켜보고 있었다. 그녀는 드레스가 아니라 재킷에 바지 차림이었다.

"왜? 마음이 바뀐 거야?"

"그건 아냐."

시그리드가 고개를 저었다. 그때 시녀가 문을 열고 말했다.

"알세키드나 후작 영애께서 오셨습니다."

"아, 들어오라고 해!"

마리쉐즈의 말에 시녀가 문을 열며 물러나자 화려하게 입은 로웬그린이 들어왔다. 그녀가 마리쉐즈를 보고 눈을 찡그렸다.

"아직도 옷 입는 중이야?"

"옷이 갑자기 안 어울리는 것 같아."

"세상에, 마리쉐즈 잉글렛."

"그보다 시리 말 좀 들어 봐. 아직도 고백 안 했대."

"어머?"

그 말에 로웬그린의 밝은 갈색 눈동자가 시그리드를 향했다. 시그리드가 손을 들며 말했다.

"아직 기회를 못 찾은 것뿐이야."

"그렇게 보이지는 않는데?"

로웬그린이 다가왔다가 눈을 찌푸리며 장갑을 빼고 시그리드의 뺨을 어루만졌다.

"게다가 왜 이렇게 창백한 거야? 차가워. 어디 추운 데 있었어? 여기, 따뜻한 차를 가져와라. 빨리."

자기 집처럼 로웬그린이 명령했지만, 시녀는 즉시 복종해 방 밖으로 나갔다.

"그냥 요즘 몸이 좀 안 좋아."

"안 좋으면 쉬지, 괜찮아?"

"괜찮아. 오랜만에 셋이서 놀러 가는 거잖아?"

"그야 그렇지만."

로웬그린이 걱정스러운 얼굴로 장갑을 도로 꼈다. 시그리드는 웃어 보였다. 머리가 지끈거렸다. 요즘 시그리드는 해독제를 다섯 조각으로 쪼개서 그중 한 조각은 남겨 두고 있었다. 그렇게 하면 오 일 동안 새로 한 알이 생긴다.

비상용인 셈이었다.

하지만 해독제를 덜 먹는 만큼 독이 꾸준히 몸을 상하게 해서 몸 상태가 좋지 않았다.

시그리드는 끼고 있는 반지를 어루만졌다. 반지에는 투명한 수정이 붙어 있었는데, 아르카나에게 받은 것이었다. 아르카나의 말에 의하면 마법적인 물체에 가까이 가면 수정이 붉은색으로 물든다고 했다. 요즘 황궁 여기저기를 다니지만 아직까지 큰 반응은 없었다.

황제에게 흘리는 정보는 전부 다 맞는 것이라서, 시그리드는 이제 완전히 황제에게 그의 편으로 인식되고 있었다.

어차피 한 번 배신하면, 돌아갈 수 없는 것이다.

유리 황제는 그렇게 생각했다.

그가 그렇게 생각하든 말든, 시그리드는 그 기회들을 이용해서 정보를 캐내려고 애쓰고 있었지만, 이런 유의 말과 두뇌의— 정치적인 싸움은 그녀가 잘하는 분야가 아니었다.

스스로의 무력함에 시그리드는 혀라도 깨물고 싶었다.

차라리 검을 들고 싸우는 전투라면 훨씬 더 잘할 자신이 있는데 말이다.

마리쉐즈가 새 드레스를 입으며 말했다.

"오늘 루나틸 경이 올까?"

"글쎄? 이런 파티를 빠지는 사람이 아니기는 한데. 따로 얘기 들은 거 있어?"

로웬그린이 시그리드를 돌아보며 묻자 그녀가 고개를 저었다. 로웬그린이 "그래……?" 하고 의아한 얼굴을 했다가 말했다.

"그런데 시리, 너 그 은발을 그대로 드러내고 갈 생각이니?"

"안 되나?"

"너무 눈에 띄어. 그런 차림에 은발이라니. '난 시그리드 앙케르트나입니다.' 하고 말하는 거잖아. 가면무도회를 여는 이유가 뭔데."

"그런가?"

시그리드가 당황해하며 머리를 만지자 마리쉐즈가 말했다.

"내가 사 놓은 가발 있는데. 그건 어때?"

"무슨 색이야?"

"빨강."

"흠— 좋아."

"알았어. 제니, 가서 가발 가져와. 시리에게 좀 씌워 줘."

"알겠습니다."

가까이 있던 시녀가 안으로 들어가 가발을 들고 나왔다. 시그리드는 순순히 머리를 맡겼고 순식간에 그녀는 빨간색 단발머리를 가지게 되었다.

"언제 산 거야?"

로웬그린의 물음에 마리쉐즈가 귀걸이를 착용하며 답했다.

"이 년 전 가면무도회 때문에."

"결국 안 썼잖아?"

"그랬지. 콘셉트를 바꿔서."

마리쉐즈가 그렇게 말하며 자신의 옷을 돌아보았다. 이번에는 마음에 드는지 그녀의 입가에 만족스러운 호선이 그려졌다.

곧 시녀가 화려한 가면 여러 개가 놓인 방석을 들고 왔다. 마리쉐즈가 그중에 하나를 고르고 시그리드에게 말했다.

"하나 골라."

"음……. 그럼 이걸로."

시그리드는 얼굴을 가장 많이 가리는 가면을 골랐다.

"좋아, 그럼 가자."

마리쉐즈가 싱긋 웃으며 말했다. 로웬그린이 자리에서 일어난 시그리드의 허리를 부채로 탁 치며 말했다.

"갔다 와서 자세하게 이야기해야 할 거야. 시그리드 앙케르트나."

"살려 줘."

시그리드가 신음처럼 내뱉자 두 여자는 웃음을 터트렸다.

아무런 문양 없는, 준비된 마차에 올라타자 마리쉐즈가 조심스럽게 드레스를 부풀려 앉고는 말했다.

"그래서, 베라무드랑 잘 안 되는 거야?"

"그런 게 아니라……. 그게, 자꾸 나답지 않게 되는 것 같아."

"너답지 않아?"

마리쉐즈가 눈을 동그랗게 떴고 로웬그린은 흥미로운 얼굴을 했다.

"어떻게?"

로웬그린이 물어 시그리드는 말했다.

"두 사람 다 날 잘 알잖아. 난, 난 훌륭한 기사가 되고 싶어."

어린애 같은 말이지만 두 사람 다 그게 시그리드에게 얼마나 중요한지 알았기 때문에 고개를 깊게 끄덕였다.

"그런데 베라무드와 함께 있으면 판단이 이성적으로 되지 않아. 자꾸 감정적으로 굴게 되고. 나답지 않은 모습만 자꾸 나오게 되는 것 같아."

"시리……."

마리쉐즈가 저도 모르게 중얼거렸다.

"진짜로 베라무드를 좋아하는구나……."

"좋아하면 이런 거야?"

"다 그런 건 아니지만, 충분히 가능한 일이지."

로웬그린이 고개를 끄덕이며 말했다.

"내가 너무, 여자같이 되는 게 아닐까?"

시그리드의 질문에 마리쉐즈는 황망한 얼굴을 했다.

"아니, 너 여자잖아?"

"어, 그건 그런데, 그게 아니라……."

"무슨 말인 줄 알겠어. 그리고 그건 여자 같은 게 아니라, 사랑에 빠진 사람은 비슷한 거야. 사람이라면 감정에 휘둘리고 그러는 거야. 시리, 네가 잘못되고 있는 게 아냐. 게다가 넌 이런 게 처음이잖아. 익숙하지 않은 게 당연한 거지."

로웬그린이 부드럽게 말했다.

그 말이 설득력 있어 시그리드는 '그런가.' 하고 귀를 기울였다. 마리쉐즈가 입을 열었다.

"그리고 나답지 않다니, 그건 당연하잖아. 사랑은 사람을 바꾸는 거라고. 나답지 않아지는 게 당연한 거야."

"시리, 사랑도 할 수 있고, 기사도 할 수 있어. 한쪽이 무너지지 않아. 둘을 균형 잡아서 잘할 수 있는 거야."

로웬그린이 이어 입을 열었다. 시그리드는 푹 한숨을 내쉬었다.

"두 사람의 말을 들으니까 안심이 돼."

"하여간 아직 고백을 안 했다니, 오늘은 베라무드를 잊고 좀 놀아 보자고."

마리쉐즈가 눈을 찡긋하며 가면을 썼다.

"로위도, 약혼자는 잊어."

그 말에 로웬그린이 킥킥 웃으며 가면을 썼다. 시그리드가 가면을 쓸 줄 몰라 더듬거리자 로웬그린이 손을 뻗어 대신 가면을 핀으로 고정해 주며 말했다.

"가면무도회는 지켜야 할 예절이나 예의가 많이 느슨해져 있으니까, 시리도 놀기 쉬울 거야."

잠시 후 마차가 멈춰 섰다. 시간을 두고 문이 열리자 세 여자는 차례로 에스코트를 받으며 마차에서 내렸다.

"오늘 밤, 운명의 상대를 찾을 거야."

마리쉐즈가 기합이 단단히 들어간 목소리로 말했고 로웬그린이 부채를 펼쳐 입을 가린 채 시그리드에게 속삭였다.

"우리는 열심히 마리를 보좌해 주자고."

"응."

시그리드는 웃으며 고개를 끄덕였다.

마리쉐즈가 초대장을 내밀고 무도회장 안으로 들어갔다. 가면무도회이니만큼 호명도 없었다. 날이 따뜻한 봄밤이라, 테라스 문은 전부 활짝 열려 있었고, 정원은 높은 관목들이 미로처럼 자라 있어, 달콤한 밀어를 속삭이기 딱 좋았다.

복층으로 이루어진 무도회장의 2층은 넓은 복도와 동시에 방들을 가지고 있었다. 닫힌 방에서 무슨 일이 일어나고 있을지는 보지 않아도 빤했다.

가벼운 샴페인은 없었다. 대신 도수 높은 술을 가득 채운 잔이 여기저기 시종들의 손에 의해서 날라지고 있었다. 한쪽 벽에는 아치형 기둥과 하늘하늘 늘어진 반투명한 커튼이, 그리고 겹겹이 늘어져 방처럼 분리된 소파들이 쭉 놓여 있었다. 거기서 수다를 떨며 잔을 비우다가, 무도회장으로 나와 춤을 추고는 했다.

보통의 무도회와 다른, 눈이 핑핑 돌아가는 무도회였다.

6장
오해

가면무도회는 끊임없이 사람이 들어왔다가 빠져나갔지만, 모두가 가면을 쓰고 있어 알 수 없었다.

처음에는 시그리드, 로웬그린, 마리쉐즈 셋이서 같이 술을 마시고 있었는데 점점 마리쉐즈 주변에 남자들이 많아지기 시작했다.

얼마 지나지 않아 시그리드와 로웬그린의 도움 없이도, 마리쉐즈는 금방 —그런 게 있다면— 왕좌를 차지했다. 그녀가 앉은 소파 주변에 남자들 서넛이 앉거나 서서 앞다투어 마리쉐즈와 이야기를 나눴다. 오히려 옆으로 밀려난 것은 로웬그린과 시그리드였다.

시그리드가 속삭였다.

"우리 도움이 그렇게 필요해 보이지 않는데."

"그러네."

로웬그린은 대답하고 웃었다. 그때 툭툭 가볍게 누군가가 시그리드의 어깨를 두들겼다.

시그리드가 돌아보니 가면을 쓴 남자가 싱긋 미소 지으며 말했다.

"한 곡 추시겠습니까?"

'어?'

시그리드가 눈을 동그랗게 떴다. 로웬그린이 그녀의 등을 툭 밀었다.

"가서 추고 와."

모처럼 왔으니 즐겨야지 하고 로웬그린이 손을 흔들어, 시그리드는 남자의 손을 잡고 무도회장 플로어에 섰다.

치마가 아니라 바지를 입고서 추는 춤은 훨씬 쉬웠다. 스텝을 밟으며 시그리드가 속삭였다.

"어쩐 일이세요?"

"뭐가 말인가요?"

상대방이 의아한 듯 되물어 시그리드가 살포시 미간을 찡그렸다가 그를 불렀다.

"베라무드."

그 말에 베라무드는 놀라 멈칫했다가 턴하며 물었다.

"알아봤어?"

"당연하죠."

"아, 그거 기쁜데."

베라무드가 다시 웃었다. 그가 몸을 숙여 그녀의 귓가에 속삭였다.

"나도 한눈에 알아봤거든."

귓가에 낮은 목소리가 울려 퍼져 시그리드는 몸을 움찔했다. 그리고 보니 이 남자는 목소리도 좋지. 그녀가 흠칫하는 걸 본 베라무드는 허리를 펴며 쓰게 웃었다.

한 곡이 다 끝나기도 전에 그가 말했다.

"이 층으로 올라갈까?"

"네."

시그리드는 가벼운 마음으로 순순히 대답했다. 술도 서너 잔 마셨겠다, 적당히 기분이 유쾌해져 있었다. 고민 같은 건 잠시 미뤄 두자고 시그리드는 생각했다.

두 사람은 이 층으로 올라가 아무 방이나 골라 들어갔다. 시그리드는 발코니 난간에 기대어 섰다.

"발코니 좋은걸요."

"시리네 집에는 없던가?"

"네."

시그리드가 후후 웃었다.

그녀가 가면을 벗으려고 했지만, 어째 잘 안 된다. 보던 베라무드가 손을 뻗었다.

"내가 해 줄게."

"아, 네."

잠시 그의 손가락이 머리카락 사이로 들어오는 걸 느끼며 그녀는 작게 신음을 흘렸다. 베라무드가 멈칫했다가 곧 가면을 떼어 냈다. 그녀의 주홍색 눈이 반짝거렸다.

"벗으니까 살 것 같네요. 의외로 시야를 제한해서 불안해지더라고요."

"기분 좋아 보이네."

"네."

명랑하게 시그리드가 대답하며 다시 웃었다. 베라무드가 피식 웃음을 흘렸다.

"취했구나."

"조금입니다."

시그리드가 엄지와 검지 사이를 살짝 벌려 보이며 말했다. 베라무드가 그 간격을 더 벌렸다.

"이 정도는 취한 것 같은데?"

"그런가요?"

시그리드는 반박 없이 더 벌어진 손을 보다가 내렸다. 베라무드가 그녀의 새빨간 단발에 손을 뻗었다.

"빨강 머리."

"마리쉐즈가 빌려준 거예요."

"아~"

"어울려요?"

"원래 머리카락 색이 더 좋아. 하지만 빨강도 나쁘지는 않네."

그가 손을 뗐다.

시그리드는 모처럼, 의외의 장소에서 그를 만나 기분이 좋았다.

취해서일까?

좀 더 가까이 있고 싶었다.

알코올이 용기를 내게 해 준 건지, 부끄러움을 날려 준 건지, 시그리드는 조심스럽게 손을 뻗어 베라무드의 손을 잡았다. 베라무드는 놀라 그녀를 바라보았다.

"항상 장갑 끼고 있네요."

"오른 손등에 코어가 있으니까."

"보여 주실 수 있나요?"

베라무드는 순순히 이로 물어 장갑을 벗고 손등을 그녀에게 보여 주었다. 새까만 직사각형의 오러 코어가 반짝였다. 시그리드는 저도 모르게 손을 뻗어 그의 오러를 만졌다. 베라무드가 낮게 신음을 흘렸다. 오러 코어는 다른 곳보다 훨씬 민감한 곳이다. 시그리드가 코어를 보다 얼굴을 일그러트렸다. 그녀가 억눌린 목소리로 말했다.

"손에 오러 코어가 있는데, 손으로 공격을 막지 마십시오!"

"그건 왼손이었잖아."

달래듯 베라무드가 맨 손가락을 뻗어 그녀의 뺨과 턱을 쓸었다. 그가 후— 하고 낮게 한숨처럼 웃고 말했다.

"시리."

"네."

"나에게 빚졌다고 느낄 필요 없어."

그 말에 시그리드가 고개를 들었다.

"갚으려고 할 필요도 없고. 내가 하고 싶어서 한 거니까. 응?"

"빚졌다고 생각해서 걱정하는 거 아닙니다."

시그리드가 눈을 찡그리며 말했다.

"제게 소중한 사람이니까 걱정하는 거죠."

그 말에 베라무드는 눈을 휘둥그레 떴다가 웃었다.

"정말?"

"당연하지 않습니까?"

"얼마큼?"

놀리듯 묻는 말에 시그리드는 잠시 생각에 잠겼다. 얼마큼이
라니, 얼마큼이라고 해야 할까?

"아니, 그냥 대답하지 마."

베라무드는 고개를 저었다. 어떤 대답을 들어도 만족스럽지
못할 것 같다.

'소중한 사람이라고 말해 준 걸로 만족해야지.'

좋아한다고 말해 주었고, 목숨을 걸고 함께 루디날을 찾으러
가 주었다. 자신은 그 이상의 호의를 바라지만 그 이상을 강요하
는 건 안 되지.

"그나저나 애인이 있는데 이런 가면무도회에 오고—"

장난스레 추궁해 보니 순식간에 얼굴이 빨개진다.

"그게 아니라, 마리쉐즈가 함께 가자고 해서, 같이 무도회 가
는 건 오랜만이라, 드레스도 안 입어도 된다고 해서, 그러니까
그, 그럴 생각은 없었습니다."

"어떤 생각?"

"다른 사람을 만나거나 그런⋯⋯."

목소리가 점점 줄어들었다. 그러다 퍼뜩 시그리드가 고개를 들고 말했다.

"그럼 베라무드는 여기 어쩐 일입니까?"

"놀러 왔지."

그가 가볍게 대답해 시그리드는 팔짱을 꼈다.

"제가 있는데도 말인가요?"

그녀의 말에 그는 저도 모르게 웃었다.

꾸며 낸 모습이라는 걸 아는데도, 기분이 매우 좋아서, 그녀가 귀여워서―

베라무드는 오랫동안 생각했다.

그는 시그리드가 좋았고, 사랑스러웠고, 그녀를 사랑했다.

그러니 시그리드를 곤란하게 하거나 괴롭게 하고 싶지 않았다. 그는 자신이 가면을 쓰고 있는 걸 감사하게 생각했다.

표정을 가리는 데는 이만한 것이 없으니까.

이제 그는 자신과 시그리드 사이의 연애가 전부 다 장난이라고 말할 작정이었다. 그렇다면 그녀는 그렇게 죄책감을 가지지도 않겠고, 괜히 자신을 생각해서 어려운 길로 가거나 하지도 않겠지.

'하지만 말이 잘 안 나오는걸.'

전혀 장난이 아니었다.

진지했다.

널 진심으로 사랑한다.

베라무드는 입을 열었다.

"어차피 이 연애도 뭐, 장난 같은 건데."

그가 가볍게 흘리듯 말했다.

'아, 말하면서 내가 상처받는 건 또 처음인데.'

자기가 내뱉은 말이 자신에게 비수가 되다니. 색다른 경험이었지만 두 번은 하고 싶지 않았다.

"장……난이요……?"

시그리드는 눈을 동그랗게 뜨고 물었다. 그녀의 표정에 안도나 다행이라는 기색이 흐르는 걸 보는 게 두려워 베라무드는 시선을 아예 밖으로 돌렸다.

입꼬리는 웃는 채로 고정하고.

"그래. 계약 연애라는 게 그런 거지. 너무 진지하게 생각하지 마."

"그런 거군요."

"응. 적당히 즐기고 끝내면 되는 거야. 어차피─"

어차피 너도 알고 있었잖아?

그 말이 잘 나오지 않아 베라무드는 입을 다물었다가 다시 열었다.

"어차피 시리도 그렇잖아? 설마 진심이라거나 진지하게 생각했던 건 아니지?"

"전……."

뒷말이 돌아오지 않는다.

'진지하게 생각했습니다.' 하는 말을 기대했던 걸까?

베라무드는 쓰게 웃었다.

'아, 안 되겠다.'

더 이상은 웃는 얼굴을 하지 못할 것 같다.

"나가서 술 좀 가져올게. 뭐 마실래?"

"저도 같은 거로."

시그리드는 어딘지 얼빠진 듯한 목소리로 대답했지만, 베라무드는 눈치채지 못했다. 그가 방을 나가자 시그리드는 난간에 휘청 기대어 섰다.

창피하다.

부끄러워서 죽을 것 같았다.

그리고 괴로웠다.

'그렇지, 맞아. 하긴, 베라무드는 경험도 많고.'

항상 여자들에게 둘러싸여 있었지. 장난치는 것도 잘하고, 웃음도 많았다. 파티에 올 때마다 에스코트하는 여자가 항상 바뀌었다.

그런데 왜 나에게는 진지할 거라고 생각했을까?

"훗─"

시그리드는 신음을 흘렸다.

감정적인 것인데도 어째서 실제로 가슴이 찔리는 것처럼 아플까.

시그리드는 코어를 손으로 꾹 눌렀다. 심장이 욱신거렸다.

"아파……."

중얼거리자 더 아파지는 것 같았다.

'안 돼, 울 것 같아.'

한심하기 짝이 없었다. 스스로가 너무 바보 같았다. 마리쉐즈와 로웬그린이 뭐라고 생각하겠어?

'진심으로 고백하지 않아서 다행이다.'

어떻게 일이 꼬여서 그렇게 되기는 했지만, 고백하지 않아서 다행이었다. 만약 그랬으면 베라무드가 부담스러워했겠지.

이렇게 알게 돼서 다행이라고 해야 하나?

시그리드는 난간에 놓인 가면을 얼른 다시 썼다. 가면이 잘 써지지 않아서, 이거 하나도 제대로 쓰지 못하는 자신이 너무 한심해 눈물이 나올 것 같았다.

그녀가 여전히 가면을 가지고 끙끙거리는데 베라무드가 잔을 들고 들어왔다.

"어라? 도로 쓰려고?"

"모처럼 가면무도회니까요. 그리고 다른 사람이 방에 들어올 수도 있잖습니까?"

"그야 그렇지만."

말하며 그가 그녀에게 잔을 건넸다. 시그리드는 받자마자 그대로 꿀꺽꿀꺽 단숨에 술을 마셨다.

"시리?"

놀란 베라무드가 그녀의 이름을 불렀지만, 그녀는 한 번에 술잔을 비운 후에 하― 숨을 내쉬었다.

"괜찮아?"

베라무드가 묻자 그녀는 고개를 끄덕였다. 술이 전혀 독하지 않았다. 아니면 그렇게 느껴지는 걸까?

"한 잔 더 가져올게요."

"내가 가지고 올게."

눈을 찌푸리며 그가 그녀에게서 잔을 받아 들고 대신 자신의 잔을 건넸다. 베라무드는 잔에 아직 손대지 않은 채였다. 빈 잔을 들고 돌아가며 베라무드는 갸웃했다.

'이거 독한 건데—'

게다가 시그리드가 술이 강하지 않다는 걸 잘 알고 있었다. 그동안 얼마 마시지 않았던 걸까? 이 페이스로 마셔도 괜찮은가?

걱정되어서 이번에는 좀 더 도수가 낮은 걸 골랐다. 낮다고 해도 여기 술들은 전부 다 독한 것들뿐이라 낮다는 게 30도 정도였지만 말이다.

돌아가니 시그리드는 베라무드의 잔까지 깨끗이 비워 들고 있었다. 술잔을 건네며 베라무드가 물었다.

"많이 마시는 거 아냐?"

"아닙니다."

시그리드는 이번에도 받은 술잔을 원 샷. 베라무드는 당황했다.

"좀 천천히 마셔."

"괜찮습니다."

대답하고 시그리드가 그의 얼굴을 향해 손을 뻗었다.

"표정이 안 보이니까 답답한데요."

"아얏, 잠깐, 시리. 그렇게 당기면— 잠깐, 내가 벗을게. 응?"

베라무드가 얼른 자신의 가면을 벗었다. 벗기 전에 짧게 숨을 들이마시고, 좋아. 평상심.

"자."

베라무드가 가면을 벗자 시그리드가 그의 앞머리를 슥 넘겨 보았다.

또렷한 청적색의 예쁜 눈동자. 그가 곤란한 듯 아닌 듯 미소를 짓고 있었다.

"왜 그래?"

"베라무드 눈이 아주 예뻐서요."

그녀의 말에 그가 허를 찔려 눈을 크게 떴다. 그걸 보고 시그리드가 명랑하게 웃었다. 머릿속이 어질어질했다.

"시리 눈도 예뻐."

"그런가요?"

"응."

시그리드가 까치발을 하자 얼굴이 훅 가까워져서 베라무드는 흠칫했다. 그가 뒤로 몸을 빼려고 했지만, 시그리드가 얼굴을 양손으로 잡고 있어서 불가능했다.

"시리—"

그가 다시 그녀의 이름을 불렀다.

'우와 목소리 떨렸어.'

"네."

말씀하세요, 라는 듯 그녀가 대답했다. 코끝이 닿을 듯 둘의 거리가 가까웠다. 그녀의 주홍색 눈동자가 황홀할 만큼 아름다웠다.

빨려 들어갈 것 같아.

뻔하디뻔한 문장이지만, 그것 외에 다른 생각이 들지 않았다.

고개를 억지로 빼야 할까? 아니면 내려야 할까?

살짝, 아주 살짝만 숙이면 그녀의 입술에 닿을 것 같은데.

"베라무드?"

시그리드가 그의 이름을 불러 그는 결국 유혹에 지고 말았다. 베라무드는 고개를 숙여 그녀와 가볍게 입술을 겹쳤다.

흠칫, 시그리드가 굳는 게 느껴졌다. 베라무드는 곧 날아올 시그리드의 주먹을 기대했지만, 그녀는 아무런 반응을 하지 않았다. 베라무드는 입술을 떼었다.

동그래진 시그리드의 눈이 보였다. 하지만 그녀는 움직이지 않았다. 너무 놀라서 그러는 건가 했는데 그녀가 천천히 눈을 내리깔았다.

살짝 눈을 내렸다가 그를 힐끗 올려다보았다가 이번에는 눈을 감는다. 명백한 유혹이었다.

베라무드는 심장이 튀어나오는 줄 알았다.

쾅쾅쾅.

심장 울리는 소리가 귓가에서 들린다.

왜? 어째서? 술에 취해서? 이성을 잃어서?

술에 취한 여성에게 이득을 취하는 것은 개나 하는 짓이지만,

베라무드는 허리를 숙여 그녀에게 두 번째로 키스했다.

이 키스를 위해서라면 개가 되어도 좋았다.

처음에는 입술만 살짝 스치는 것이었다면 이번에는 좀 더 짙은 키스였다. 그녀의 입술을 살짝 입술로 물고 부드럽게 여러 번 겹친다.

저도 모르게 그녀를 끌어안고 베라무드는 점점 더 깊게 키스했다. 자신이 어디에 있는지, 뭘 하고 있었는지 하나도 생각나지 않았다.

시그리드는 점점 진해지는 키스에 어찌할 바를 몰랐다.

모르지만, 기분은 좋았다.

키스는 해 본 적이 없었고, 잘은 모르지만. 베라무드가 키스를 잘하는 걸까?

정말로, 책에서 본 것처럼 머릿속이 몽롱해지고 있었다. 후앗, 하고 숨을 쉬려고 입술을 떼면 곧 다시 삼키듯 키스해 온다. 입술 안쪽을 살짝 건드리는 혀에 깜짝 놀랐다가도 그 자극적인 느낌에 머릿속이 저릿저릿해졌다.

'불꽃이 튀는 것 같아.'

그의 손이 닿는 곳이 뜨겁다. 단단히 허리를 안은 것이 기분 좋았다. 시그리드는 그의 옷자락을 붙잡았다. 혀가 이 사이로 미끄러져 들어와 펄쩍 뛸 뻔했지만, 곧 다리의 힘이 먼저 풀려 왔다. 베라무드가 붙들고 있지 않다면 주저앉았을 거라고 머릿속 한구석으로 생각이 스쳐 지나갔지만 그뿐이었다.

"웃— 훗—"

신음이 저절로 흘러나왔다. 혀와 혀가 닿을 때마다 전신의 감각이 어딘가로 점차 밀려 올라가는 것 같았다. 베라무드는 간신히 이성을 유지해 그녀에게서 입술을 뗐다. 전력 질주를 한 것처럼 그는 숨을 헐떡였다. 고작 키스일 뿐인데─ 이건 고작이 아니었다.

시그리드는 그의 가슴에 기대어 숨을 골랐다.

머릿속이 멍해서 이성이 돌아오기까지 한참이 걸렸다.

간신히 이성이 돌아오자 시그리드는 창피해져서 얼른 몸을 뗐다. 키스 하나에 이렇게 되다니. 경험 많은 베라무드가 보면 우습겠지.

"죄, 죄송합니다."

그녀가 사과하자 베라무드의 목소리가 차가워졌다.

"뭐가?"

"네?"

"뭐가 죄송한데?"

"그게……."

'키스 하나에 이렇게 되어서 죄송합니다.'라는 건 역시 이상했다. 시그리드는 뭐라고 해야 할지 알 수 없었다.

어쩔 줄 모르는 시그리드를 보고 베라무드는 자신이 한심해졌다.

세상 모든 것을 다 버릴 수 있을 만큼 강렬한 키스였는데, 돌아오는 것은 고작 사과.

'진심도 아닌데 키스해서?'

그는 심술궂은 생각이 들어 말했다.

"육체적인 관계에는 흥미가 있어?"

"네?"

놀란 시그리드가 고개를 들었다.

"키스하고, 애무하고, 접촉하는 그런 거."

그의 목소리가 낮고 농밀해져서 시그리드는 저도 모르게 한 걸음 뒤로 물러났다. 조금 전의 여운이 등을 타고 올라오며 소름이 쫙 돋았다.

그녀가 뒤로 물러서자 그가 하하 웃었다.

"하긴, 시리가 그런 거에 흥미 있을 리가 없지."

"베, 베라무드는 관심 있나요? 그런 거……."

"많이 있지."

그가 싱긋 웃었다. 그 모습이 너무 태평해 보여 시그리드는 뱃속에서 뭔가가 꿈틀했다.

'난 이렇게 제정신이 아닌데.'

아직도 어질어질한데, 베라무드에게는 아무것도 아니었던 거다.

화가 났다. 동시에 곧 비참해졌다.

"관심 있다고 하면요?"

"시리?"

"있다고 하면 베라무드가 가르쳐 주나요?"

도전적으로 주홍색 눈동자가 그를 올려다본다. 베라무드는 말문이 막혔다.

천천히 시그리드가 시선을 내려 베라무드는 저도 모르게 말했다.

"원한다면."

퍼뜩 그녀가 다시 고개를 들었다.

"시리가 원하면 가르쳐 줄게."

"어차피 계약 연애 사이고 말이죠."

그녀의 말이 마치 날카로운 비수처럼 틈으로 푹 찔러 들어왔다.

하지만 뭐? 어째서? 그녀의 무지로 내가 득을 취한다고 해서 뭐?

어차피 손에 넣지 못할 거야. 다가갈수록 상처투성이가 되는 건 나야, 놓아줄 때 분명히 피투성이가 될 거야.

하지만 말하지 않을 수 없었다.

"응, 일단은 가짜라도 연인은 연인이니까."

웃으며 대꾸하자 시그리드는 아무런 말도 하지 않았다. 가면을 쓴 듯한 그녀의 얼굴을 베라무드는 찬찬히 들여다보았다.

"시리?"

다정하게 부르자 그녀의 얼굴이 설핏 일그러졌다. 울 것 같아 놀라 손을 뻗으니 시그리드는 뒤로 물러났다. 키스하는 와중에 바닥에 떨어진―둘 다 떨어진 것도 몰랐다― 가면을 집어 들어 얼굴에 누르며 그녀가 말했다.

"전 이만 가 보겠습니다."

"시그리드?"

"그럼."

도망가는 사람처럼 서너 걸음 뒷걸음질 치더니 그녀는 몸을 획 돌려 달려 나갔다.

쾅—!

문을 닫는 소리가 요란했다.

"아……."

경멸당한 건가? 미움받은 건가?

그는 난간에 몸을 기대며 주르륵 주저앉았다. 손등으로 눈을 가리고 그는 하 하고 웃었다.

지독하게 피곤했다.

*　　*　　*

시그리드는 눈물이 자꾸 흘러 몇 번이나 가면 밑을 훔쳤다. 입술이 파르르 떨렸다. 하지만 입을 열면 흐느낌이 나올 것 같아 그녀는 입술을 꽉 다물었다.

이 층에서 내려다보니 금방 마리쉐즈를 찾을 수 있었다. 시야가 자꾸 일그러졌다. 시그리드는 아래층으로 내려가 로웬그린을 찾아냈다. 마리쉐즈를 방해하고 싶지는 않았다.

"로웬그린—"

생각보다도 훨씬 한심한 목소리가 떨리며 새어 나왔다. 시그리드의 부름에 남자와 이야기하고 있던 로웬그린이 자리에서 일어나며 말했다.

"잠시 비켜 주시겠어요?"

가면 쓴 남자는 정중하게 인사를 하고 물러났다. 로웬그린이 옆의 줄을 당기자 커튼이 차르르 몇 겹 더 내려왔다. 시그리드는 가면을 벗었다. 눈물이 고여 붉어진 눈가와 일그러진 얼굴이 드러났다.

"시그리드."

놀란 로웬그린이 달려와 친구의 손을 잡았다.

"괜찮아? 무슨 일이야?"

로웬그린의 걱정하는 어조가 다정해서 시그리드는 다시 울음이 터져 나오려는 것을 억눌렀다. 깨문 입술 사이로 흐느낌이 흘러나왔다.

"……차였어……."

간신히 내뱉자 눈물이 주르륵 흘렀다.

"아, 시리—"

로웬그린의 얼굴에 안타까움이 번졌다. 그녀가 시그리드를 소파로 끌어 앉히고 그녀의 어깨를 감쌌다. 시그리드는 로웬그린의 토닥임을 받으며 숨죽여 흐느꼈다.

앞뒤 사정을 묻지 않고 로웬그린은 그저 시그리드를 달랬다. 한참 후 그녀가 벌게진 눈을 비비며 말했다.

"이런 데서 미안해……."

"아냐. 하지만 오늘은 그만 가는 게 좋겠다. 마리에게는 내가 말할게."

"아냐, 모처럼인데 좀 더 있다가 가. 난 혼자 갈 수 있어."

시그리드가 자리에서 일어나며 말하자 로웬그린이 미간을 좁혔다.

"무슨 말이야. 혼자 안 보낼 거야. 얌전히 기다리고 있어."

그녀가 자리에서 일어나며 앉아 있으라는 의미로 손가락을 들어 척 소파를 가리키고는 커튼 사이로 휙 나갔다. 어른어른 주변 사람들의 그림자가 커튼 너머로 비춰졌다. 안절부절못한 기분으로 기다리는데 커튼 사이로 스윽 팔이 나왔다. 장갑을 낀 여자의 팔이었다.

흠칫 놀라 저도 모르게 옆구리에 손을 댔지만, 칼이 있을 리가 없다.

커튼 사이로 나온 팔은 미동도 없었고, 공격할 의지도 없어 보였다. 대신 그 손에는 편지가 들려 있었다.

"누구냐."

시그리드가 묻자 "심부름꾼입니다." 하는 여자의 목소리가 들려왔다. 공격할 의지가 없다는 것을 보이려는 듯 천천히 다른 손 역시 커튼 사이로 밀고 들어왔다. 그 손에 들린 표식을 보고 시그리드는 편지를 받아 들었다.

"마마께서 만나기를 고대하고 계십니다."

그 말을 남기고 커튼 너머의 상대는 사라졌다. 시그리드는 손에 든 편지를 바라보았다가 품속에 넣었다.

오늘은 이것까지 펴 볼 여력이 없다.

잠시 후 팍하고 커튼을 젖히며 마리쉐즈가 들어왔다. 그 뒤를 로웬그린이 따라왔다.

"가자."

마리쉐즈가 손을 내밀었다. 시그리그가 그 손을 잡고 일어나며 머뭇거렸다.

"괜찮아? 오늘 꼭 운명의 남자를 만난다고……."

"이런 일로 못 만나면 운명이 아닌 거지."

단호하게 말하고 마리쉐즈가 앞장서서 걷기 시작했다. 그녀에게 꽉 잡힌 손이 쑥스럽기도 하고 좋기도 했다.

마차에 올라타자마자 마리쉐즈가 손수건을 내밀며 말했다.

"그래서? 무슨 말이야? 차이다니? 여기서 베라무드 만났어?"

시그리드는 손수건을 꼭 붙잡고 고개를 끄덕였다. 그녀가 입을 열어 사정을 설명했다. 베라무드가 장난으로 사귀는 거라고 말할 때 마리쉐즈는 눈썹을 추켜세웠다가 키스하는 장면에 가서는 진지하게 물었다.

"좋았어?"

"마리!"

"궁금하잖아."

마리쉐즈가 어때서? 하고 시그리드를 돌아보았고 시그리드는 얼굴을 붉히며 고개를 끄덕였다.

"좋았구나~"

마리쉐즈가 호오라, 하고 고개를 끄덕이더니 물었다.

"그래서 고백은 안 한 거야?"

그 말에 시그리드가 놀라 말했다.

"하지만 고백도 하기 전에 차였는걸……."

"하지만 베라무드가 널 싫다고 한 거 아니잖아. 사귀지 말자고 한 것도 아니고."

"그건……."

"음, 처음이니까 소극적인 것도 이해해. 이해하겠지만, 고백하지도 않고 차였다니, 그건 이상하잖아? 답지 않아, 시그리드."

로웬그린은 시그리드를 위로할 생각만 하고 있었다가 마리쉐즈의 말에 놀라 그녀를 보았다. 마리쉐즈가 마차 창문에 팔꿈치를 대고 턱을 괴었다.

"시그리드는 베라무드가 좋은 거지? 좋은 남자는 쟁취하는 거야."

시그리드는 눈물이 쏙 들어갔다. 헤― 입을 벌리고 마리쉐즈를 보는데 그녀의 목소리가 점점 더 뜨거워졌다.

"가만히 앉아 있는다고 남자가 손에 들어오지 않는다고, 좀 더 적극적으로 나가 봐. 안 넘어오는 것 같으면 유혹하는 거야! 그리고 나서도 차인다면, 그때는 위로해 줄게."

"으응."

시그리드는 고개를 끄덕였다. 로웬그린이 "한 수 배웠어……." 하고 중얼거렸다. 마리쉐즈가 찰싹 시그리드의 무릎을 때리며 웃었다.

"그러니까 울지 마."

"응."

시그리드는 고개를 끄덕였다. 시그리드가 손수건을 비틀어 짜며 말했다.

"미안해……. 모처럼 무도회인데……."

"응? 아니, 괜찮아. 또 기회는 있으니까."

마리쉐즈가 손을 저으며 몸을 의자에 기댔다.

"오늘은 딱히 마음에 드는 사람이 없었거든. 됐어."

잠시 후 마차가 시그리드의 집 앞에 도착했다.

"잘 들어가."

"응, 고마워."

인사를 나누고 마차는 곧 출발했다. 시그리드는 그 뒷모습을 보다가 벽에 기댔다. 눈시울이 화끈거렸다.

집으로 돌아가면 아르카나랑 세리아가 이걸 보게 될 테니, 조금만 식히고 들어갈까.

생각보다도 훨씬 일찍 파장해서 통금 시간까지 한참 시간이 남았다.

시그리드는 걷기 시작했다. 날씨는 이제 밤에도 온화해서 얼마든지 걸을 수 있을 것 같았다. 서늘하게 부는 바람에 눈을 식히는 게 오히려 기분 좋아, 시그리드는 바람이 불 때마다 눈을 감고 음미했다.

가로등이 있는 큰길까지 걸어 나와서야 시그리드는 자신이 아직 가발을 쓴 채라는 걸 깨달았다.

'큰일이다. 이거 어떻게 벗는 거지?'

시그리드는 당황해 머리를 몇 번 어루만졌다.

'내가 진짜 넋이 나가기는 나갔었나 보다.'

그녀는 한숨을 내쉬었다. 술 때문일지도 모른다. 그나저나 마리쉐즈와 로웬그린도 눈치를 채지 못하다니…….

'어쩐다?'

이걸 쓰고 자도 되는 건지 확신할 수도 없었다. 가발이 망가지기라도 하면 큰일 아닌가?

'역시 마리쉐즈를 찾아가야겠어.'

시그리드는 잠시 집으로 돌아가서 에코를 타고 나올까, 아니면 이대로 걸을까 고민하다가 이대로 걷기로 했다.

날씨도 좋았고, 얼굴이 가라앉는 데는 시간이 걸리는 쪽이 더 나으리라.

한참 마리쉐즈의 저택이 있는 1구역으로 가기 위해 상점가들을 지나는데, 익숙한 목소리가 들렸다.

"시그리드?"

의문을 가득 품은 목소리라 그녀는 뒤를 돌아보고 웃었다.

"모리스."

"역시? 뭐야? 왜 가발은 쓰고 있는 거야? 너인가 아닌가, 한참 바라봤어."

"이상해?"

"이상하지는 않지만……."

"다 같이 가면무도회 갔었거든. 변장용이야."

"가면무도회―?"

거기서 무슨 일이 일어나는지 명성을 익히 들어 아는 터라 모리스는 미간을 좁혔다.

시그리드가 한숨을 내쉬었다.

"은발이 너무 눈에 띈다고 마리쉐즈가 그래서— 그런데 깜박하고 못 돌려주고 헤어졌지 뭐야. 지금 돌려주러 가는 중이야."

"이 시간에?"

"아직 통금까지는 멀었는걸. 게다가 벗는 방법도 모른단 말이야."

시그리드의 말에 모리스는 피식 웃었다가 순간 얼굴이 굳었다.

"모리스?"

"왜 울었어?"

"어? 아직 티 나?"

"그래."

모리스는 낮게 말했고 시그리드는 "별거 아냐." 하며 눈가를 살짝 문질렀다.

모리스가 저도 모르게 물었다.

"베라무드?"

흠칫, 시그리드의 어깨가 떨렸다.

"어떻게……."

"감."

모리스가 대답했다. 시그리드가 우는 일은 없다. 그녀는 항상 늠름하고 앞을 보고, 굴하지 않으니까.

딱, 한 사람.

예외가 있다면 그 남자겠지.

"별일 아니었어."

시그리드가 어깨를 으쓱하며 웃었다. 모리스가 낮게 말했다.

"나라면 널 울리지 않을 거야."

"그야—"

웃으며 말하려다 시그리드는 입을 다물었다. 모리스의 눈동자가 낯설게 느껴졌다. 그가 말했다.

"그러니까 날 골라, 시그리드."

고르라니 뭘? 하는 멍청한 질문이 머릿속을 스치고 지나갔다. 멍하니 그를 바라보자 모리스가 빙긋 웃었다.

'아, 평소의 모리스다.'

안도하는데 그가 이어 말했다.

"이런 고백이라니 멋없는걸. 하지만 내가 더 잘할 거야. 그러니까, 날 골라."

"모리스……."

시그리드는 곧 양 뺨이 확 달아오르는 것을 느꼈다. 아직도 술기운이 남아 있는 걸까? 몸 상태가 좋지 않아서 알코올이 잘 분해되지 않는 건지도 모른다.

"그, 나, 날? 언제부터?"

"그냥 어느 사이에 좋아하게 되었어."

"좋아—"

시그리드는 숨을 훅 삼켰다. 머릿속이 빙글빙글 돌았다.

모리스가 좋아한다고? 날?

어딘지 현실감이 없었다. 시그리드는 멍청하게 서 있다가 곧 그가 답을 기다리고 있다는 걸 깨달았다. 화들짝 정신을 차린 그녀가 말했다.

"모리스, 난, 그러니까, 미안. 모리스를 그런 식으로 생각해 본 적도 없고, 지금도 잘 모르겠어."

말하고 나니 너무 탁 잘라 냈다 싶어 시그리드는 혀를 깨물고 싶어졌다.

차이는 게 얼마나 괴로운지는 자신이 가장 잘 안다.

자신 역시 조금 전까지만 해도 한심하게 엉엉 울고 있지 않았는가?

모리스는 좋은 친구였고, 그를 상처 주고 싶지 않았다.

"그럴 것 같았어."

그러나 모리스는 얼굴을 일그러트리지도 화를 내지도 않았다. 그는 그냥 웃으며 이어 말했다.

"시그리드는 성실하니까, 베라무드와 연인 사이인 지금은 나에게 눈길을 안 주겠지. 하지만 기억해 줘. 내가 널 좋아하고 있다는걸. 그리고 나라면 널 괴롭게 하지 않을 거야. 세상에서 가장 소중하게 대해 줄게."

"모리스……."

시그리드는 어떤 말을 해야 좋을지 알 수 없었다.

"가자."

모리스의 말에 시그리드가 놀라 물었다.

"어딜?"

"잉글렛 백작가. 가발 벗으러 가야 한다면서."

"어? 으응, 혼자 갈 수 있어."

"안 돼. 밤늦은 데다가 취하기까지 했는데 혼자 가게 할 수는 없지. 가자."

시그리드가 머뭇거리자 모리스가 물었다.

"아니면, 친구도 그만두는 건가?"

"어? 아냐!"

놀라 시그리드가 외치자 모리스가 싱긋 웃으며 그녀의 손을 잡아끌었다.

"그럼 가자."

시그리드는 고개를 끄덕이며 그 뒤를 따랐다. 무슨 말을 해야 할까, 어떻게 대화해야 하나 걱정했는데, 뜻밖에 괜찮았다.

모리스의 말도, 행동도 평소와 다를 바가 없어서 시그리드도 곧 마음이 편해졌다.

얼마나 편해졌느냐면 모리스가 고백했다는 걸 잊어버릴 정도로 말이다.

"황자님이 나도 좀 더 따라 주시면 좋겠는데 말이야."

"모리스 정도로 거리가 있는 사람이 하나 있는 것도 괜찮은 것 같은데."

"그런가?"

"응."

시그리드는 고개를 끄덕였다. 그녀가 잠시 갸웃했다가 물었다.

"그런데 친위대는 어때?"

"어떠냐니. 조장님, 무슨 말이세요?"

모리스가 놀리듯 존대하며 되묻자 시그리드가 고개를 흔들었다.

"아니, 그야 나도 같은 친위대이기는 하지만. 내가 모르는 다른 어떤 점이 있다든가—"

"글쎄, 딱히? 아직 안정되지 않은 상황이어서 말이야. 귀족들이 여전히 친위대를 해산하라고 강력하게 주장하고 있거든. 특히 중립이었던 두 후작가가 좀 강하게 나와서."

"그렇구나."

"로웬그린이 아무 말 안 했어?"

"응."

"그래?"

모리스는 갸웃했다가 고개를 끄덕였다.

"그렇구나. 하여간 지금 그래서 친위대는 좀 불안하기는 한데 — 폐하께서 강경하시니까 해산될 일은 없을 거라고 생각되지만."

"흐음……."

그러니까 아직 내부적인 일이 수습되지 않아서, 외적인 활동을 제대로 할 수 없다는 말이렷다. 하지만 그래도 그 마법 연구인지 뭔지는 착착 진행되고 있을 것이 틀림없었다.

갑자기 시그리드는 가슴속에 든 서찰이 묵직해지는 것 같았다.

'황후마마의 문장이었지.'

우아한 백조의 실루엣.

왕관을 쓴 백조의 문장이라면 황후의 것이다. 어째서 마마께서 자신을 찾는 것인지 궁금하기는 했으나 무슨 일로 자신을 부르시는 건지 짐작도 가지 않았다.

모리스가 그녀의 얼굴을 들여다보더니 말했다.

"뭔가 나에게 말 못 하는 일이 있어?"

"어?"

화들짝 놀라 그를 보자 모리스가 고개를 들고 말했다.

"나도 눈치는 있으니까. 나에게 하기 곤란한 이야기야?"

"으응― 조금."

"그래도 도울 게 있으며 말해 줘."

"응."

시그리드는 고개를 끄덕였다. 모리스와 함께 가는 건 편했다. 편해서 시그리드는 저도 모르게 베라무드와의 이야기도 이렇게 편했으면 어떨까, 하는 생각을 잠깐 했다.

'아냐. 그건 양쪽 모두에게 실례야.'

비교하는 건 어쩐지 양심에 찔렸다. 시그리드는 힐끗 모리스를 바라보았다. 부드러운 표정의 얼굴. 훤칠한 키.

베라무드와는 다르지만, 모리스 역시 여자들에게 인기가 있을 법했다.

'그런데 내가 좋다니.'

시그리드는 그와 시선이 마주치자 얼른 정면을 바라보았다. 마리쉐즈의 집 앞까지 거리가 먼 것 같았다.

"바래다줘서 고마워."

시그리드가 손을 빼며 인사했다. 모리스는 "아냐." 하고 짧게 말하고 힐끗 마리쉐즈의 저택을 바라보았다가 말했다.

"기다리면 부담되겠지?"

"어?"

"갔다가 나오면 집까지 바래다주게."

"아냐, 마리쉐즈에게 마차 빌릴 거야."

시그리드가 손을 저으며 사양하자 모리스는 고개를 끄덕였다. 그가 손을 뻗어 그녀의 빨간 단발머리를 귀 뒤로 넘겨 주고 말했다.

"그럼 좋은 밤 돼."

"응, 모리스도."

"굿나잇 키스해도 돼?"

시그리드는 곤란한 얼굴로 그를 보았다. 예전이라면 받았겠지만, 지금은?

그 곤란한 얼굴이 오히려 모리스의 마음에 들었다. 만약 그녀가 태연하게 '응, 해 줘.'라고 했다면 오히려 타격을 받았겠지.

"그럼, 내일 보자."

"응, 잘 가."

대신 허리 숙여 그녀의 손등에 가볍게 키스하고 모리스는 휙 돌아서서 걷기 시작했다. 시그리드는 한숨과 함께 가슴을 쓸어내리고 저택 문의 노커를 두들겼다.

가발을 벗지 못해서 찾아왔다는 말에 마리쉐즈는 깔깔 웃고 시녀를 불러서 가발을 벗겨 주었다.

"온 김에 자고 가"

하고 마리쉐즈가 권했지만, 시그리드는 정중하게 거절했다. 오늘은 집에서 여러 가지 생각을 좀 해 봐야 할 것 같았다. 대신 마차는 기쁘게 빌려서 타고 시그리드는 집으로 돌아왔다.

통금에 아슬아슬한 시간이었다.

어두운 집 안으로 살금살금 들어가자 아르카나가 불쑥 튀어나왔다.

"일찍 왔네?"

그의 물음에 시그리드가 눈을 굴리며 "통금인데?" 하고 되물었다. 아르카나가 피식 웃으며 말했다.

"아까 나갈 때 기세는 밤새워 놀 것 같은 기세던데. 어떻게 된 거야?"

"그냥, 이런저런 일이 있어서."

"이런저런?"

아르카나가 갸웃하자 시그리드는 한숨을 푹 내쉬었다.

"이야기하자면 좀 긴데."

"해 봐. 밤은 길어."

그 말에 시그리드가 희미하게 웃었다.

"그럴까?"

마리쉐즈나 로웬그린과는 또 다른 편안함이 아르카나에게 있었다. 이런 이야기를 쉽게 털어놓을 수 있을 만한 신뢰가 있다.

두 사람은 방으로 들어가 초 하나만 켰다. 주황색 초가 아늑한 불빛을 방 안에 던졌다. 아르카나가 손을 뻗어 그녀의 뺨을 어루만지며 눈을 찡그렸다.

"술 마셨는데 왜 이렇게 차가워?"

"바람을 쐐서 그런가 봐."

"요즘 몸 상태 안 좋은 것 같은데…… 봄이라고 얇게 입었다
가 감기 걸린다? 봄 감기가 더 무서운 법이야."

"응."

"차 가져올게. 기다려."

"응."

아르카나는 나가더니 금방 따뜻한 꿀차를 들고 돌아왔다. 시
그리드는 찻잔을 받아 들고 웃었다.

"아르카나 없으면 난 어떻게 하지?"

"부르면 날아올게."

"네가 말하니까 진짜처럼 들려."

"진짜지, 그럼."

아르카나가 시그리드가 앉은 일인용 의자 곁으로 스툴을 잡
아당겨 앉았다.

"그래서, 무슨 일이야?"

"나 말이야……."

시그리드는 잔을 만지작거렸다. 손끝이 따뜻해진다.

"베라무드랑 계약 연애하고 있어."

"그건 알아."

"알아?"

"응. 그런데? 그만두고 싶어졌어?"

"아냐."

그녀가 도리질을 쳤다. 시그리드는 한참 잔을 만지작거리다가 말했다.

"베라무드가 좋아."

거기에 아르카나는 허를 찔려 눈을 깜박였다.

"베라무드가 좋아?"

저도 모르게 되묻자 시그리드는 고개를 끄덕였다.

조명이 촛불 하나뿐이라 다행이었다. 아니면 얼굴이 빨개진 게 들켰겠지.

"그런데ㅡ 베라무드는 아니래."

"어ㅡ"

두 번째로 허를 찔렸다. 아르카나가 잠시 고민하다가 물었다.

"누가 그래?"

"본인이."

말하고 시그리드는 고개를 들며 작게 웃었다. 한심하지? 하고 속삭이며.

"본인이 널 좋아하지 않는다고 그랬다고?"

"그냥, 진심이 아니라고……."

"아하, 호오라, 흐음ㅡ"

여러 감탄사를 늘어놓으며 아르카나는 고개를 끄덕였다. 그가 물었다.

"그래서?"

"어?"

"하지만 눈앞에서 마차를 놓친 사람 같은 얼굴은 아닌데? '그래서'의 뒤가 있는 거 아냐?"

그 말에 시그리드는 눈을 동그랗게 떴다가 푸스스 웃었다.

"아르카나에게는 뭘 못 숨기겠는걸."

"그게 내 장점이지."

촛불 아래서도 그의 초록색 눈은 깊고 아름답게 빛났다. 시그리드는 그의 눈을 보면서 심호흡을 했다. 마치 숲 속에 서 있는 것 같은, 그런 신록의 빛깔.

"그래서, 난 포기하려고 했는데ー 마리쉐즈가 그러지 말라고 했어. 쟁취하는 거라고, 그래서 음, 모처럼 계약 연애 중이니까…… 이것저것 어필해 볼까 하고."

사실 마리쉐즈는 고백하라고 했지만, 고백할 만한 용기는 나지 않았다. 어쩜 이렇게나 겁쟁이가 되어 버렸을까?

"으응~ 분명히 넘어올 거야."

아르카나가 장담했다. 시그리드가 그에게로 몸을 숙였다.

"정말 그럴까?"

"그럼~"

아르카나가 싱긋 웃었다. 시그리드가 "그런가." 하고 밝은 목소리로 중얼거렸다. 아르카나의 보장이라면 백 퍼센트 이루어질 것 같았다.

"고마워."

"별말씀을. 그래서, 그것뿐이야?"

"어?"

"다른 이야기는 없어?"

아르카나의 말에 시그리드는 마리쉐즈에게도 털어놓지 못했던 이야기를 털어놓았다.

"사실 좀 전에…… 모리스를 만났어."

"아? 아아, 응."

"그런 게, 그게一"

"고백받았어?"

"응!"

어떻게 알았어? 하는 눈으로 시그리드가 그를 바라보았다. 그가 피식 웃으며 다리를 꼬았다.

"말했잖아. 다 안다고."

"그렇지만……."

신기한 눈으로 그녀가 그를 보았다. 아르카나가 희미하게 웃으며 말했다.

"하지만 시리는 베라무드가 좋은 거네."

"응……."

시그리드는 고개를 끄덕였다. 그녀가 저도 모르게 변명조로 말했다.

"바로 거절하려고 했는데, 모리스가 괜찮다고, 자기가 있다는 걸 기억해 달라고 해서……."

"두 번째라도 줄은 서 두겠다는 건가?"

아르카나는 고개를 끄덕였다. 시그리드라면 당연히 그럴 가치가 있다.

"그래도 거절하는 게 좋았을까?"

"이미 거절한 거잖아. 상대에게 내가 널 찼으니까, '날 그만 좋아해.'라고 명령할 수도 없는 거고."

"그건 그렇지……."

"그냥 잊어. 어차피 거기까지 이야기했다는 건 감수하겠다는 말이니까."

"감수……?"

"상처받는 거."

아르카나의 말에 시그리드는 움찔했다가 한숨을 내쉬었다. 아르카나가 자리에서 일어나 그녀의 손에서 잔을 앗아 들고 말했다.

"대충 씻고 자. 오늘 피곤하겠네."

"응……."

시그리드는 얌전히 고개를 끄덕였다. 정말로 피곤하다. 하지만 그래도 묻지 않을 수가 없었다.

"아르카나는? 그 일은 잘되어 가?"

마법사들 사이의 일을 돌려 묻자 그가 고개를 끄덕였다.

"응, 진전이 보여."

"정말?"

시그리드가 눈을 번쩍 떴다. 아르카나가 그녀의 머리를 쓸어 넘겨 주며 부드럽게 말했다.

"하지만 오늘은 아니야. 얼른 주무시죠, 아가씨."

그 말에 시그리드는 동의했다. 긴장이 풀리자 아까부터 계속

잠이 쏟아지고 있었다. 눈을 비비며 자리에서 일어나자 아르카
나가 속삭였다.

"잘 자."

"응, 아르카나도."

그가 살짝 그녀의 뺨에 키스하고 방을 나갔다.

*   *   *

세리오스가 펜으로 툭툭 책상을 두들겼다.

"어디서 새고 있어."

"뭐가?"

"정보가."

베라무드가 그 말에 시선을 그에게 돌렸다. 세리오스의 집무
실은 여느 때처럼 두 사람뿐이었다. 세리오스가 눈을 가늘게 뜨
고 그를 바라보았다.

"짚이는 곳이 없어? 베라무드 루나틸?"

"없어."

단호하게 말하며 베라무드는 소파에 누운 자세를 유지했다.

"물론 중요한 게 새는 건 아냐. 하지만 사소한 게, 우리끼리가
아니면 모를 만한 내용이 새고 있단 말이야."

"그럼 놔둬 봐."

"너 역시 뭔가 알고 있지?"

세리오스가 눈을 찡그리며 묻자 베라무드는 대답하지 않았

다. 세리오스가 낮게 말했다.

"내가 너까지 의심하게 하지 마. 베라무드."

"내가 널 배신할 리가 없잖아?"

"나도 루디날이 내 뒤통수를 때릴 때까지는 그렇게 생각했
지."

어조는 산뜻했지만, 날이 서 있었다. 베라무드는 그제야 천천
히 몸을 일으켜 앉았다.

"난 루디날이 아니야. 그리고— 약간 의도적이기도 해. 조금
은 흘려야 상대가 믿을 거 아냐."

"그런 거라면 이야기는 하고 해."

"중요한 내용도 아니었잖아. 그러면서도 신뢰는 주기 좋은.
그런 것들뿐이지."

"그래서 그녀의 활동은 잘되어 가고 있는 건가?"

"그럭저럭."

베라무드는 모호하게 대답했다. 세리오스에게 시그리드가 독
을 먹고 있는 것 같다는 말은 하지 않았다. 그랬다면 세리오스는
그녀를 의심하며 단칼에 잘라 버렸을 테니까.

그렇게 되게 할 수는 없다.

세리오스는 한숨을 내쉬었다.

"알았어. 네 보증이니까."

"그래, 내 보증이니까. 그래서 루디날은? 요즘 어때?"

"모르겠어."

세리오스의 말에 베라무드가 무슨 말이냐는 듯 눈썹을 추켜

세우자 세리오스가 이마를 문지르며 말했다.

"내 동생이야. 내가 잘 안다고 생각했어. 난 내 동생을 잘 안다고. 하지만 지금은? 어떠냐고? 모르겠다. 저게 내가 십여 년간 봐 온 내 동생인가? 내가 생각했던 것들이, 내가 판단했던 것들이 전부 다 틀려먹었었나? 저게 내 동생이라고? 아닌데, 저건 뭐지?"

"……세리오스……."

"물론 그 애는 실수라고 말해. 그냥 나와 대등해지고 싶었다고. 아직 어리니까, 그래 한순간의 실수라고 할 수도 있겠지. 하지만 그 애는 그 실수에 대해서 책임을 져야 할 거야. 그리고 신뢰는―"

그가 씁쓸하게 웃었다.

"앞으로 다시 신뢰든 형제의 정이든 되찾으려면 십수 년― 아니 수십 년이 걸리겠지. 다음 주에 이야기할 거야. 중간에 마수의 습격을 받아서 모두를 잃고, 서부의 도움으로 돌아왔다고."

"그렇게 이야기가 되는 건가?"

"그래, 서부를 치하할 거리를 하나라도 만들 거니까. 그리고 우리가 마법사에 대해서 알고 있다는 것도 폐하께서 알게 되겠지. 초조해져서 실수하면 좋겠군. 그녀도 충분히 신뢰를 얻었을 것 같으니 말이야."

"……."

베라무드는 대답하지 않고 자리에서 일어나 그의 곁으로 다가갔다. 위로하듯 어깨를 가볍게 두들기자 세리오스가 쓰게 웃으며 손을 저었다.

"하지 마, 나 울 것 같으니까."

"어, 그건 좀 그렇다."

"그렇지?"

세리오스가 가볍게 웃었다. 그의 마음이 좀 풀린 것 같아 베라무드는 어깨를 으쓱하며 말했다.

"마법사 쪽도 진전이 있는 것 같던데."

"그래?"

세리오스의 눈이 번득였다. 베라무드가 고개를 끄덕였다.

"마법사가 한편이라니, 운이 좋았어. 그녀에게 꼭 높은 작위를 내려야겠군."

세리오스가 고개를 흔들며 말했다. 시그리드를 통하지 않으면 만나지 않겠다니, 기가 찰 노릇이었다. 만약에 시그리드의 담백한 분위기가 아니었다면 분명히 둘을 연인이라고 생각했을 거다.

힐끗 세리오스가 자신의 친우를 바라보았다.

"넌 어때?"

"뭐가?"

"앙케르트나 경이랑……."

그 말에 베라무드는 쓸쓸하게 웃었다.

"최악이야."

"웬일이야?"

세리오스가 어라? 하고 갸웃했다. 여자 문제에서 베라무드 루나틸이 이렇게 약한 모습을 보인 적이 있었던가?

"그냥, 이래저래."

베라무드가 한숨을 내쉬고 말했다.

"그럼 난 간다."

"그래. 나가는 김에 이것 좀 시종에게 맡겨 줘."

서류를 밀어주며 하는 말에 베라무드는 "그래" 하고 서류를 받아 들었다.

집무실을 나와서 서 있는 시종에게 서류 뭉치를 건네고 길을 걷는데, 갑자기 옆에서 기척이 훅 나타났다. 놀란 그가 검 손잡이를 잡으며 몸을 휙 돌리자 거기에는 아르카나가 서 있었다. 베라무드가 손을 떼며 투덜거렸다.

"갑자기 나타나지 말지?"

"안 그러면 여기 몰래 올 수가 없죠."

"다른 마법사에게는? 안 들키는 건가?"

"물론 안 들키게 왔지요."

무슨 멍청한 소리를 하는 거냐는 듯 아르카나가 어깨를 으쓱했다. 베라무드는,

"그래, 물어본 내가 잘못이지." 하고 걷기 시작했고 아르카나가 그 곁을 따르며 말했다.

"참고로 다른 사람 눈에 전 안 보입니다."

"그러면 난 허공을 향해서 말하는 미친놈이 되는 건가?"

"네."

단호하게 대답하며 그가 덧붙였다.

"그리고 미쳤다는 것에 있어서는 사실인 것 같지만요."

이유가 뭔지 묻지 않아도 뻔해 베라무드는 신음을 내뱉고 근처의 아무 방이나 들어갔다. 빈방이야 넘치는 게 황궁이니까.

문을 닫고 베라무드가 낮게 물었다.

"시그리드가 그래?"

"시그리드가 한 이야기를 바탕으로 제가 결론을 내린 거죠."

그래, 취한 것을 빌미로 키스했으니 미친놈이라는 소리를 들어도 싸다.

"장난으로 연애한다고 하셨다면서요?"

"그래. 왜? 시그리드가 다행이라고 그러디?"

저도 모르게 빈정거리는 투가 되고 만다. 아르카나는 거기에 눈 하나 깜짝하지 않고 말했다.

"그리고 그게 그녀를 위한 거라고 생각하셨겠죠."

시그리드가 원하지 않는데도 자신과 데이트를 하는 거라면, 심각하지 않은 척을 해서 마음을 가볍게 해 주려고 했던 거겠지.

"다 알면서 뭘 묻는데?"

"아뇨, 상대를 아끼는 방법치고는 별로라고 생각해서 말입니다."

그 말에 다시 베라무드는 신음을 내뱉었다.

"소중하니까 다치게 하고 싶지 않아. 그게 틀려?"

"소중한 건 붙잡아 가두는 거 아닙니까?"

"……."

베라무드는 멍하니 고개를 들어 아르카나를 보았다. 아르카나가 비딱하게 서며 말했다.

"시시하네요."

시리가 그가 좋다고 하지만 않았다면 굳이 이런 조언(?)을 할
필요도 없는데.

베라무드가 푹 한숨을 내쉬었다.

"사실 잘 모르겠어. 이렇게 소중한 걸 가져 본 건 처음이라."

그저 상처 입히지 않는 것에만 급급했다.

원하고, 노리고, 쟁취하는 일에는 뜻밖에 약했다.

'검에 대한 것만 빼면?'

베라무드는 잠시 생각했다가 피식 웃으며 어깨를 으쓱했다.

"스페어 인생에 익숙해지다 보니까. 물러나는 거에 익숙해져
서."

"스페어?"

"형님의 대용품이 될 만큼 잘나야 하지만, 결코 형님 이상 잘
나면 안 되는 그 미묘한 선이 있어서."

"누군가가 누군가를 대신할 수 있다는 것 자체가 엄청난 오만
인데요."

아르카나는 사정없이 대꾸했고 베라무드는 입을 다물었다.

"사람마다 일의 방식이 다르고, 무슨 짓을 해도 완전히 대체할
수는 없습니다. 나는 누군가의 대체품이야, 라는 말 자체가 이상
한데요?"

그 말에 베라무드는 대꾸할 말을 잃었다. 그가 신음과 함께
말했다.

"너 지금 내 삶을 정면으로 반박했어."

"지금이라도 그게 멍청한 생각이라는 걸 깨달아서 다행이네요. 대체는 비교를 만들고, 비교는 열등감만 만들 뿐이죠. 그리고 열등감은 대부분 인간쓰레기를 양산하더군요."

아르카나는 그를 봐줄 생각 없이 푹푹 찌르듯 말하고 덧붙였다.

"참고로 모리스 데포레스트 경이 시그리드에게 고백했으니, 뭔가 하시려면 서두르는 게 낫겠죠."

그 말에 베라무드가 획 그를 바라보며 으르렁거렸다.

"그가?"

"네. 그리고 이제부터가 본론입니다만."

"말해."

"불사 마법, 아니 수명 연장 마법이라고 해야겠죠. 이 의식을 하려면 준비된 방이 필요합니다. 여기서 준비란 건 아주 오랫동안 준비하는 걸 말합니다. 빈민굴에서 수명을 추출하면, 그게 그려진 마법진을 통해서 다른 곳으로 방출됩니다. 그러면 거기서 수명 연장을 받는 거죠."

아르카나의 설명에 베라무드는 얼떨떨해졌다. 그는 당연히 모리스에 대한 이야기가 나올 거라고 생각했던 것이다. 아르카나가 그의 표정을 보고 차갑게 말했다.

"당신 연애사가 본론이라고 생각했던 건 아니겠죠?"

"어, 아니지."

어째 계속 당하고만 있는 것 같다.

베라무드는 한숨을 삼키고 고개를 끄덕였다.

"그러면 그 장소를 찾아야 한다는 건가? 혹시 얼마 이상으로 떨어지면 안 된다거나, 그런 게 있나?"

"의외로 머리를 쓰시는군요. 네, 있습니다. 반경 1km 안이어야 합니다."

"넓어."

"조사를 해 보는 수밖에요."

"황궁도 범위에 들어가는군."

"네."

"알았어. 딱히 신변의 문제는 없나?"

"아직은 괜찮습니다. 마탑을 나온 마법사라면 다 자신들의 의견에 동의할 거라고 생각하나 봅니다. 순진하달까요, 멍청하달까요, 책상에서 연구만 하는 자의 한계라고 할까요."

아르카나는 비비를 떠올리며 중얼거렸다. 그나마 리더인 아돌프는 자신을 향해 미심쩍은 시선을 보내고 있지만, 비비는 절대적인 신뢰를 그에게 주고 있었다.

아돌프가 의심한다 해도 마법진의 완성에 아르카나의 두뇌가 필요한 것은 사실이었고, 아르카나 역시 적극적으로 협조하고 있는지라 노골적인 의심은 없었다.

"아, 그리고 혹시 해독 마법 같은 건 있나?"

"독의 종류가 아주 많은데 그걸 마법 하나로 뿅 고칠 수 있다고 생각한다면 놀랍네요."

"내 상처는 고쳤잖아."

"물리적인 외상과는 다르지요."

그런가, 하고 베라무드가 턱을 문지르며 낮게 말했다.

"시그리드가 독을 먹었을지도 몰라."

그 말에 아르카나의 눈이 날카롭게 그를 훑었다.

"무슨 소립니까?"

"얼마 전에 만났는데 피를 토한 것 같았어. 그리고 그 황제라면, 지속성 독으로 사람을 좌지우지할 만한 놈이니까. 말은 하지 않지만, 어때? 몸 상태가 이상하거나 그렇지는 않아?"

"……짐작 가는 곳이 있습니다."

"역시?"

뿌드득 베라무드가 이를 갈았다. 아르카나는 잠시 숨을 고르고 냉정하게 말했다.

"그럼 독에 대해서도 알아봐야겠군요. 알겠습니다."

"그래."

베라무드가 고개를 끄덕이자 아르카나가 가볍게 인사를 하고 한 발 물러서더니 그대로 사라져 버렸다. 베라무드는 눈을 깜박였다가 뒷목을 긁적였다.

'아무래도 익숙해지지가 않는군.'

하지만 마법사와 싸울 가능성도 있으니, 이런 식의 이동에는 익숙해지는 게 좋았다.

'몇 번 상대해 달라고 할까?'

베라무드는 그렇게 생각하며 검 손잡이를 쥐었다가 놓고 방을 나섰다.

세리오스에게 가서 이 사실을 알리고 주변을 조사하게 해야지, 그리고—

—시그리드가 고백을 받았다.

그 사실이 머릿속에서 계속 울렸다. 모리스라면 그도 알고 있다.

'시리와 가깝지.'

그녀가 그에게 절대에 가까운 신뢰를 보내고 있다는 건 옆에서 보기만 해도 알 수 있었다. 이유는 그녀의 과거—돌아오기 전의—와 관련이 있는 거겠지.

'설마 과거의 연인이었다거나……?'

생각하니 속이 쓰렸다. 눈앞이 새까맣게 되는 질투의 불꽃이 심장을 핥았다.

드는 생각은 딱 한 가지였다.

'절대로 넘겨주지 않을 테다.'

스스로 손을 놓았으면서, 이제 와서 남이 손을 댄다니 분노가 치밀어 오르는 모양새가 한심했다. 하지만 얼마든지 한심해질 예정이었다.

바닥을 기어도 좋다.

베라무드는 슥 자신의 손바닥을 펴 보았다.

'소중한 것은—'

놓아주는 게 아니었다고, 그는 깨달았다.

놓아주는 게 아니라, 붙잡는 거다. 그리고 손안에서 소중하게 다루면 되는 거지.

주먹을 꽉 쥐며 그는 히죽 웃었다.

〈다음 권에 계속〉